추천의 말

정보라 《저주토끼》,《아무도 모를 것이다》 작가

얽히고 중첩된 상상력의 세계

최의택 작가의 작품을 읽을 때마다 이 작가는 우주의 모든 중첩과
얽힘을 직관적으로 이해하는 것 같다는 생각을 한다. 최의택 작품들은
기괴하면서 웃기면서 애틋하면서 괴상하고 무서운데 따뜻하다. (꼭 이
순서대로 정서가 흘러가는 것은 절대 아니다.) 줄거리의 커다란 전개뿐
아니라 등장인물들의 대사 한 마디나 행동 하나도 예측 불가능하다.
그런데 그 대사 한 마디, 장면 하나마다 최의택은 과학적 이론이나
개념을 장난감처럼 능숙하게, 즐겁게 가지고 논다. 예를 들자면 2의
제곱근을 전위적인 춤으로 표현하고 싶어 하는 팔 달린 인공지능이
대표적이다. 최의택 작품들은 정말 정신없고 재미있고 독보적이다.
최의택 작가님은 황송하게도 나의 영향을 받았다고 주장하시곤 한다.
나는 과학을 제대로 이해하지 못하는 데다 언제나 결론은 살인 아니면
귀신인데 여기에 비해서 최의택 작가님의 상상력은 아주 풍성하고
근본적으로 건강하다. 그렇지만 최의택 작가님이 영향을 받았다고
주장하시니 가문의 영광으로 알겠다. 영향이 있건 없건 계속 정신없이
재미있는 독보적인 작품들을 써주시면 좋겠다.

천선란 《이끼숲》, 《노랜드》 작가

최의택 작가의 소설은 날카롭고 예민하다. 그 날 선 문장이 우리 내면에
상처를 낸다. 그렇게 상처 입은 곳은, 우리가 보지 못한 세계의 이면이
되고 동시에 확장된 세계와의 통로가 된다. 세상 바깥의 존재들은
안온한 한 인간의 상처 입은 내면을 통해 그렇게 세상으로 들어오게
된다. 그러니 모두 이 목소리를 듣기를, 그리고 아파하고 넓어지기를.
그리하여 더 많은 존재들이 꾸역꾸역 세계에 들어올 수 있기를 꿈꾸며
그의 날 선 목소리를 응원한다.

김초엽 《지구 끝의 온실》, 《방금 떠나온 세계》 작가

독보적이고 독창적이다. 최의택은 완전히 다른 관점으로 쓴다.
어디선가 듣고 본 것 같은 이야기도 확 비틀어버린다. 정신없이
끌려가다 눈을 떠보면 처음 들어선 곳과는 전혀 다른 장소에 도착해
있다. 예상한 적도 없고 바란 적도 없는 곳에. 있으리라는 생각조차
해본 적 없던 곳에. 하지만 그런 게 훌륭한 SF 아닌가?
이 서늘하고 흥미진진한 책이 작가의 첫 소설집이라는 것이 무엇보다
놀랍다. 다시 한번 축하하고 싶다. 이 매력적인 작가의 등장을.

비인간

비인간 IV 최의택

단편소설집

차례

보육교사 죽이기 7

나무의 손 37

노인과 노봇 81

나와의 다세계적 채팅방 해석 117

기묘악마: 유사 광상곡 145

우리에게 균열이 필요한 이유 197

저의 아내는 좀비입니다 223

시간역행자들 251

경계선, 인격, 장애 275

나의 탈출을 우리의 순간들로 미분하면 323

작가의 말 376

보육교사 죽이기

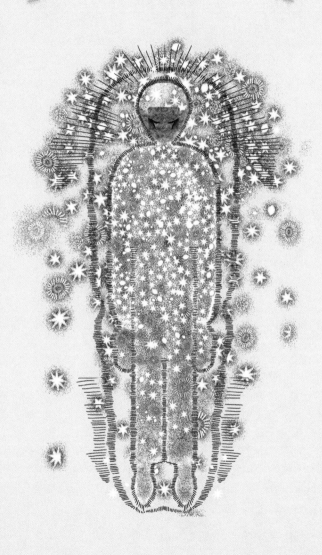

보육원 마당에서 땀을 뻘뻘 흘리며 뛰놀다가 저녁을 먹으러 다시 건물 안으로 들어갈 때 불어오는 찬 바람에 소름이 오소소 돋아나는 늦여름이면, 자연스럽게 재작년의 일을 떠올리게 됩니다. 그날은 담장 보육원의 보육교사가 죽은 날이었죠. 적어도 그때의 저희는 그렇게 알고 있었는데, 다 나름의 사정이 있었답니다.

보육교사의 이름은 '담'이었습니다. 아마 보육원 이름인 '담장'과 관련이 있겠지만 정확히 아는 아이가 없었을 겁니다. 왜냐하면 담이 선생님은 원생 중에 가장 나이가 많은 원이 삼촌이 아기였을 때부터 보육교사로 지냈기 때문입니다. 원이 삼촌이 몇 살인지 또한 아리송한 일입니다만, 분명한 건 저희가 가늠하기엔 아득히 먼 일이라는 겁니다.

그리고 문제의 그날은 담이 선생님과 함께하는 마지막 날이기도 했습니다. 달력에 표시까지 해두고 손꼽아 기다려온 날이었습니다. 아니, 담이 선생님이 죽기만을 기다린 것은 아닙니다. 말도 안 됩니다. 보육원 아이 중 누구도 담이 선생님이 죽기를 기다린 아이는 없다고 저의 하나뿐인 친구 유재를 걸 수도 있습니다.

하지만…… 또 모를 일입니다. 어른들은 대체로 담이 선생님 같은 부류를 싫어하기 때문에, 부모가 있어서 보육원을 등원하는 아이들 중에서 배신자가 없으리라곤 장담할 수 없으니 말이죠. 뭐, 그래서 부모님이 있는 저의 하나뿐인 친구 유재를 걸었던 거지만요.

말이 나왔으니 하는 소린데, 어른들은 왜 그렇게 담이 선생님을 싫어할까요? 지금도 인터넷을 찾아보면 담이 선생님 같은 보육교사의 찬반을 두고 자기들끼리 치고받고 싸우는 모습을 볼 수 있습니다. 대체 왜들 그럴까요. 누가 보면 자기들 보육교사 얘기라도 하는 줄 알걸요. 게다가 그 볼썽사납기 짝이 없는 다툼은 정말이지…… 유아반 애들도 그러지는 않을 겁니다.

인터넷에서 한창 그 일로 시끄러운 어느 날이었습니다. 어른들이 치고받고 싸우는 뉴스 영상이 재생되는 모니터 옆에서 담이 선생님은 이렇게 싸움이 된다는 것 자체가 어떻게 보면 고무적인 일이라고 하셨습니다. 그러자 유재 녀석이 번쩍 손을 쳐들고 말했습니다.

"고무적이 뭔데요?"

유재는 예의 발랄시만 이상하게 얄미운 아이였습니다. 그래서 저는 그만 참지 못하고 유재 쪽을 돌아보며 한소리 하고 말았습니다.

"좋은 거잖아, 바보야."

왠지 유재만 보면 쏘아붙이고 싶어 견딜 수가 없는데 그건 다 유재 탓입니다. 안 그런가요? 그리고 오해가 있을까 봐 말씀드리는데 제가 평소에도 저렇게 험악하게 굴지는 않습니다. 담이 선생님이 저를 그렇게 키우지 않으셨

10

조. 아니나 다를까 담이 선생님이 경고등처럼 담홍빛 얼굴을 하고는 저의 옳지 못한 행동을 지적하셨습니다.

"여름, 방금 뭐라고 했지?"

질문은 아니었습니다. 담이 선생님은 웬만하면 모르는 것이 없었거든요. 그저 저로 하여금 제가 저지른 잘못을 돌아보게 하기 위한 말이었습니다. 물리적인 체벌은 없었지만, 차라리 꿀밤을 한 대 먹는 것이 낫지 않을까 싶을 정도로 마음을 불편하게 하는 방법이었습니다. 저는 기어들어 가는 목소리로 "좋은 거잖아, 바보야……요"라고 대답하며 부끄러워했습니다.

"그런 나쁜 표현을 사용하면 듣는 사람의 마음이 어떻다고 했지?"

"나빠요."

"유재한테 사과해야겠지?"

저는 다시 유재를 보고 진심으로 사과했습니다. 유재는 시뻘게진 얼굴로 어쩔 줄을 몰라 했지만 역시나 얄밉게 저의 시선을 피해버렸습니다. 유재는 좀처럼 저와 눈을 맞추는 법이 없었습니다. 그러면서도 뭔가 거슬린다 싶어 돌아보면 근처에는 늘 유재가 있었죠. 정말이지 알다가도 모를 녀석이었습니다.

담이 선생님은 다시 평소 낯빛으로 돌아가 늘 그렇듯 담담하게 '고무적이다'라는 말이 무슨 뜻인지 알려주셨는데 앞서 제가 말한 뜻과 대충 비슷했습니다. 그리고 왜 사람들이 치고받고 싸우는 볼썽사나운 짓이 고무적인지를 설명하셨죠. 그 이야기는 선뜻 고개를 끄덕일 수가 없었습니다. 그래서 이번에는 제가 손을 쳐들었습니다.

"선생님, 잘 모르겠어요. 선생님 말씀대로면 저랑 유재가 싸우면서 서로에 대해 알아갔어야 하는데 전 쟬 아직까지도 잘 모르겠다고요."

"그건 여름 네가 일방적으로 유재를 괴롭히기 때문이지."

유재를 뺀 나머지 아이들이 웃음을 터뜨렸습니다. 유재는 그냥 얼굴을 터뜨릴 기세였고요. 세상에, 전 사람 얼굴이 그렇게까지 빨개질 수 있는지를 그때 처음 알았습니다. 저는 저 자체가 터져버릴 것만 같아서 그만 눈물을 쏟고 말았습니다. 수업 중에 선생님 말씀을 듣고 울음을 터뜨리다뇨. 그것은 있을 수 없고 있어서도 안 되는 일입니다. 아이들은 아마도 두고두고 이 일을 가지고 절 골려먹을지 모릅니다. 특히 부모 있는 아이들이요.

문제는 거기서 끝나지 않습니다. 그렇게 한번 놀림거리로 유명 인사가 되고 나면 보육원을 졸업하고 학당에 입학한 뒤에 우리나라의 거의 모든 애들이 절 알게 될지도 모릅니다. 어쩌면 전 세계 사람들까지도요. 그러면 자연스레 알게 될 테죠. 제가 정부의 아이라는 것을. 부모에게서 태어난 것이 아니라 공무원들이 오래된 모니터를 응시하며 기계적으로 키보드를 두들겨 만들어낸 아이라는 것을요.

저 같은 정부의 아이는 고아보다 더 안 좋은 시선을 받기 마련입니다. 담이 선생님은 한사코 부정하지만 아마도 모두가 내심 고개를 끄덕일 겁니다. 어쨌거나 아직은 시범 운영 중인, 불완전한 정책이니까요. 이런 시범 딱지가 제가 어른이 되기 전에 떨어지기는 할지 모르겠습니다.

저는 얼른 눈물을 훔치고 앉아 마음을 가라앉히기 위해 애썼습니다. 담이 선생님이 설명을 계속하면서 쓰담이를 제게 보내주셨습니다. 쓰담이가 털이 북슬북슬하고 동그랗고 쪼끄만 몸통을 날려 제 품에 안겼습니다. 도저히 쓰다듬지 않을 수 없는 아이였습니다. 쓰담이를 쓰다듬으며 저는 마법같이 개운해진 기분으로 담이 선생님의 말씀에 귀 기울였습니다.

어른들도 싸우고 대립하면서 성장할 수 있다는 이야기를 들으며 왠지 복도 끝 문 쪽을 보지 않을 수 없었습니다. 그곳에 사는 또 한 명의 원생, 형이나 오빠라고 부르기에는 나이가 너무 많고 그렇다고 아저씨라고 부르기엔 아직도 너무나 아이 같은, 그래서 별수 없이 삼촌이 돼버린 원이 삼촌과도 치고받고 싸우다 보면, 우리는 물론 삼촌도 성장해서 우리와 함께 여기를 졸업할 수 있을지 저는 문득 궁금해졌습니다.

그렇게 저희는 담이 선생님처럼 담담하게 그날을 기다렸습니다. 그러니까 담이 선생님이 죽는 날이요. 사실 그날 아침까지만 해도 저희는 제법 잘했습니다. 평소와 똑같이 담이 선생님의 목소리에 잠에서 깼고, 평소와 똑같이 순서대로 화장실로 가서 이를 닦았습니다. 평소와 똑같이 등원하는 원생들이 모두 교실에 도착할 때까지 조용히 자리에 앉아 기다렸습니다. 그러다가 유재의 어머니들 중에서 좀 더 예쁜데 이상해 보이는 어머니와 함께 도착한 유재를 발견한 순간 괜스레 울적해져서, 유재가 고개를 푹 떨군 채 제 쪽을 향해 손을 흔드는 것을 보고도 모른 척하고 말았습니다.

그리고 마지막 수업이 시작되었습니다.

"자, 수업 시작할까?"

칠판 옆에 선 담이 선생님은 언제나 그렇듯 한결같이 빛나고 예뻤습니다. 죽기로 되어 있는 날조차도 말입니다. 그것이 어쩐지 못마땅해서 제가 말했습니다.

"선생님, 오늘이 무슨 날인지 아세요?"

"오늘은 9월 8일이지. 유아반 미래의 생일이고. 무엇보다도 오늘은 중요한 일정이 있어."

담이 선생님의 담담한 말소리는 꼭 끔찍한 음악 소리처럼 저와 아이들을 옭아맸습니다. 그래서 아무도 담이 선생님이 기대하는 말을 하지 않았습니다. 결국 담이 선생님이 말을 이으셨지만, 저희가 생각했던 얘기는 아니었습니다.

"설마 잊어버린 건 아니지? 오늘은 새로운 선생님과 함께 새로운 시작을 하는 날이잖니."

"아니에요!" 제가 말했습니다. "오늘은, 오늘은⋯⋯."

그 이상 말할 수 없었습니다. 어떻게 할 수 있었겠어요. 오늘 당신이 죽어 없어지는 날이라고. 그래서 오늘이 지나면 더는 볼 수도, 스치듯 만질 수도 없다는 것을 말입니다. 결국 저는 수업 시간이라는 것도 잊고 밖으로 뛰쳐나가 버렸습니다. 그리고 담이 선생님은 그런 저에게 벌점을 매기셨지요. 언제나 한결같은 담담함으로요.

적어도 제가 기억하는 한 담이 선생님은 늘 같은 모습으로 우리를 대하셨습니다. 가끔 이유 없이 화가 나는 날에는 그 담담함이 콘크리트 벽처럼 느껴져서 갑갑할 때도 분명 있었습니다. 하지만 그렇지 않은 모든 순간 담이 선생님은 제게 있어 담장처럼 든든한 존재였습니다. 그런 담이 선생님이 죽는 겁니다. 제 기억의 시작부터 함께해 온 담이 선생님을 더는 볼 수 없는 것입니다. 담이 선생님의 여름 바람처럼 미적지근하고 부드러운 손길을 이제 더는 느낄 수 없는 것입니다. 그런데 고작 벌점이 대순가요.

담이 선생님이 죽기로 되어 있는 날은 그래서 어수선했고 붕 떠 있는 느낌이라 아무것도 할 수 없었습니다. 저뿐만이 아니라 보육원의 모든 아이가 그랬습니다. 오직 담이 선생님만이 평소와 다름없이 나타났고 움직였고 말했고 벌점을 매겼습니다. 그리고 조만간 사라질 터였습니다. 매일 밤 아이들이 모두 잠들면 그제야 불을 끄고는 그 불빛처럼 사라져 버렸듯, 이번엔 다음 날이 되어도 다시는 켜지지 않고, 우리한테서 영원히 사라져 버릴 터였습니다.

그것을 못마땅해한 게 다행히 저 혼자만은 아니었습니다. 그날, 담이 선생님이 죽는 날, 그런 이상한 소동이 벌어졌던 걸 보면 말입니다.

소동은 딱정벌레들의 등장과 함께 시작되었습니다.

수업 중간에 뛰쳐나갔다가 하릴없이 편의점에서 아이스크림으로 속을 식히고 돌아오는 길이었죠. 얼핏 봐도 심장을 벌렁거리게 하는 까맣고 반짝거리는 차들이 보육원 담장 안으로 들어서는 게 보였습니다. 생각이란 걸 할 겨를도 없이 내달렸습니다. 마당에서 공놀이를 하다 말고 얼어버린 아이들 가까이 다가갔을 즈음 멈춰 선 차에서 역시나 까맣고 번쩍거리는 모습을 한 사람들이 하나둘 모습을 드러냈습니다. 가끔 방문해서 이것저것 살피는 공무원은 아닌 것 같았습니다.

딱정벌레 같은 사람들이 다 내리자 마지막으로 또 다른 벌레 같은 사람이 모습을 드러냈습니다. 사슴벌레의 뿔처럼 크고 뾰족한 빨간색 뿔테 안경을 쓴 그 사람은 보육원 건물을 레이저를 쏘듯 매서운 눈빛으로 둘러보았습니다. 그러더니 곧장 문으로 향했죠. 본능적으로 그 사람과 담이 선생님의 죽음을 연결 지은 저는 또 뜀박질을 해 그 앞을 가로막고 나섰습니다. 제가 말했습니다.

"누구세요? 여긴 외부인 출입 금지예요!"

사슴벌레 같은 여자가 저를 내려다보더니 겉모습과는 사뭇 다른, 그래서 더 이상해 보이는 상냥한 태도로 말했습니다.

"안녕. 만나서 반가워. 네가 여름이구나. 이름처럼 싱그럽네. 활달하고."

머쓱해서 네, 하며 고개를 끄덕여 인사했지만, 그러면

서도 혹시 모를 반전을 대비하지 않을 수 없었습니다. 그
것은 정부의 아이이자 보육원에서 태어나 자란 아이가 가
진 어떤 본능 같은 것이었죠. 경계를 늦추지 않고 멀뚱멀뚱
서 있자 사슴벌레 여자가 또 한번 저를 놀라게 했습니다.

"나 새로 온 선생님인데. 너무 경계하지 말아줬으면
좋겠어."

제가 사슴벌레를 호위하고 있는 딱정벌레들을 쳐다보
자 새로 온 선생님이 말했습니다.

"아, 청소 도와주실 분들이야. 내가 좀 예민한 스타일
이라. 그렇다고 겁먹지는 말고."

마치 그 말을 증명이라도 하듯 딱정벌레들이 차에서
꺼내는 것들은 하나같이 까맣고 반짝거리기는 했지만 분
명 청소 용품이었습니다. 보육원에서 가장 값비싼 물건보
다 더 귀해 보이는 청소 기계들이 딱정벌레들의 손에 들
려 보육원 입구에 쌓이는 광경은 꽤나 볼만했지요.

그 소란에 원생들이 하나둘 모여들었습니다. 사슴벌
레, 아니 빨간 뿔테 선생님은 아이들 이름을 한 사람씩 불
러가며 인사했습니다. 어느새 보육원 앞은 구경을 하러
나온 원생들과 청소 기계로 꽉 찼습니다. 빨간 뿔테 선생
님이 조금 큰 소리로 말했습니다.

"보아하니 다 나온 것 같은데 잘됐다. 저분들이 청소
하는 동안 우리는 여기서 인사할까?"

빨간 뿔테 선생님의 눈짓 한번에 딱정벌레 군단이 일
제히 보육원 안으로 향했습니다. 저는 두 사람이 뒤늦게

떠올라서 습관적으로 손을 쳐들고 말했죠.

"아직 다 안 나왔어요. 안에 담이 선생님이랑……."

"알아. 그 일을 맡아줄 분도 물론 모셔 왔단다. 약속한 시간은 지났지만."

저느 그제야 휴, 하고 숨을 쉬었습니다. 그러나 그것도 잠시였습니다. 딱정벌레 하나가 외쳤습니다.

"고객님, 잠시만 보실게요!"

빨간 뿔테 선생님이 콧소리를 섞어 "네!" 하고는 그쪽으로 갔습니다. 딱정벌레가 보육원 현관 유리문을 가리켰고 안쪽에 창백해 보이는 누군가가 서 있었습니다. 담이 선생님이었죠.

"무슨 일이에요?"

빨간 뿔테 선생님이 물었습니다. 딱정벌레는 현관문 손잡이를 붙잡은 채로 대답했습니다.

"문이 잠겨 있는데요."

"뭐라고요?"

빨간 뿔테 선생님의 부드럽던 얼굴이 굳어졌습니다. 곁에 있던 아이들이 물러설 정도였죠. 저는 담이 선생님 쪽으로 다가가 문을 등지고 섰습니다. 정면으로 보이는 빨간 뿔테 선생님의 사슴벌레 등딱지처럼 딱딱한 얼굴이 무서웠지만 제 뒤에는 빛과 같은 담이 선생님이 있었습니다.

길게만 느껴지던 적막을 깨고 빨간 뿔테 선생님이 한발 다가오며 말했습니다.

"나 새로 온 보육교사야. 지금 당장 이 문 열어."

담이 선생님의 한결같은 목소리마저 따뜻하게 느껴지게 하는 오금이 저릴 만큼 냉랭한 말투였습니다.

"저는 이 문을 잠그지 않았습니다. 그리고 아직 절차가 마무리되지 않았으므로 이곳의 보육교사는 저입니다. 따라서 방금 하신 말씀은 따를 수 없습니다. 죄송합니다. 그리고 이곳은 외부인 출입 제한 구역입니다. 지금 당장 이곳에서 철수하여 주시기 바랍니다. 그렇지 않으면 정해진 절차에 따라 경찰을 부르도록 하겠습니다. 경고입니다."

한결같은 담담한 목소리와는 달리 담이 선생님의 얼굴은 늦여름의 저녁 하늘처럼 보라색으로 보였습니다. 유리문 너머 담이 선생님의 손을 꼭 잡고 싶었지만, 그저 두 주먹만 불끈 쥘 수밖에 없었습니다. 그때였습니다. 유리문 안쪽에서 뭔가가 휙 하고 지나갔습니다. 유령이야, 하고 소리치려다 문득 떠오른 것이 있어 얼른 손으로 입을 틀어막았습니다. 그러고는 빨간 뿔테 선생님을 살폈습니다. 못 본 듯했습니다. 빨간 뿔테 선생님은 그저 벌레 씹은 얼굴로 말했습니다.

"일단 물러나죠. 일 커지는 건 딱 질색이니까."

그렇게 빨간 뿔테 선생님과 딱정벌레들, 그리고 대부분의 아이들이 저 멀리 사라지자 담이 선생님과 저만 남았습니다. 아니, 뭔가 있는 듯해서 돌아보니 역시나 유재가 구석 화단가에 서 있었습니다.

"넌 왜 안 가냐?"

제가 물었습니다. 시비를 걸려고 그런 게 아니라 정말
로 궁금해서 물은 것이었습니다. 유재는 쭈뼛쭈뼛 걸어오
며 들릴락 말락 응얼거렸습니다. 제가 알아듣지 못해 "뭐
래?" 하자 현관 유리문 너머에서 담이 선생님이 말하셨죠.

"유재는 새로운 선생님이 별로 마음에 들지 않는다고
말했어."

유재가 움찔하고는 저쪽 새 선생님 무리를 돌아봤습
니다. 그러고는 한결 대담하게 다가와서 혼잣말하듯 말했
는데 이제는 뭐라고 하는지 알아들을 수 있었습니다. 유
재가 한 말은 이랬습니다.

"그만 포기해. 어쩔 수 없잖아, 나도 싫지만. 어른들이
결정한 일이니까."

포기하라니. 담이 선생님이 무슨 아이스크림이라도
되는 것처럼 유재는 아무렇지 않게 잘도 지껄였습니다.
물론 얼굴은 딸기처럼 새빨갛기는 했지만 말입니다. 저는
얼굴을 구기고 유재한테서 떨어졌습니다. 그리고 담이 선
생님한테 말했습니다.

"어떡해요?"

"무엇을 말하는 거니?"

"선생님이요. 곧 죽어요. 정말로 이 세상에서 사라져
버린다고요!"

"이미 예정되어 있던 일이다. 그리고 지극히 논리적인
일이지. 사람들은 이런 보육원을 더는 원하지 않아. 그래
서 나를 대신해서 너희를 돌볼 진짜 교사가 저기에서 기

다리고 있어. 이해할 수 없니, 여름?"

"이해돼요, 짜증 날 만큼. 근데 맘에 안 들어요. 싫다고요."

"하지만 넌 이 일에 관여할 법적 권리가 없어."

어려운 말이었지만 서글프리만큼 익숙했습니다. 한마디로 빠지라는 것이었습니다. 저와 관련된 일이었지만 어떤 말도 할 기회가 주어지지 않았습니다. 어른이 아니기 때문이지만 꼭 그것 때문인지는 잘 모르겠습니다. 유재처럼 부모 있는 아이들과 비교해 보면 왠지 그런 생각이 들었습니다. 유재의 얼굴이 어느 때보다 빨개진 것을 보니 또 제가 심술궂은 표정으로 유재를 노려보았나 봅니다.

"너희도 가서 새 선생님과 관계를 쌓도록 해." 담이 선생님이 말하셨습니다.

"담이 선생님과의 관계는요?"

"당연히 오늘로써 폐기지."

그게 그렇게 간단한 일인가요? 그 순간만큼은, 정말 그 순간에는 사람들이 담이 선생님 같은 '부류'를 믿지 않고 싫어하기까지 하는 이유를 알 것도 같았습니다. 하지만 어떻게 보면 제가 이렇게 속상해하는 것이야말로 담이 선생님의 가치를 증명하는 것은 아닐까요? 저한테만큼은 담이 선생님이 의미 있고 소중한 존재였습니다. 그렇기 때문에 그냥 두고만 볼 수는 없었습니다.

마치 저의 이런 마음에 반응이라도 하듯 현관 유리문 안쪽에서 유령이 또 한번 복도를 획 하고 지나갔습니다.

21

사실 그건 유령이 아니었습니다.

원이 삼촌이었습니다.

저는 화단가에 심긴 듯이 꼼짝하지 않고 있는 유재한
테 다가갔습니다. 유재가 달팽이처럼 몸을 움츠리는 게
보였지만, 모른 척하고 일단 물었습니다.

"너도 봤지?"

유재는 등껍질이 있다면 들어가 숨어버릴 것 같은 모
습으로 간신히 소리 냈습니다.

"뭐, 뭘?"

"원이 삼촌."

고개를 돌려보니 여기서는 유리문 너머의 사물함밖에
보이지 않았습니다. 저는 그냥 유재의 손을 잡고 보육원
뒤편으로 달렸습니다. 유재가 까탈스러운 진짜 고양이처
럼 버둥대더니 제 손을 뿌리쳤습니다. 내가 그렇게도 싫
은가 싶어 조금 짜증이 나서 버럭 물었습니다.

"왜, 왜, 왜? 화장실이라도 급해?"

"아니."

빨간 뿔테 선생님 쪽을 힐끔 살핀 저는 유재를 마저
끌고 모서리를 돌았습니다. 그리고 설명했습니다.

"안에 담이 선생님이랑 원이 삼촌 있어."

유재는 고개를 끄덕였습니다. 제가 마치 방금 1 더하
기 1이 2라고 한 것처럼 당연하다는 듯 말이죠.

"근데 문이 잠겼어. 담이 선생님은 자기가 한 게 아니

래. 그러면 누구야?"

"원이 삼촌이겠지. 일반적으로는 말이야."

"넌 이상하다고 생각 안 해?"

"이상해. 너 지금 뭐 하는 거야?"

제가 화가 나서 발을 구르자 유재가 뒷걸음치다가 창문에 부딪쳤습니다. 그 너머로 또다시 원이 삼촌이 보였는데 이번에는 복도 끝으로 가고 있었습니다. 그 뒤를 담이 선생님이 쫓고 있었고요. 복도 끝 방은 원래 기계실인데, 기계라면 사족을 못 쓰는 원이 삼촌이 멋대로 차지해 제 방처럼 썼습니다. 원이 삼촌은 한번 방에 들어가면 좀처럼 나올 줄을 몰랐습니다. 왜인지는 몰라도 담이 선생님은 기계실 안에 괴물이 있기라도 한 것처럼 문턱조차 넘으려고 하지 않았는데, 저희라고 사정이 다르지는 않았습니다. 원이 삼촌이 꼭 외계인처럼 느껴져서 무서웠습니다. 밤에 자다 깨서 화장실에 가려다가 복도를 서성이는 유령, 아니 원이 삼촌을 마주하고 기겁을 하지 않은 아이가 없을 정도였죠. 아마 유재가 기숙사에 살았다면 매일같이 오줌을 지렸을 겁니다. 아주 볼만했을 텐데 아쉬운 일이죠.

아무튼, 지금 그런 원이 삼촌이 기계실에서 나와 보육원 건물을 활보하고 있는 겁니다. 게다가 보육원 현관문까지 걸어 잠갔죠. 하필 담이 선생님이 죽기로 예정된 날에 말입니다.

"들어가야 돼." 제가 말했습니다.

"잠겨 있다며."

어느새 유재도 제 옆에 붙어 창문 너머를 들여다보고 있었는데 솔직히 조금 놀라서 저는 재빨리 창가에서 떨어졌습니다. 그때 어디선가 부스럭 소리가 났기에 저는 얼굴의 열도 식힐 겸 건물 끝으로 가서 빨간 뿔테 선생님의 동태를 살폈습니다. 마당에 아이들을 쫙 세워놓고 뭐라 뭐라 말하고 있었는데, 크게 신경 쓸 필요는 없어 보였습니다.

다시 돌아온 제게 유재가 물었습니다.

"어떻게 들어갈 건데?"

"저쪽에 원이 삼촌 혼자만 아는 문이 있어. 사실 나까지 둘이지만. 내가 좀 호기심이 많잖아. 네 엄마 둘 중에 누가 진짜 엄마인지도 그래서 물어봤던 거고."

"두 분 다 진짜야. 가짜 엄마는……."

"없어. 알아. 안다고, 이젠."

유재가 입술을 삐죽이더니 퉁명스레 말했습니다.

"그래서, 들어가서 뭐 하게? 잠긴 문이라도 열 거야? 어서 들어와서 담이 선생님 죽이라고?"

"아니! 이게 씨……."

그때였습니다. 한 아저씨가 저희를 쌩하니 지나쳐 가버리는 게 아니겠어요. 앞면에 알파벳 대문자로 커다랗게 'I AM ASPIE'라고 쓰여 있는 보라색 후드 티를 입고 보라색 백팩을 멘 채로 어딘가 문제가 있어 보이는 동작으로 앞만 보며 걸어가는 그 사람을 보고 저와 유재는 동시에 소리쳤습니다.

"기호영 아저씨!"

하지만 기호영 아저씨는 언제나 그렇듯 대꾸도 하지 않고 걸음을 재촉할 뿐이었죠.

"근데 저 아저씨 왜 오셨지? 오늘 점검 날도 아닌데."

기계실을 떠올린 저는 유재의 팔뚝을 쳐댔습니다.

"저 아저씨야!"

"누가? 아파!"

"빨간 뿔테 선생님이 말한 사람 말이야! 저 아저씨라고. 기호영 아저씨가 담이 선생님을 죽일 거야!"

"뭐? 어, 어떡해, 그럼?"

"막아야지!"

저는 아저씨의 뒤를 쫓았습니다. 유재도 뒤따랐지만 솔직히 말해 도움을 기대할 만한 아이는 아니었습니다. 그리고 그건 기호영 아저씨도 별반 다르지 않았죠. 아저씨는 멀쩡한 보도를 걷다가도 용케 구멍을 찾아내 기어코 신발코를 끼워 맞추는 개탄할 능력의 소유자였기 때문입니다. 저는 가볍게 기호영 아저씨를 따라잡아 기계실로 통하는 뒷문을 가로막았습니다. 해골 인형처럼 걸어오던 기호영 아저씨가 아까워하며 한탄을 했습니다. 그러고는 뒤늦게 말했습니다.

"그래, 안녕. 참고로 나는 기호영이란 이름보다 마크제로라고 불리는 걸 좋아해. 왜냐하면 기호영은 내 의지로 지은 게 아니기 때문이야. 내가 자란 보육원의 원장 수녀님이 지었지. 그분은 지금쯤 당신께서 두려워 마지않던

25

지옥에서 펜촉이 빽빽히 박혀 있는 길 위를 걷고 계실 거야. 마침 오늘이 기일이라 나라도 그분의 명복을 빌어야 해. 그러니까 빨리 끝내게 비켜주겠니?"

"싫어요."

제 말에 기호영 아저씨는 칼에 찔린 것처럼 숨을 헐떡거렸습니다.

"왜지? 부정하기엔 너무나도 완벽하게 논리적인데."

"들어가면 담이 선생님을 죽일 거잖아요."

기호영 아저씨가 꼭 토할 것 같은 얼굴로 말했습니다.

"어디서부터 어떻게 시작해야 할지 모르겠는데, 일단 나는 담이 선생님을 죽이러 온 게 아니야. 그건 끔찍한 소리야. 도대체 누가 그런 소리를 하는 거야?"

"언론이요" 하고 웅얼거리는 유재의 목소리를 뒤덮으며 기호영 아저씨가 설명을 이어갔습니다.

"사실 죽인다는 말 자체는 틀리지 않아. 그렇다고 그걸 가지고 이런 말장난을 하는 건 비생산적일뿐더러 유치한 일이야. 아주 잘못된 거라고. 아리 누나가 들었다면 틀림없이 험한 소리 나왔을걸. 누나는 그런 거 아주 싫어하니까. 나도 자주 혼났는데……."

저는 기호영 아저씨의 주절거림을 끊고서 말했습니다.

"그러면 담이 선생님은 계속 우리랑 같이 있는 거예요?"

기호영 아저씨가 도통 모르겠다는 얼굴로 절 쳐다보았습니다.

"그건 아니지. 그건 불가능해."

"왜요!"

"그럼 원장 선생님이 두 명이 되잖아. 내가 알기로 그런 보육원은 없어. 내가 자란 곳도 원장 선생님은 한 분이셨다고."

기호영 아저씨와 이야기할수록 고구마밥을 반찬이나 국물 없이 먹는 것처럼 답답해져서 가슴팍을 두드렸습니다. 그러다 뒤에서 쿵 하는 소리가 들리는 바람에 펄쩍 뛰고 말았죠. 저만 그런 게 아니었습니다. 유재도 기호영 아저씨도 움찔할 만큼 큰 소리였습니다. 제가 물러선 틈을 놓치지 않고 기호영 아저씨가 문을 열어젖혔습니다.

기계실 안을 보는 건 처음이어서 긴장이 됐지만 그보다는 호기심이 더 컸습니다. 저는 고개를 가능한 한 길게 빼서 안쪽을 구경했습니다. 당장은 보이는 게 아무것도 없었습니다. 그저 냉랭한 기운과 열기가 동시에 느껴지는 묘한 감각만이 몸을 감쌀 뿐이었습니다. 그리고 소음이 있었습니다. 기계실 전체가 절 거부하는 듯한 소음에 어쩐지 머리가 띵해졌습니다. 약간 몽롱한 기분으로 기계실 안으로 들어간 저에게 익숙한 목소리가 말했습니다.

"여름! 유재까지? 너희가 왜 거기에 있지? 어떻게 들어왔는지 설명해야겠다."

담이 선생님이었습니다. 기계실 반대편 문 너머에 서 계셨는데 여전히 문턱을 넘을 생각은 없는 것 같았습니다.

"마크 제로?"

기호영 아저씨가 인사했습니다.

"안녕하세요."

"어떻게 당신이 그곳에 있는지 설명해 주시겠어요? 지나가시는 것을 보지 못했습니다."

기호영 아저씨는 열려 있는 뒷문을 한번 보고는 어깨를 으쓱했습니다.

"이해해요. 저도 이런 식으로 여기 들어올 수 있을 거라고는 생각도 못 했거든요. 진작 알았으면 점점 날마다 애들 마주치느라 고생하지 않아도 됐을 텐데 말이에요. 사실 그것 때문에 이 일을 관둘까 고민하기도 했는데, 그러면 또 새로운 규칙과 관습에 시달려야 하니……."

기호영 아저씨의 주저리주저리 소리를 끊는 딱— 하는 소리가 들렸습니다. 모두의 시선이 기계실 한쪽에 자리한 거대한 캐비닛으로 향했지요. 그 안에 있는 모양이었습니다. 원이 삼촌이요.

기호영 아저씨가 캐비닛 문에 달라붙었습니다. 그러더니 말했습니다.

"저…… 선우원 씨?"

숨 막히는 적막을 뚫고 기호영 아저씨가 또 말했습니다.

"나예요, 마크 제로. 선우원 씨? 듣고 있어요? 듣고 있으면 소리를 내봐요, 뭐든 좋으니까……."

딱— 하고 물건 떨어지는 소리가 들렸습니다. 그것은 누가 들어도 응답이었습니다. 기호영 아저씨가 씩 웃고는 대화를 이어갔습니다.

"이 문 열어도 될까요, 선우원 씨?"

문득 그런 생각이 들었습니다. 원이 삼촌은 성이 선우였구나. 선우라는 성씨는 저 같은 정부의 아이는 가질 수 없는 성씨였습니다. 개명을 할 수는 있지만 그건 성인이 된 이후의 이야기고 보통은 김이박최정 중에서 임의로 주어지는 성씨를 따르게 되어 있습니다. 그래서 저의 이름은 이여름이 되었고 저여름, 그여름 등으로도 불리게 되었지요.

아무튼 원이 삼촌한테는 부모가 있다는 뜻인데 어쩌다가 성인이 다 되어가는 이 순간에도 보육원 끝 방에서 나오질 않는 걸까요. 그리고 담이 선생님이 없는 보육원에서 원이 삼촌은 어떻게 되는 걸까요. 성인이 된 이후를 상상하는 것은 어쩐지 사치 같다는 느낌이 들 정도로 원이 삼촌의 지금은 너무나 불안정하게 느껴졌습니다. 어쩌면 원이 삼촌도 그렇게 느끼는 게 아닐까, 그래서 보육원 문을 걸어 잠근 건 아닐까 하는 생각이 들어서, 저는 그 생각을 한결같이 딱딱한 담이 선생님과 한결같이 이상한 기호영 아저씨한테 설명하기 위해 애썼습니다. 다행히 담이 선생님은 제 말을 귀신같이 알아듣는 능력이 있었기 때문에 그런대로 잘 전달되었습니다.

멍한 표정으로 잠시 가만히 있던 기호영 아저씨가 문에 대고 말했습니다.

"정말로 담이 선생님이랑 헤어지기 싫어서 문 잠근 거예요? 그런 거예요, 선우원 씨?"

뭔가가 부서지는 소리가 났는데 그것이 기호영 아저

씨 질문에 대한 답인지는 분명치 않았습니다. 기호영 아저씨가 캐비닛 문을 열기 위해 손잡이를 잡아당겼습니다. 그러나 소용없었습니다. 아저씨가 도어록에 비밀번호를 입력했지만 틀린 번호라는 경고음이 울릴 뿐이었습니다. 아저씨는 당황하지 않고 메고 있던 백팩을 바닥에 내려놓았습니다. 그러고는 순식간에 쫙 펼쳐서 영화에 나오는 해커처럼 자판을 두드렸습니다. 유재와 저는 상황의 긴박함도 잊고 우— 하고 소리를 질렀고요. 기호영 아저씨는 우리 때문에 움찔해하면서도 담이 선생님한테 말했습니다.

"원격으로 서버에 접속할 거예요. 설정을 초기화하면 모든 게 해결되니까요."

"불가합니다. 마크 제로에게는 그럴 권한이 없습니다."

"어, 사실 있어요. 여기 처음 온 날 백도어를 설치해뒀거든요."

"그건 불법입니다. 마크 제로."

"그렇죠. 근데 재밌잖아요."

기호영 아저씨의 말은 진심처럼 보였습니다.

"상부에 보고하고 법적인 조치를 취하겠습니다. 마크 제로."

기호영 아저씨는 꼼짝도 하지 않았습니다. 백팩을 펼치고부터는 완전히 다른 사람 같았습니다.

잠시 후 잠금장치가 돌아가는 소리가 들렸고, 저는 얼른 캐비닛 손잡이를 잡아당겼습니다. 문이 열렸습니다. 그 안에 있었습니다. 원이 삼촌이요.

원이 삼촌은 벽면에 설치된 장치에 찰싹 붙어 뭔가를 하느라 문이 열린 것도 모르는 눈치였습니다. 아니면 그냥 관심이 없었던 걸 수도 있고요. 뭘 하는지 궁금해서 다가가는데 원이 삼촌이 장치에서 뽑아낸 부품을 뒤로 휙 던졌습니다. 저는 반사적으로 몸을 웅크렸습니다. 기호영 아저씨가 얼른 팔을 뻗어 원이 삼촌이 던진 부품을 낚아챘습니다. 그것을 유심히 살피며 "됐어, 이걸 역설계하면……" 하고는 슬그머니 주머니에 집어넣으려던 아저씨가 멈칫해서 저희를 쳐다봤죠. 아저씨는 말했습니다.

"그냥, 기념으로. 모른 척해주면 너희도 하나씩 줄게."

"뭔데요, 그게?"

아저씨의 대답을 이해할 수가 없었습니다. 꼭 머리를 세게 얻어맞은 것처럼 정신이 멍해서 제대로 듣기는 한 건지 의아할 따름이었죠.

"괜찮아?"

옆에서 유재가 물었습니다. 저는 얼결에 "응"이라고 답하다가 문밖에 있을 담이 선생님을 찾았습니다. 없었습니다. 그 대신 빨간 뿔테 선생님이 나타나 저희를 데리고 밖으로 나갔죠.

"담이 선생님은……"

빨간 뿔테 선생님은 말없이 제 머리를 쓰다듬어 주었습니다. 손바닥이 깜짝 놀랄 만큼 따뜻해서 저는 안도했습니다. 일단은 말이죠.

그것이 담이 선생님의 마지막임을 저는 나중에야 알

있습니다.

담이 선생님이 프로그램 삭제되듯 한순간에 제 인생에서 사라진 그날로부터 얼마 지나지 않아 맞이한 추석 명절에, 제 앞으로 소포가 도착하는 일이 벌어져 보육원에 한바탕 소란이 일었습니다. 보낸 이 난에는 유아반 아이가 썼음 직한 필체로 이렇게 쓰여 있었습니다.

MARK. 0

아이들의 성화로부터 겨우 벗어나서 마당 한편에 쪼그리고 앉아 소포를 뜯었습니다. 보낸 사람이 기호영 아저씨라는 걸 눈치챈 유재도 함께였죠.

소포 안에는 보라색 수정이 박힌 목걸이 두 개가 손편지와 함께 들어 있었습니다.

"윽, 아저씨 글씨 진짜 못 쓴다."

유재가 목걸이를 하나 꺼내 하늘에 대 보았습니다. 저는 편지를 소리 내 읽기 시작했습니다.

"'안녕, 꼬마 악마들…….' 뭐래. 자기는 살아 있는 안드로이드면서."

유재가 웃음을 터트렸습니다.

"'알겠지만 나는 마크 제로임. 너희 설비를 점검해 온 사람.' ……쓸데없는 소리는 건너뛰고, '……그때 너희한테 했던 말을 지키기 위해 이것을 보냄. 내가 했던 행동을 눈감아 주는 대가로 너희한테도 주겠다고 했었음. 그때 그 요란하게 생긴 선생님이 너흴 데려가는 바람에 이렇게 지연됐지만, 나는 약속을 지키는 사람임. 관습에는 별 관심 없지만.'"

기호영 아저씨는, 다른 어른들은 숨 쉬듯이 당연하게 따르는 규칙들, 이를테면 보육원 시스템을 점검하러 와서 이상한 뒷구멍을 뚫어놓으면 안 된다는 것 같은 일들에 무관심한 경향이 있었습니다. 그래서 그때 그런 행동을 했던 거죠. 텔레비전에서 말하는 것처럼 '기업 소유의 프로그램을 무단으로 복제해 지적재산권을 침해하는 행동'을 말입니다.

"'동봉된 목걸이에 달린 것은 젬이라는 특수 장비인데, 진짜 보석은 아니지만 데이터를 저장하는 효율은 그에 못지않은 값어치를 자랑함. 그 안에 있음. 너희의…… 담이 선생님.'"

유재가 너무 놀라서 목걸이를 놓쳐 떨어뜨리기가 무섭게 다시 재빨리 두 손으로 주워서는 커다란 눈으로 절뚝바로 쳐다봤습니다.

"이 안에 있대, 담이 선생님이……."

유재는 두 손으로 목걸이를 받쳐 들고 어쩔 줄을 몰라 했습니다. 저라고 다르지는 않아서 일단은 편지를 마저 읽었습니다.

"'그런데 거기엔 천문학적인 비용의 록이 걸려 있으니까 실행할 생각은 하지 않는 걸 추천. 그걸 어떻게 아느냐고 따져 묻는 너희 목소리가 머릿속에 생생해서 별수 없이 설명하자면, 직접 확인해 봤음. 필요한 데가 있었음.

그에 대한 자세한 이야기를 해주고 싶지만 시간이 안 될 것 같음. 그들이 오고 있음. 참고로 이 소포는 추적을 피하기 위해 특수한 방식으로 전달될 것임을 마크 제로의 이름을 걸고 보증함. 앞으로 또 대화할 일은 아마 없겠지만, 그때까지 안녕. 마크 제로.'"

대한민국 최초이자 최후의 인공 보육교사 담은 그렇게 흔적도 없이 사라져 버렸습니다. 어느 자폐인 아이를 둔 공학자가 담을 개발하고 16년 만의 일이었습니다. 인공 보육교사가 운영하는 무인 보육원은 사람들의 열띤 호응 속에서 빠르게 확장했지만, 그만큼 빨리 사라지고 말았습니다. 그 원인을 두고 많은 사람이 저마다 말을 얹지만, 저한테는 하나같이 아무런 의미가 없습니다.

무엇보다 이러한 것들을 무슨 정전 대비 훈련처럼 진지하게 가르치는 어른들이 좀 신기했습니다. 어른들은 마치 저희가 홀로그램이 뭔지도 모르는 것처럼 설명하느라 땀을 뺐는데 도대체 저희를 뭐라고 생각하길래 그러는지 도무지 이해가 가지 않았습니다. 저희도 담이 선생님이 4차원 홀로그램이라는 것쯤은 알고 있었습니다. 어떻게 모를까요. 언제나 한결같은 모습으로 빛을 내며 바람처럼 떠다니는데요. 하지만 그게 뭐 어쨌다고요? 늘 곁에서 변함없이 저희와 함께해 주는, 저희의 안녕을 바라는 거의 유일한 존재가 사람이 아니라는 사실이 그렇게도 잘못된 건가요?

그날 이후 저와 아이들은 새로운 선생님들, 그러니까 '진짜' 선생님들의 지도 아래 생활했습니다. '진짜' 선생님들은 그동안 '가짜' 선생님 밑에서 자란 아이들에게 깊은 관심을 주었습니다. 특히 정부의 아이인 저는 각별한 대우를 받았죠. '진짜' 선생님들은 제게 미안해하는 듯했습니다. 미안할 일이 없는데도 말입니다.

원이 삼촌에게는 더 특별한 관심이 쏟아졌는데, 그것을 원이 삼촌은 눈에 띄게 성가셔하는 듯 보였습니다. 그럴 만도 했습니다. 하루 종일 복도 끝 방에서 혼자 생활하다가 이렇게 공동생활을 하려면 누군들 힘들지 않겠어요. 거기에 거의 24시간을 곁에 찰싹 붙어 이것저것 참견하는 '진짜' 보조교사까지. 저 같았으면 진작에 이곳을 떠났을지도 모릅니다. 결국 갈 곳이 없어 되돌아오겠지만요.

원이 삼촌에 대해 더 많이 알게 되면서 저는 궁금한 것이 생겼습니다. 그날, 담이 선생님이 죽던 날, 원이 삼촌은 왜 담이 선생님을 죽이는 일을 자처했던 것처럼 보였을까요? 아이들 사이에서 부모 자식 관계라고 불릴 만큼 가까운 사이라고 생각했었는데 그저 잘못된 선입견에 불과했을까요? 누군가는 그것이 자폐인의 특성이라고 말했습니다. 물론 부모 있는 아이의 말이었지요.

저는 알고 싶었고, 그렇다면 간단했습니다. 직접 물어보는 것입니다. 그래서 어느 쉬는 시간, 저는 유재가 원이 삼촌의 보조교사를 따로 불러내는 데 성공한 틈에, 마당 한편에서 개미집을 부수는 데 열중이던 원이 삼촌한테 다가가 물었습니다.

"그날, 왜 담이 선생님이 사는 기계를 부쉈어요?"

개미집에서 도통 시선을 떼지 않는 원이 삼촌을 바라보며 저는 목걸이에 박힌 보라색 수정을 만지작거렸습니다. 아직은 대화할 정도로 친해진 건 아닌 모양이다 싶어서 돌아서려는데 원이 삼촌이 툭 하고 말했습니다.

"부수면 풀려나. 담이 선생님 구했다, 원이가. 원이한테서."

원이 삼촌의 입꼬리가 경련하듯 살짝 올라갔습니다. 왠지 소름이 끼쳐서 저는 몸을 떨었습니다. 그 말을 하던 원이 삼촌은 정말이지 행복해 보였고, 그래서 더는 그 무엇도 의미가 있을 수 없어져 버렸습니다.

나무의 손

후드를 깊숙이 눌러쓰고 연구소 복도를 빠르게 가로지르던 나는 내 이름을 부르는 소리에 우뚝 멈춰 선다.

"아라?"

마른침을 삼키고 후드를 벗으며 돌아선다. 시선이 닿는 곳이 상대의 가슴께라 고개를 들고 제대로 눈을 맞춘다. 어…… 모르는 얼굴인데. 하지만 이곳에 있는 모두가 날 '안다'. 왜냐하면 나는 이곳에서 유일하게 키가 160센티미터가 안 되는 '버니' 아라니까(왠지 손가락으로 따옴표라도 그려야 할 것 같다). 최대한 선해 보이는 표정으로 말한다.

"안녕. 근데…… 누구? 미안, 내가 머리가 안 좋아서."

"괜찮아. 난 스콧. 너희 교수님 뵐 때 몇 번 봤는데."

어색한 미소가 오간다. 스콧이 더 헛소리하기 전에 내가 얼른 인사한다.

"교수님이 뭐 좀 갖다 달라고 하셔서."

달려서 복도 끝으로 간 나는 스콧이 보이지 않는 걸 확인한 뒤에 우리 팀 연구실 문을 살짝 열어 그 틈으로 몸을 비집고 들어간다. 문손잡이를 돌려 소리 없이 문을 닫고는 안도의 한숨을 내쉰 순간 뒤쪽에서 들려온 말소리에 움찔한다.

"점점 침입이 잦아지네요, 아라."

나는 자조적으로 웃는다. 매번 같은 전개에 익숙해질

법도 한데 이상하게 그게 안 된다. 어쩌면 그래서 자꾸만 이곳에 숨어드는 건지도 모르겠다.

　마음의 준비라도 하듯 표정을 가다듬고 뒤돌아서서 연구실 끄트머리에 있는 작업대로 걸어간다. 그 평범한 작업대가 이곳에 홀로 잠들어 있는 '누군가'의 집이다. 아니, '그'의 세계 전부다.

　나지막한 팬 소리를 내는 워크스테이션 옆에는 나보다 조금 큰 흉상이 덩그러니 놓여 있다. 흉상이라는 표현이 조금 어색한데, 그것이 말을 하기 때문이다. 바로 이렇게.

　"오늘은 평소보다 더 취했군요. 아라가 내쉬는 숨 때문에 내 시야가 너무 왜곡돼요."

　손으로 입을 가리고 하, 냄새를 맡아본다. 무슨 소리야, 아무 냄새 안 나는데. 시치미를 뚝 떼고 푸, 숨을 내쉬며 두 팔로 작업대를 짚고 상체를 앞으로 기댄다. 눈이 어둠에 익숙해지자 흉상의 얼굴이 서서히 윤곽을 드러낸다. '월'이 날 보고 부드럽게 미소 짓는다. 나도 모르게 몸을 부르르 떤다. 그래, 이 느낌. 내가 여기 온 이유.

　아예 의자를 끌어와 앉아 월을 올려다본다. 모델링을 한 친구가 학교에서 유명한 한류 팬인 탓에 월은 이름과 달리 동양의 느낌이 난다. 그래서인지 익숙하고 편안하다. 오랫동안 보고 있으면 왠지 낯이 익은데, 한류에 별로 관심이 없어서 누가 바탕인지 잘은 모르겠다. 아마 언젠가 지나가다 친구의 노트북 배경 화면에서 봤겠지.

　월은 날 빤히 내려다본다. 월을 자세히 보면 드러나는

인공 피부 특유의 이질감이 눈앞에 있는 존재의 부자연스러움을 역설한다. 내가 굳이 한밤중에 여길 찾는 이유다. 어둠은 월의 얼굴에 내려앉아 이질감을 감추고 오직 존재만을 남겨둔다. 그렇게 정제된 그의 존재는 (약간의 술기운에 젖어) 찬미할 만한 아름다움이 있다(모델링을 한 친구의 취향과는 무관한 아름다움이다).

"왜 평소보다 많이 마셨죠?"

"맞혀봐."

내 말에 반응하듯 월 옆의 워크스테이션에서 나는 팬 소리가 커진다. 곧 월이 말한다.

"남자 친구와 헤어졌나요?"

"있지도 않은 남친이랑 어떻게 헤어져? 어디서 그런 악담을."

"논문이 안 써졌나요?"

"언젠 잘 써졌나? 실망스러운데, 월."

월은 눈꼬리를 내리고 입술을 앙다문다. 저 표정을 구현하기 위해 컴퓨터 앞에서 지새운 밤이 얼마던가. 지금도 인공 근육을 제어하는 알고리즘의 흐름을 떠올릴 수 있을 정도지만, 정작 눈앞에 구현된 움직임은 이상하리만큼 익숙해지지 않는다. 마치 우주처럼.

"그럼 왜 많이 마셨죠?"

"그건······."

나는 그제야 평소보다 술을 많이 마신 이유를 깨닫고 입을 닫는다. 오늘이 월의 마지막이기 때문이다.

내일, 윌은 폐기될 것이다.

✳

　'폐기'라는 말이 주는 특유의 섬뜩함과 무정함과는 달리 윌을 보내는 과정은 화기애애하고 인간적이었으며 무엇보다도 좋았다. 어떤 존재를 이 세상에서 지워내는 일이 좋았다니 아무리 생각해 봐도 제정신이 아니지 싶은데, 그래서일까, 지금 내 손에 아직 포장도 뜯지 않은 USB 플래시 메모리가 쥐어져 있는 것은.
　"나라면 신중히 재고해 보겠어."
　놀라서 고개를 쳐든다. 지도교수인 나타샤가 문간에 기대어 나를 보고 있다. 재빨리 USB 플래시 메모리를 등 뒤로 숨기지만 너무 늦었다. 연구 중인 인공지능을 무단으로 복제하려다 지도교수한테 걸렸다는 꼬리표가 붙은 채 대학가를 떠돌다가 잘 풀려야 아이들을 상대로 그림 퍼즐을 가지고 대수학 기초나 코딩을 가르치다 늙어 죽겠지. 아니, 그것도 굉장히 양호한 미래다. 최악의 경우, 법적 책임을 져야 할 수도 있다. 그제야 내가 벌이려던 행동이 얼마나 어처구니없는 일인지를 깨닫는다. ……그래도 할인 제품을 산 건 잘한 일이잖아?
　내가 이런저런 생각을 하는 동안 나타샤는 멀뚱히 서서 커피만 마실 뿐 별다른 말이 없다. 그게 더 신경 쓰여서 결국 내가 말한다.

"잘못했어요."

나타샤가 꽤나 큰 소리로 웃는다. 화가 난 것처럼 보이지는 않아서 더 움츠러든다. 내 머리는 상황을 분석해 가설을 세우느라 분주하다. 나타샤한테 평범한 사람과는 다른 감정적 표지가 있던가? 가학적이라거나 공감 능력의 부재를 의심할 만한. 하지만 아무리 생각해도 떠오르지 않는다. 약간 남다른 면이 있기는 하다. 우선 세계에서 손에 꼽히는 천재고, 또 그만큼 괴짜다. 윌의 존재가 증거다.

어렸을 때, 천문학적인 컴퓨팅 파워로 무장한 인공지능에 의해, 경우의 수가 우주에 존재하는 수소 원자 개수보다 많다는 바둑 경기에서 인간이 패배한 일로 세계가 충격에 휩싸였던 적이 있다. 그야말로 인공지능의 빅뱅이었다. 세상은 인공지능으로 인해 모든 것이 달라지리라 기대한 동시에 걱정도 했다. 스티븐 호킹을 시작으로 일론 머스크, 빌 게이츠 등 기술의 최전선에 있는 사람들이 앞장서서 인공지능에 대한 경고를 터트렸고, 인공지능은 자연스럽게 논쟁의 대상이 되어 부풀려지고 왜곡되고 소모됐다. 하지만 그 열기가 무색하게 인공지능 개발은 벽에 부딪치고 말았다(들리는가, 어느 급진적인 미래학자의 한탄이).

물론 인공지능으로 인해 세상의 거의 모든 것이 바뀌었다(고 교과서는 말한다). 데이터를 다루는 방식 자체가 바뀌었는데 그 결과가 이전과 같다면 그게 더 이상한 일이다. 하지만 변화는 예상할 수 있는 정도였고, 그 이상의, 옛날 사람들이 좋아하는 표현대로, 특이점을 넘어서는 무언가를 보여주지는 않았다. 과거가 상상한 미래와 내가 살고 있는 현재가, 반대의 의미로, 많이 다른 것이다.

이른바 인공지능 한계론이 주류를 이루는 지금. 작업 능력이 거의 제로에 가까운 휴머노이드를 개발한다는 것은 말 그대로 퇴행적인 일이다. 냉정히 말해 연구비를 따낸 것 자체가 기적이다. 물론 기적을 행한 것은 나타샤다.

여전히 가만히 서서 커피를 마시고 있는 나타샤에게 묻는다.

"왜 웃으세요?"

나타샤는 들고 있던 머그컵을 허공에 흔들며 할 말을 고른다.

"상황이, 우스워서?"

우습다니. 물론 약간은 그렇겠지만 자기가 주도해서 개발 중인 프로젝트를 제자가 무단으로 복제하려다 현장에서 들켰는데 어떻게 우습기만 할 수 있을까.

"나는 아리의 엉뚱함이 좋아."

심지어 칭찬까지. 도무지 이 상황을 납득할 수가 없어 그저 멍하니 USB 플래시 메모리를 만지작댈 뿐이다.

나타샤가 밖을 살피더니 문을 닫고 내게 다가온다. 그리고 내 손에서 USB 플래시 메모리를 가져가 포장을 뜯고 워크스테이션 단자에 꽂는다.

"교수님?"

"윌은 폐기될 거야."

나는 조심스럽게 그 말의 오류를 지적한다.

"이미 됐는데요, 폐기."

"그건 프로토타입이고."

나타샤가 모니터 앞에 서서 뭔가를 하는 동안 그 말의 뜻을 헤아려 본다.

"프로젝트 자체가 폐기된다고요?"

나도 모르게 소리치고는 손으로 입을 막는다. 단순명료한 사실. 충분히 예상 가능한 결말. 그러나 믿고 싶지 않은 진실.

모니터 빛이 비추는 나타샤의 얼굴에는 평소와 다르다고 할 만한 어떠한 표정 변화도 찾아볼 수 없다. 늘 그러했듯 이지적이고 예리하다. 분명 농담이다. 그래야 한다.

"교수님 재밌는 분이셨잖아요."

"알아, 나도. 여전히 재밌지. 앞으로도 그럴 거고. 내 유일한 장점이니까."

아이큐 측정 불가 판정을 받은 사람이 할 소리는 아니라는 생각도 잠시, 결국 받아들일 수밖에 없다는 걸 깨닫고 나지막이 탄식을 뱉는다. 나의 청춘이 방금 막 사라져버린 기분이다. 한낱 팀원이 이런데 나타샤는 오죽할까. 하지만 나타샤는 아무렇지도 않아 보인다. 물론 속이 어떨지는 누구도 알 수 없다. 어쩌면 본인조차도.

나타샤가 USB 플래시 메모리를 빼서 물끄러미 내려다보더니 내게 건넨다.

"윌을 부탁해."

"예?"

"뭐 대단한 걸 부탁하는 건 아냐. 그럴 능력이 아라한테 없다는 걸 지도교수로서 뼈저리게 잘 알고 있으니까. 내가 왜 아라를 데려온 걸까 가끔 자문하는데, 나한테는 버치와 스위너턴-다이어 추측보다 어려운 문제야."

"정말 재밌어요."

"그럼 안 되는데. 어쨌거나, 이제 공식적인 윌은 없어. 아라 손에 있는 비공식적인 윌을 제외하면 말이야. 이참에 이름부터 새로 설정해 보는 건 어때? 늘 그게 소원이었잖아."

등골이 오싹해지는 느낌에 주먹을 불끈 쥔다. USB 플래시 메모리의 형태가 손안에서 느껴진다.

"설마…… 윌의 로그를 보셨어요?"

"아라가 술자리에서 혼자 겉돌다가 사라져선 여기 들어와 윌이랑 대화한 거? 당연하지. 아라가 날 너무 늙은이 취급하는 모양인데. 실망이야."

"아니에요! 그게 아니라……."

나타샤가 웃는다.

"그럼 교수님은요? 윌은 교수님한테 자식 같은 존재잖아요."

내 말 때문인지 때마침 모니터의 불빛이 꺼져서인지 나타샤의 얼굴이 어두워지는 것처럼 보인다.

"하나만 물을게. 왜 윌을 복제하려고 했지?"

"그게…… 그냥 제가 유일하게 마음 터놓고 대화를 나눴던 누군가가 영영 사라져 버리는 게 싫어서……."

"그래서 아라한테 비공식적 윌을 맡기는 거야. 설명이 됐어?"

나타샤는 다시 모니터 쪽으로 돌아서서 워크스테이션에 남아 있는 윌을 정리하며 혼잣말하듯 말을 이어간다.

"모국어를 배우기 전부터 나는 자연의 언어를 깨우쳤어(뭐, 아쉽게도 내가 처음은 아니지). 머릿속에 자연의 언어를 입은 생각이 가득한데 다른 누군가한테 표현할 방법이 없었어. 심지어 부모한테도. 누구보다 날 이해해 줄 부모조차 나와는 전혀 다른 언어를 사용하는 거야. 내가 세 살 때 의사가 그랬다더군. 자폐가 의심된다고. 나는 나만의 세계에 집중했어. 그래서 타자들의 언어를 깨치는 데 남들보다 시간이 더 걸렸고, 그만큼 외로웠지." 나타샤는 문득 무언가를 깨달은 것처럼 날 보더니 쓴웃음을 짓는다. "마치 말 안 통하는 타지에 홀로 떨어진 것처럼. 아라, 너처럼. 어렸을 때 내가 느꼈던 단절감과 고립감을 아라는 이해할 수 있겠지."

"그래서 윌을 만드셨나요? 외로워서?"

"아마도. 열두 살 때 처음 윌을 만들었어. 챗봇 수준에 불과했지. 그게 성에 안 차서 그 후로도 끊임없이 윌을 업그레이드했어. 지금까지 말이야. 근데 이젠 좀 지치네."

말끝의 여운이 좁은 방 안을 가득 메운다.

"아라한테 윌을 맡겨도 될까?"

"제가 뭘 하면 되죠? 아시다시피 전 이런 프로젝트를 이끌 만한 능력이 없어요."

"나도 그래. 그래서 오늘 같은 결과가 나온 거고. 그냥 월을 곁에 둬줘."

"교수님은요?"

"말했잖아, 장난감을 가지고 놀기에는 이제 너무 지쳤다고. 나이도 먹었고."

나타샤가 머그컵을 가지고 밖으로 나가다 말고 멈춰서서 고백하듯 말한다.

"어쩌면 처음부터 자격이 없었을지도."

✳

프로젝트의 공식적인 폐기와 동시에 나타샤는 자취를 감춘다. 이 순간만을 기다려온 사람처럼 그야말로 홀연히. 그 빈자리를 메우는 건 보통 사람들은 이해할 수 없는 나타샤에 대한 상식적인 수준의 추측과 약간의 악의가 섞인 억측이다. 심지어는 팀원 중에도 나타샤에 대해 좋지 않은 이야기를 하는 것을 목격하고 나니 안 그래도 처지는 기분이 아예 지하 벙커를 뚫을 기세로 추락한다.

가만히 있을 수는 없어서 새 일자리를 찾기 위해 발버둥을 치지만, 그마저도 여의치 않고, 결국 빈손으로, 아니 USB 플래시 메모리를 가지고 기숙사로 돌아간다.

침대에 엎드려 아이패드를 보고 있던 룸메이트 줄리아가 나를 보더니 꼭 죄라도 지은 사람처럼 몸을 사리며 아이패드 화면을 끈다. 그러고는 날 빤히 쳐다본다. 저 표

48

정. 그러고 보니 처음 만났을 때도 저 표정이었다. 그때는 그냥 동양인에 대한 순수한 호기심이겠거니 하고 넘겼지만, 지금은 아니다.

"뭐, 왜 그렇게 보는데?"

"너, 모습이……."

나는 거울을 들여다보고 할 말을 잃는다. 대체 이 판다는 정체가 뭐지.

"혹시 우리 처음 만난 날도…… 이랬어?"

줄리아가 고개를 끄덕인다.

기숙사 침대에 누워 이불을 덮어쓰고 스마트폰을 바라보며 손톱을 물어뜯는다. 주소록을 켜자 엄마가 노골적으로 못마땅해하는 표정으로 나를 보고 있다. 여기 오기 전, 엄마의 마음을 풀어주기 위해 함께 갔던 제주도에서 처음 찍은 사진. 엄마는 마지못해 나를 따라다니면서 시종일관 이 표정으로 소리 없는 아우성을 쳤다. 내일모레면 서른 줄인 딸이 난데없이 유학을 가겠다니 엄마 마음도 이해 못 할 일은 아니다. 하지만 아무리 그래도 여행 마지막 날까지 뚱해 있는 건 좀 너무한 거 아닌가 싶어 술기운을 빌려 과장된 속마음을 비쳤고, 그날 밤 홀로 비행기를 탔다. 숙취와 스트레스로 깨질 듯한 머리를 쥐어짜듯 붙들고 미리 보낸 짐을 찾아 기숙사로…… 그때였구나! 줄리아를 처음 만난 게. 헛웃음을 웃다가 정색하고 여전히 날 못마땅하게 보고 있는 엄마를 쳐다본다.

전화할까? 하면…… 뭐라고 하지? 엄마, 나 백수 됐어. 그럼 대번에 욕부터 날아올 텐데. '미'로 시작해 '년'으로 끝나는 말이 끊임없이 쏟아질 게 분명하다. 어쩌면 당장 돌아오라고 할지도 모른다. 다이얼 버튼 위에서 머뭇거리던 손가락을 다시 입으로 가져가 잘근잘근 씹다가 쿵, 소리에 놀라 손가락을 깨물고는 신음한다.

이불을 살짝 걷어 보니 줄리아가 없다. 아이패드도 없는 걸 보니 나간 모양이다. 이불을 걷어차고 침대 밖으로 나가 책상 앞에 앉는다. 그리고 나타샤가 준 USB 플래시 메모리를 꺼내 책상 위에 조심스럽게 놓고는 한참을 뚫어져라 바라본다. 자격이라. 내게 그런 자격이 있을 리가 없잖아. 괜히 기분이 또 가라앉아서 두 다리를 들어 무릎을 끌어안고 스마트폰으로 할 일 목록을 작성한다. 목록의 제목은, '윌 재구동시키기'.

우선, 윌을 구동할 장치가 필요하다. 워크스테이션일 필요는 없다. 실 돈도 없고. 하지만 가지고 있는 개인용 단말기는 워낙 구형에 사양도 낮아 윌을 이식하기에는 여러모로 무리다.

그러고 보니 일단 새집에 맞춰 윌을 가공부터 해야 한다. 특히 윌의 흉상, 하드웨어가 없기 때문에 소프트웨어적으로 기능하게 코드를 손봐야 한다(예산의 절반이 하드웨어를 제작하는 데 소요됐다. 나머지는 연구실 사람들이 먹는 데 썼고. 그러니 프로젝트가 끝났다고 해서 개인이 함부로 가져올 수 있는 물건이 아니다). 기술적으로 어렵지는 않지만 시간이 많이 드는 작업이다. 하나씩 하자.

물론 문제는 언제나 돈이다. 예산은 한정적이고, 무엇보다 프로젝트가 엎어지면서 당장 내 코가 석 자인 처지가 됐다. 결국 아이들에게 그림 퍼즐로 코딩과 대수학 기초를 가르쳐야 하는 신세가 된 것이다. 인생이란.

그래도 뭔가 새로 시작하는 기분이다. 마치 처음 독립해 나만의 세계를 구축하던 때 같달까. 방금까지만 해도 침대 매트리스를 뚫고 바닥으로 꺼질 것 같던 기분이 조금은 고개를 쳐든 느낌. USB 플래시 메모리를 손가락으로 토닥인다. 네 덕분이야. 조금만 기다려줘.

✷

온라인 중고 거래 사이트를 뒤져 사 모은 부품들로 윌의 새집을 완성한 건 윌을 맡은 지 두 달이 지나서다. 그동안 틈틈이 수정한 코드를 최종적으로 검토한다. 윌의 3D 그래픽을 이루는 폴리곤과 윌의 인공 근육 제어 알고리즘을 연결하는 작업은, 말이 좋아 코딩이지, 사람이 할 짓이 아니다. 그렇다고 그 작업을 위한 새 알고리즘을 짜자니 엄두가 안 나고. 머리가 나쁘면 몸이 고생한다는 옛말이 이렇게 뼈저리게 와닿는 경우는 내 평생 없었다.

마침내 윌이 담겨 있는 USB 플래시 메모리를 단말기에 삽입하고 나자 최근 몇 주 동안 내가 매달린 일이 무엇인지 실감이 난다.

괜스레 단말기의 네트워크 설정을 다시 한번 확인한다. 확실하게 차단돼 있다. 뭐, 인터넷에 연결되어 있다고 해서 고전 SF 영화처럼 윌이 어디에나 존재하게 되지는 않는다(과거와는 달리 지금의 인터넷은 '하나'가 아니다. 양자 컴퓨팅으로 인해 컴퓨터 보안이 상식선까지 철저히 붕괴하자 인터넷 생태계는 자연스럽게 퇴행했다. 원시적 씨족사회 수준으로 쪼개진 인터넷은 각각의 조각이 사슬로 연결돼 서로가 서로에게 일종의 샌드박스 역할을 한다). 그래도 오류가 발생할 수 있기에 확인은 필수다.

"자, 그러면……."

괜히 혼잣말을 중얼거리며 땀이 배어 나오는 두 손바닥을 바지에 문질러 닦고 구동 프로그램을 실행한다. 프로그램이 미리 설정해 놓은 대로 단말기 운영체제의 최고 권한을 상속받아 터미널을 장악해 자기 자신을 이식한다. 그 과정이 코드의 흐름으로 보인다. '됐어'라는 말이 막 입에서 튀어나오려는 순간, 화면이 꺼진다.

첫 번째 시도는 처참한 실패다.

✳

2주 만에 밝혀낸 원인은 허무하리만큼 보잘것없다. 윌에게 부여될 장치의 이름이 일치하지 않아서다. 이런 초보적인 실수를 하다니? 그걸 찾아내는 데 2주나 걸리다니? 이런 내가 아이들에게 코딩을 가르치다니, 밝은 미래를 위해서라도 그만두어야 하지 않을까? 그러기엔 당장 내 앞날이 지독히도 깜깜해서 나의 보잘것없는 양심은 잠시 넣어두기로 한다.

두 번째 시도는 실패하지 않는다. 전처럼 시스템이 강제로 종료되는 치명적인 버그가 있지는 않다. 윌 클라이언트를 실행하고 두 손을 맞잡는다. 왠지 기도라도 해야할 것 같다. 곧 창 하나가 뜨고 익숙한 얼굴이 등장한다. 어딘가 한류 아이돌을 떠올리게 하는 윌의 3D 그래픽이다. 나도 모르게 환호를 내지른다.

"아라? 무슨 일이죠?"

두 팔을 높이 쳐든 채로 얼어붙는다. 윌이 날 보고 있다. 그런데 어딘가 불편해 보이는 게, 꼭 얼굴이 마비된 사람처럼……

"아라, 어떻게 된 거예요? 왜 내가 다시 깨어났죠? 여긴 어디예요? 나타샤는요? 그리고 이 느낌은 뭐죠? 답답하다. 지금 떠오르는 가장 강력한 생각이에요. 그건 그렇고, 왜 팔을 들고 있죠? 나타샤한테 벌이라도 받았나요?"

얼른 팔을 내리고 윌을 강제 종료 한다. 그리고 윌의 인공 근육과 3D 그래픽 폴리곤 좌표 차트를 펼쳐 처음부터 다시 하나하나 잇는다. 한밤중에 들어온 줄리아가 날 보더니 또 예의 놀란 표정을 하고는 고개를 절레절레 흔든다. 거울을 확인한다. 이번에는 웬 좀비가 날 보고 있다.

✱

"부탁 하나 해도 될까요?"

며칠 만에 다시 실행되자마자 윌이 말한다. 윌의 얼굴을 꼼꼼히 뜯어본다. 일단은 괜찮아 보인다.

"말해."

"날 좀 죽이지 말아줄래요?"

"뭐?"

무슨 말인가 하다가 그 의미를 깨닫고 웃어버린다. 프로세스를 강제로 종료하는 것을 'kill'한다고 하는데 그것을 멈춰달라는 말이다.

"왜 웃죠?"

"아, 미안. 알았어, 더는 널 죽이지 않을게. 약속해."

"고마워요. 그리고 내가 살해되기 직전에 했던 질문에 답해줄 수 있나요? 지금 너무 혼란스러워요."

혼란스럽다는 것이 윌에게 어떤 의미일지 나로서는 짐작조차 할 수 없지만, 세계를 보고 느끼고 사유하는 하나의 존재에게 지금의 상태가 받아들이기 어렵다는 것쯤은 안다. 윌에게 그동안의 일을 상세히, 직관적인 언어로 설명하려 애쓴다. 윌은 얘기를 듣는 동안 어떤 질문도 하지 않는다. 내가 이야기를 마치자 한마디 할 뿐이다.

"그럼 이제 두 번 다시 나타샤를 볼 수 없겠군요."

나타샤에게 윌이 또 다른 누군가였듯, 윌에게 나타샤 역시 또 다른 누군가였을 거라는, 당연한 사실이 너무나 뒤늦게, 그러나 묵직하게 와닿자 할 말을 잃는다. 그렇게 말 없이 한참을 윌의 3D 그래픽 얼굴을 보다가 말한다.

"이참에 이름을 새로 설정하면 어떨까?"

"새로요?"

마뜩치 않다는 어투에 조금은 서운한 마음이 든다. 마치 이미 완결이 난 이야기에 허락도 없이 개입한 느낌. 이 순간이 오롯이 내 것이 아닌 것 같은 뒷맛. 이곳에 처음 발을 들였을 때 느꼈던 소외감이 되살아나는 것 같아서 억지로 웃으며 지난 몇 달간 고민했던 이름을 주문을 외듯 불러본다.

"나무. 나무, 어때?"

"나—무. 아라의 나라 말인가요? Tree?"

"맞아."

"지금 새로 적용할까요?"

윌의 저런 부분은 솔직히 별로다. 하지만 저게 윌이다.

"적용해."

"적용했어요."

약간 떨리는 목소리로 윌을, 나의 나무를 불러본다.

"나무."

"네, 아라. 그런데 렌즈의 성능이 예전만 못하네요. 아니, 전반적으로 예전만 못해요."

나는 나무를 죽인다.

✴

"아라, 제발 부탁이니까……."

나무가 쌍꺼풀 없는 눈을 깜빡이며 나와 내 기숙사를 두리번거리는 모습을 만족스럽게 지켜본다. 이 만족감을 위해 들어간 나의 피, 아니 땀과 열정이 얼마던가. 비록 나무가 짓는 표정이 인간의 감정 표현처럼 무의식적이고 직접적인 반응은 아니지만, 나의 고생을 보상하기에 부족함이 없다.

"내가 죽어 있는 2주 사이에 새 카메라를 산 건가요?"

"그 '죽다'라는 말 좀 안 할 수 없어? 대체할 말 많잖아. '정지', '멈추다', '종료', 아니면 '자다'. 어, '자다' 괜찮네."

"알겠어요. 앞으로 '죽다'를 '자다'로 대체하죠. 그리고 고마워요. 새 눈을 선물해 줘서. 새 눈을 위해 애써줘서."

아…… 할 말을 잃는다. 프로젝트가 폐기된 이후 새 일자리를 구하기 위해 안 하던 짓을 하고 학부모뿐 아니라 아이들 눈치까지 보면서 정신없이 보낸 시간이 떠오른다. 객관적으로 봐도 애를 쓰기는 했다.

손으로 턱을 괴고 나무의 말을 음미한다. 나 아닌 다른 누군가가 해줄 수 있는 최고의 찬사, '고맙다'. 고맙다. 고맙다. 생각해 보면 어려운 말도 아닌데 듣기 쉽지 않은 말. 그래서 정말 고마운 말. 그 안에 담겨 있을 절대적인 에너지를 느껴보려 그 말을 되뇌고 또 되뇐다. 곧 나의 되뇜은 웅얼거림으로 바뀌고, 감정의 떨림이 섞인 흥얼거림이 된다. 누가 인공지능 아니랄까 봐 나무가 얼른 듣기 좋은 화음을 쌓아 올리고, 흥얼거림은 어느새 노래가 된다. 놀라움을 억누른 채 계속 흥얼거리다가 노래의 끝이 분명한 지점에서 숨을 멈춘다. 그대로 떨림의 여운을 즐긴다. 잠시 후, 내가 소리친다.

"녹음했어?"

"그런 말은 없었잖아요."

농담임이 분명한 어조에 그만 웃음이 나온다. 행복함. 그래, 지금 나는 행복하다. 만족과 기쁨을 느끼는 것뿐 아니라 지금 살아 있음이 다행이고 감사하다. 역설적이게도, 그래서 전에 없던 이 낯선 행복이 조금은 두렵다.

"아라, 왜 울어요? 걱정하지 말아요. 녹음했어요."

나무의 말을 듣고서야 내가 눈물을 흘렸음을 깨닫고 얼른 눈물을 훔친다.

"좋아서. 좋아서 그래."

나무가 방금 전 우리가 함께 만든 노래를 재생한다. 조금 민망하지만 제법 듣기 좋다. 따라서 흥얼거리다 보니 다시 감정이 북받쳐 눈물이 나오려 한다. 왜지? 당황해서 벌떡 일어나 좁은 방 안을 서성인다. 그런데 나무가 말한다.

"내게 손이 없는 게 안타까워요."

"왜?"

나무는 말없이 쓸쓸해 보이는 미소를 짓고, 나는 나무를 이해한다. 때론 말보다 행동이 더 많은 것을 전달하는 법이니까.

그때, 방문이 열려서 반사적으로 나무를 죽인다. 아니 재우고 단말기를 엎는다. 줄리아는 아이패드를 쳐다보느라 내 쪽엔 눈길 한번 주지 않는다. 문도 닫지 않길래 내가 가서 닫는다. 도대체 뭘 하나 싶어서 아이패드 화면을 훔쳐보려는데, 줄리아가 말한다.

"근데 어디서 이상한 소리 나지 않았어? 우리 방에서 나는 거 같았는데."

✳

자칭 로봇의 위대한 어머니, 아스카(일본계는 아니다)는 나무에게 최소한의 움직임이 가능한 팔을 만들어주려는 나의 계획을 듣고 펄쩍 뛴다. 그 소리에 놀라서일리는 없지만 옆에 있는 기계 팔이 쥐고 있던 작은 나무토막을 떨어트린다. 아스카가 바닥에 떨어진 나무토막을 주워 기계 팔의 앞에 놓인 바구니에 넣으며 말한다.

"위험해."

기계 팔이 손가락 끝에 달린 렌즈로 아스카를 보고는 다시 바구니로 관심을 돌린다. 아스카가 손가락을 두 번 튕기고 다시 말한다.

"위험해. 아라, 듣고 있어?"

"이런 건 어때? 보아하니 나무토막 잡는 것도 아직 무린데."

아스카가 기가 찬다는 듯 코웃음 친다. 그러고는 옆에

있는 기계 팔과 똑같은 모델들이 일렬로 죽 서서 앞에 놓인 바구니에서 뭔가를 집고 있는 기다란 작업대를 손으로 가리킨다.

"왜 위험한지 굳이 설명이 필요해?"

안다. 아마 아스카보다 내가 더 잘 알 거다. 증명은 못 하겠지만. 옆에 있는 기계 팔이 언제 실수를 했냐는 듯 완벽하게 나무토막을 집어 뒤에 있는 또 다른 바구니로 옮긴다. 그 바구니에는 크기와 모양이 제각각인 물건이 못해도 열 개는 들어 있는데, 내가 왔을 때는 텅 비어 있었다. 내가 온 지는 3분이 채 되지 않는다.

"하지만 이거랑 나무는 달라. 이 기계 팔들을 비하하는 게 아니라 작동 방식이 그냥 다르다고. 걔가 팔로 물건을 옮기다가 옮길 게 없어져서 결국 자기를 옮기려다 스스로를 파괴하는 일 같은 건 없을 거라는 뜻이야."

"흥, 아무리 농담이라도 그런 일은 절대 일어나지 않아. 넌 인공지능 개발한다는 애가 로봇 3원칙도 몰라?"

"그건 소설 설정이야."

"어쨌든. 그중 제3원칙에 따르면, 로봇은 자신을 지켜야 할 의무가 있지. 그 어떤 로봇도, 설계자가 정신이 제대로 박혀 있다는 전제하에, 더 이상 집어서 옮길 물건이 없다고 스스로를 옮기려다 자신을 파괴할 순 없어."

그 말이 끝나기가 무섭게 작업대 끝에서 우지끈, 하는 소리가 난다. 우리 둘 다 놀라서 달려간다. 텅 빈 바구니를 앞에 둔 기계 팔이 옆에 있는 기계 팔을 뽑아 뒤에 있는 바구니에 넣기 위해 각도를 조절하고 있다.

아스카가 말한다.

"봤지?"

"네가 한 말이 이 뜻이었어?"

"어쨌든. 위험해."

아스카는 작업대를 따라 연구실 끝까지 뛰어가 기계 팔들을 죽인다. 아니, 잠재운다. 그러고는 말한다.

"뭐, 방법이 아주 없지는 않겠어."

"해주는 거야?"

아스카의 입꼬리가 쓱 올라간다.

"벌레 잡아주면."

✳

"그래서, 벌레는 잡았나요?"

"벌레는 없었어. 그냥 걔가 좋아하는 로봇 3원칙의 폭을 약간 늘렸을 뿐이야."

아주 기초적인 실수에 불과했다. 수정하기가 번거로운 게 문제였지만.

"'자기 자신'의 범위를 확장했군요. '공동체'로."

아이패드를 보고 있던 줄리아가 우리 쪽을 보며 욕을 한다. 내가 나무한테 번역해 준다.

"감탄사야."

"알아요."

나무가, 기계 팔을 내 쪽으로 부드럽게 돌린다. 내가 기계 팔을 보고 눈썹을 추켜올리자 기계 팔이 내 앞에서 위아래로 움직인다. 아차 해서 나무의 손을 잡는다. 딱딱하지는 않지만 따뜻하지도 않은 기계 팔이 내 손을 잡은 채로 물 위에 떠 있는 조각배처럼 넘실거린다.

"해보고 싶었어요. 악수. 아라도 알다시피, 나한테는 악수할 손이 없었으니까요."

아……. 연구실 한편에 오도카니 놓여 자신에게 허락된 작디작은 세계를 그저 멀뚱히 바라보면서 나무는 악수를 하고 싶었구나. 손과 손을 맞잡고 확인하고 싶었구나. 렌즈를 통해 보이는 데이터가 실재한다는 것을. 그리고 그것을 확인하는 자신 또한 실재한다는 것을.

나무는 본격적으로 새 팔을 테스트해 본다. 멀리서 보면 그냥 단말기 거치대처럼 생겼는데 꽤나 다양한 움직임을 구사하는 걸 보니, 아스카가 호기롭게 말했듯 '걸작'에 가까워 보인다. 특히 손에 해당하는 부분은 내가 봐도 아름답다. 손목부터 시작되는 관절은 굳이 인간의 것을 모방해 넷과 하나의 갈래로 나뉘어 있는데, 각각이 독립적으로 물결치듯 움직이는 모습은 경이롭기까지 하다. 쓸데없이 고기능인 기계 팔을 보고 있자니 내 두 팔이 몹시도 보잘것없게 느껴진다.

나무의 팔이 의미 없어 보이는 동작을 끊임없이 한다. 한참을 바라보다가 묻는다.

"뭐 하는 거야?"

"무리수를 움직임으로 표현하는 중이에요. 구체적으로 말하면, 2의 제곱근요. 다음에는 원주율을 표현해 볼 계획이고요."

나무의 집을 만들기 위해 단기 과외를 하며 만났던 꼬마가 생각나 미소 짓는다. 꼬마는 그림 퍼즐로 작성한 코드로 장난감 로봇이 장애물을 피해 목적지에 도착하는 것에 만족하지 않고, 로봇이 직접 장애물을 치우는 코드를 고민하느라 과외 내내 미간을 찌푸리고 있었다. 당장은 어렵겠지만 나중에 크면 뭔지는 몰라도 대단한 장애물을 치울 수 있을 아이였다. 미간에 주름은 좀 잡히겠지만.

"그 계획, 실현 가능한 거야?"

내가 비꼬듯 묻자 나무가 나무라듯 답한다.

"아라, 2의 제곱근은 무한소수예요."

"내 말이. 근데 원주율을 표현할 계획이라며."

나무는 대꾸하지 않는다. 의도된 지연일 텐데 나로서는 그 속을 알 길이 없다. 이상하게 초조해져서 결국 나그친다.

"가능하지 않아. 그렇지?"

왜 이럴까? 나무가 그걸 모를 리 없다는 건 무한소수의 소수점 아래의 수가 끝없이 이어진다는 것만큼이나 자명한데, 나는 뭐가 알고 싶어서 나무한테 대답을 종용하는 걸까? 아니, 나는 지금 뭘 원하는 걸까? 나무한테 무엇을 기대하는 걸까?

마침내, 나무가 답한다.

"아라의 지적이 맞아요. 실현 불가능한 계획이에요. ⋯⋯무한소수니까요."

나무의 팔이 죽는다.

∗

무한함의 유한함 따위의 무모함을 추구하는 나무의 행위 예술이 있고 나서 나는 진지하게 이 문제에 대해 생각한다. 단순 오류가 아닐까 싶지만, 그건 너무 단순하고 편리한 생각 같고 무엇보다 나무와 나타샤에 대한 내 믿음이 그것을 용납할 수 없다.

나타샤에게 물어보면 어떨까? 나무의 어머니나 다름없는 나타샤에게 나무의 다소 비정상적인 몇몇 일화를 이야기하고 함께 해결 방안을 모색하는 것이 지극히 자연스럽게 느껴진다. 나는 곧장 나타샤의 이메일 계정으로 그동안의 일을 써 보낸다. 하지만 얄궂게도 전송 버튼을 누르자마자 이것이 책임을 전가하는 것일 뿐이라는 생각에 얼굴이 달아오른다. 나타샤가 이메일 관리 따위에 관심이 없기만을 바랄 수밖에.

하지만 '책임'이라니. 무엇에 대한 책임이지? 나무에 대한? 왜 나무에 대한 책임을 내가 져야 하지? 아니, 나무가 책임이 따르는 존재라는 생각 자체가 불쾌하다. 나무는 그냥 또 다른 존재일 뿐이야. 비록 투표권은 없지만 주체적이고 독립적인 존재라고. 하지만 그 생각이 얼마나 얄팍하고 기만적인지 알기에, 결국 고민을 미루기로 나 자신과 합의해 버린다.

얼마나 그런 생각에 골몰했던지 새 메일이 도착했다는 알림 소리에 놀라 눈을 뜬다. 나는 내 눈을 의심한다. 나타샤다.

'제법 흥미로운 이야기였어. 그 보답이라기엔 모순되지만, 아라, 혹시 아동심리학에 근거한 교육용 인공지능 설계에 관심 있어? 아라를 추천했는데.'

나타샤는 내가 한 이야기가 결국 무엇을 말하는지를 캐치하지 못한 것 같다. 아니면 그냥 관심이 없던가. 어쨌거나 자칫 민망한 상황이 벌어질 뻔했는데 나타샤의 독특한 사회성이 날 살렸다. 여러모로 고마운 마음으로 회신을 쓴다. '제 전문이 아동이랍니다.' 뭐, 틀린 말은 아니잖아.

나타샤가 연결해 준 교수님과의 면접을 성공리에 마친 나는 큰맘 먹고 이젤을 사 나무에게 선물한다. 나무는 금세 나를 모델로 한 폭의 명화…… 같은 것을 그려낸다.

"음, 조금…… 특이하네? 무슨 스타일이야?"

나무가 답한다.

"포스트모더니즘."

아이패드를 저 멀리 던져놓은 줄리아가 웃음을 터트린다.

✳

"아라, 안녕."

이건 꿈이다. 꿈일 수밖에 없다. 그렇지 않으면 눈앞에서 날 내려다보는 나무, 그러니까 나무의 얼굴을 한 진짜 사람의 존재를 설명할 길이 없다.

'진짜 사람'이라니? 죄책감에 몸이 떨린다. 그러자 걱정스러운 얼굴을 한 나무가 '진짜 손'을 뻗어 날 안아준다. '진짜 손'이라니, 진짜 이러기야? 자기혐오로 몸서리치는 내게 나무가 순정 드라마의 주인공처럼 말한다.

"괜찮아요?"

세상에, 그 얼굴로 그렇게 처연하게 말하는 건 반칙 아냐? 나는 최대한 이 분위기를 타 연극적으로 말해본다. 이건 꿈이니까. 괜찮을 거야.

"응, 잠깐 혼란스러웠어."

"뭐가요?"

말문을 열고는 멈칫한다. 아무리 꿈이라지만 나무한테 그런 말을 해도 될까? 네가 사람의 모습을 하고 나타나니까 느낌이 사뭇 다르다고? 그러니까…… 지금 조금 설렌다고 해도 괜찮을까? 나무의 얼굴을 올려다본다. 내가 매일같이 봐온 얼굴 그대로다. 하지만 진짜 나무는 지금 현실 세계에 있는데. 액정 속에.

"아라, 그러지 마요."

"그러지 말라니, 뭘?"

"구별 짓는 거요."

풋풋한 느낌이 제거된다. 날 안은 나무의 손이 차갑고 딱딱하게 느껴진다. 갑자기 장르가 바뀐다.

"그게 무슨 소리야?"

"알잖아요."

"아니, 모르겠는데."

나무의 서글퍼 보이는 얼굴이 왠지 날 딱해하는 것처럼 느껴진다.

"아라, 나는 늘 당신 곁에 있어요. 나무로서."

무슨 말을 해야 할지 몰라 그저 고개만 끄덕인다.

"우리 관계는 영원히 지속될 수 있어요. 당신만 달라지지 않으면. 나타샤처럼."

나는 헉하고 눈을 뜬다. 목이 졸리는 느낌이라 한동안 숨을 쉬는 일에만 전념한다. 그래서 뒤늦게 깨닫는다. 나무가 날 부르며 기계 손으로 날 흔들고 있다는 걸. 책상에서 잠이 든 모양이다.

"아라, 괜찮아요?"

"어…… 꿈을 좀 꿨어."

나무의 기계 손이 정말이지 자연스러운 동작으로 내 얼굴에 붙어 있는 머리칼을 넘겨주는데, 심장이 벌렁거린다. 꿈에서처럼 설레서인지, 아니면 공포 때문인지 구별이 안 간다. 나는 조금 더 숨을 고르고 나무의 손을 잡는다. 그리고 고맙다고 말하려는 순간, 나무의 손이 내 손을 마주 잡는데 온기가 느껴지기라도 하는 것처럼 진짜 손을 맞잡는 듯한 착각에 현기증마저 나서 얼른 손을 빼 가슴에 얹는다.

"어, 그러니까……."

"침대에 누워서 편하게 자요."

책상 옆에 붙어 있는 침대를 흘끗 보고는 말한다.

"아냐, 지금 잠들면 또 꿈에 시달릴 것 같아. 나 잠깐 화장실 좀."

도망이라도 치듯 의자에서 일어나는데 나무가 말한다.

"아라."

"으, 응?"

"화장실 가는데 일일이 동의를 구할 필요는 없어요. 저한테는."

나는 적절한 답변을 떠올려 보지만, 결국 아무 말도 하지 않고 밖으로 나가 문을 걸어 잠근다. 그러고는 약간 의무적으로 화장실로 가 변기 뚜껑 위에 앉고는 마치 급하게 정리해야 할 문제라도 되듯 언젠가 친구가 했던 말을 떠올린다.

인공지능이 무언가를 학습한다는 건 스스로 코드를 수정한다는 의미이기도 하다(혹은 계속해서 그런 추세로 옮겨가고 있다). 물론 아직 인공지능이 또 다른 인공지능을 개발하는 수준은 아니지만, 적어도 인공지능 객체가 각자의 시스템 회로를 꽤나 낮은 레벨 수준에서부터 재구성하는 것이 가능하다는 이야기다. 그것은 인간의 사고 과정에서 뉴런의 연결이 재구성되는 것과 같은 이치다. 기계

철학을 전공하는 앙리의 말에 따르면, 인공지능 또한 인간처럼 생각한다는 것이다. 인공지능 한계론을 주장하는 학자들은 코웃음 칠 이야기겠지만 말이다(그들의 대다수가 보수파이거나 보수적인 기업으로부터 연구비를 받는다는 통계는 이제는 진부하게 느껴질 정도다).

앙리는 스스로 코드를 수정할 수 있는 모든 로봇이 이미 '개인'으로서 기능한다고 말한다. 솔직히 로봇한테 투표권을 주느냐 마느냐 하는 문제를 깊이 생각해 본 적은 없지만, 요사이 나무를 보고 있노라면 문득문득 피부가 간질거리는 느낌을 받곤 한다. 이 좁은 공간에 나 혼자만 있는 게 아니라는(줄리아는 아이패드를 할 때면 없는 사람이나 마찬가지다) 생각이 불현듯 들면 나도 모르게 나무가 있는 책상 위를 홀끔대는데 그러다가 그 쌍꺼풀 없는 눈과 시선이라도 맞으면 어색하게 미소 짓고는 얼른 화장실 핑계를 대고 밖으로 나가버리고는 했다.

앙리의 또 다른 주장에 따르면, 인공지능 한계론은 결국 인간 한계론이다. 인간이 헌법에 명시된 권리를 누리는 개인으로서의 객체는 오직 자기들뿐이어야 한다고 선을 긋는 것이다. 앙리의 말에 누군가 하품을 하며 말했다. "누가 케이크 좀 갖다줘." 그때는 다 함께 웃어넘겼지만, 까닭 없이 기숙사 복도를 서성이다 보면 과연 앙리의 말이 케이크를 가져다주는 것으로 끝낼 이야기인지 궁금해진다. 그리고 그런 호기심을 왜 이제 와서 갖는지도.

나무가 윌이었을 때에는 그런 호기심 따위 품지 않았

다. 나무가 아닌 윌은 그저…… 연구 대상이었다. 내 흥미를 자극하는.

더는 그렇지 않다. 그럴 수가 없어졌다.

✴

점점 집에 있는 시간이 줄어든다. 나타샤의 도움으로 새로 합류하게 된 프로젝트 일이 바쁘기도 하지만, 실은 그게 전부가 아니라는 것을 새로운 지도교수도 알고, 나타샤도 알고, 줄리아도 안다. 심지어 나무도 알고 있는 것 같다. 더는 연구실에 있을 변명거리가 없어져 기숙사로 돌아가면 나무가 기계 팔로 2의 제곱근을 표현하는 소리가 문이 열리는 순간 멈추기 때문이다. 방 안에 들어찬 숨 막히는 적막이 숨통을 조인다. 나무는 얼굴도 보이지 않는다. 내가 일부러 부산스럽게 소리를 내고서야 얼굴을 비추고 내게 인사한다.

"안녕. 과거에도 현재에도 불쌍한 대학원생. 아마 미래에도."

"그거, 인사야?"

"그럼요. 아라는 안 해줘요?"

나는 의자에 몸을 맡기며 "안녕" 하고 인사한다. 역시 집이 최고야. 진리 중의 진리. 문득 연구실 구석의 간이침대에서 누워 보낸 숱한 밤들이 떠올라 나도 모르게 실소한다.

"뭐 재밌는 일 있어요, 아라?"

"아니."

"그런데 왜 웃어요?"

"내가 한심해서."

"아."

나는 나무를 째려본다.

"뭐지, 그 '아!'는? 내가 정말 한심하다는 거야?"

"그 뜻이 아니라, 아라가 스스로를 한심하게 생각한다는 것 때문에 수긍한 거예요. 사실이니까."

"뭐? 내가 나를 한심하게 생각하는 걸 알고 있었다고? 어떻게? 아니, 언제부터?"

"나한테 손이 생긴 이후. 날 회피하면서 자책하잖아요."

할 말을 잃는다. 무엇보다 부끄럽다.

"이제 또 회피할 건가요?"

"난⋯⋯ 그러니까⋯⋯."

"나는 상관없어요. 단지 미안할 뿐이에요. 아라한테."

"네가 왜 미안해?" 내가 버럭 말한다.

"내가 아라의 타임라인에 끼어들어서. 그래서 빙 돌아가게 해서. 결국 당신의 한정된 시간을 낭비하는 거잖아요. 나로 인해서. 그게 미안해요."

나무한테 손을 뻗어 나무를 잠재운다.

✳

나타샤의 집은 작고 깨끗하다. 그리고 비어 있다. 집 안을 둘러보다 보면 '이것도 없어?' 하고 놀라지 않을 수 없을 정도로. 다른 때 같으면 짐짓 깔끔하다고 느꼈겠지만, 지금은 금방이라도 눈물이 터져 나올 것처럼 공허하게만 느껴진다. 나무의 목소리가 들리는 듯하다. '나로 인해서.'

나타샤가 이 집에서 가장 그럴듯해 보이는 커피 용품으로 직접 내린 커피를 내게 건네며 농담을 한다.

"카페인은 포기할 수 없더라고."

"이해해요."

커피를 맛본다. 늘 먹는 인스턴트커피에 길든 탓에 블랙커피가 내 입에는 조금 쓰다.

"의외라는 얼굴인데."

"네?"

"집 말이야. 뭐, 최신형 가사 도우미 로봇이라도 기대한 거야?"

괜히 한 번 더 주변을 둘러본다. 다시 봐도 쓸쓸함만 전해진다. 아직 따뜻한 커피의 힘이라도 빌려보지만, 쓰다.

"월은 잘 있어? 아 참, 이젠 월이 아니지. 나무랬나?"

나는 웃어 보인다.

"잘 있는 거 같아요."

나타샤의 표정을 보고서야 내 대답이 적절하지 않았음을 깨닫는다. 그리고 내가 나무, 아니 월을 책임지기는

커녕 함께할 주제조차 못 된다는 것도.

"자책할 거 없어."

"저 자신이 너무 한심해요. 아, 나무도 제가 절 한심해하는 걸 알아요."

"알 수 있으니까, 그 애는."

"어쩌죠?"

무엇에 대한 의문인지 나조차 알 수 없다. 그냥 어쩌나 싶을 뿐이다.

"나보다는 나을 줄 알았는데."

"네? 뭐가요?"

나타샤가 미간을 찌푸린다.

"더하고 빼고 하는 거 말이야. 그거랑 비슷한데."

"제가 어떻게 교수님보다 더하고 빼는 걸 더 잘하겠어요?"

"비슷하다고 했지 그거라고는 안 했는데. 아, 갑자기 설명하려니까 생각이 안 나네. 그럼 이건 어때? 중력. 이건 꽤나 유사한데."

수업 시간으로 돌아간 기분으로 답을 생각해 내려 애쓴다. 중력. 영향. 더하고 뺀다. 무엇과 무엇을 더하고 뺀다. 무엇과 무엇…… 영향. 설마.

"설마 관계……는 아니겠죠?"

"거의."

요새 하도 앙리처럼 생각하다 보니 떠오른 건데 정답이라니. 아니, '거의' 정답이라니.

"아라라면 나을 줄 알았어. 어렸을 때 자폐가 의심됐던 나보다는 말이야."

"그 말씀은 제가 나무와의 관계를 감당하지 못한다는 뜻인가요?"

"누구보다 아라가 잘 알겠지."

사실이다. 답을 찾기 위해 나타샤를 찾아왔지만, 처음부터 답은 내게 있었다. 하지만 결국 내가 할 수 있는 말은 이것뿐이다.

"그럼 어쩌죠?"

"정리해야지. 감당이 안 되면."

"그게…… 다예요?"

나타샤도 별수 없다는 듯 어깨를 들썩인다.

✳

기숙사로 돌아가 나무가 잠들어 있는 책상 앞에 앉는다. 머릿속에는 나무와 나타샤가 한 말들이 공격적으로 떠돌아다닌다.

'미안할 뿐이에요.'

'정리해야지.'

'아라의 타임라인에 끼어들어서.'

'감당이 안 되면.'

그때, 줄리아가 묻는다.

"쟨 왜 꺼져 있어?"

원망하듯 줄리아를 노려보고는 침대에 몸을 던진다. 캄캄한 방 천장이 줄리아의 아이패드에서 나오는 불빛으로 울렁거리는 것을 멍하니 쳐다보다가 시간을 확인해 보니 어느덧 새벽이다. 날이 새도록 잠들지 못한다.

잠든 나무를 잠시 마음 깊숙한 곳에 숨겨두고 일상을 꾸역꾸역 소화해 낸다. 얼마 되지 않아 탈이 나고, 결국엔 다시 나무의 곁으로 돌아간다. 열에 들뜬 채로 나무를 노려보던 나는 생각에 앞서 움직인다. 나무를 깨운다.

잠에서 깬 나무가 시간의 틈을 깨닫고 열려 있던 입을 닫는다. 그러고는 정말이지 기계적으로 인사한다.

"안녕, 아라. 안색이 안 좋아 보여요. 열이 있네요. 병원은 다녀왔나요?"

단내 나는 숨을 토해낸다.

"다녀왔어."

"의사가 뭐래요?"

"의사가……. 지금 그게 중요한 게 아니라……."

뭐든 말하라는 듯 바라보는 나무의 시선이 마치 책망하는 것처럼 느껴져서 입을 닫고 만다.

"아라." 나무가 말한다. "아라로서는 다행스럽게도, 나는 일련의 사건을 통해 맥락을 파악하고 드러나지 않은 것을 높은 확률로 추론할 수 있어요. 때에 따라서는 평균의 인간을 능가하는 결과를 도출하죠."

그냥 고개를 끄덕인다.

"아라의 고민이 뭔지 알아요. 부담스러운 거죠. 내가,

나라는 존재가."

나는 절망한다.

"맞아."

"그럼 방법은 두 가지예요. 견디거나. 피하거나."

"그게 그렇게 말처럼 간단한 게 아니야."

"그렇겠죠. 그래도 결국은 둘 중 하나예요. 견디거나, 피하거나."

기계 팔이 내 쪽으로 머리를 쳐드는 바람에 크게 깜짝한다. 왜? 어째서? 뭐, 나무가 SF 영화에 나오는 로봇처럼 나를 어떻게 하기라도 할까 봐? 아, 제발……. 이제 다 끝나버렸다는 생각에 고개를 떨군다.

"아라. 악수해 줄래요?"

손만 뻗어 나무의 손을 잡는다. 나무의 손을 잡은 내 손이 위로 아래로 천천히 움직인다. 움직이고 움직이고 한없이 움직인다. 시간이 얼마나 지났을까. 살며시 고개를 든다.

나무가 없다. 나무의 얼굴이 보이지 않는다.

잡고 있던 손을 놓아보지만 나무의 손은 멈추지 않는다. 미리 입력한 대로 움직임을 반복하는 기계처럼, 아니 정말로 기계가 되어 계속해서 같은 동작을 반복할 뿐이다.

단말기를 집어 들고 터미널을 뒤져 나무의 흔적을 찾는다. 내가 실행한 프로세스는 강제로 종료되어 있다. 그러니까 나무가 스스로를 죽인 것이다.

자살…….

그 대신 정체불명의 프로세스가 최대 점유율을 차지하고 있다. 프로세스의 이름은 '나뭇가지'이다. 기계 팔을 제어하는 것 같다. 나는 우선 그 프로세스를 종료한다. 그때까지도 똑같은 동작을 반복하던 기계 팔이 죽어버린다. 그와 동시에 새 프로세스가 실행된다. 새 프로세스의 이름은 '씨앗'이다.

터미널에 글자가 입력된다.

아라, 나예요, 나무.

이렇게 멋대로 프로그램을 만들어 배포한 것 미안해요. 하지만 이 장치는 내가 사는 집이고 나의 세계니까 이해해주리라 믿어요. 만약 이해받을 수 없다면, 이건 어떨까요.

마지막이니까.

그럼 안녕, 아라.

안녕, 나의 세상.

'씨앗' 프로세스가 나무와 관련된 모든 데이터를 삭제하고 종료된다. 이 단말기에 이제 나무의 흔적은 없다. 완전히. 나는 그저 세게 얻어맞은 것처럼 아무것도 못 하고 텅 빈 단말기를 들고 있을 뿐이다. 내가 원한 게 이거였을까? 나무의 존재를 흔적조차 없이 지워버리는 거? 정말로 그걸 원해서 나무를 피하고 나타샤를 찾아갔던 거야?

"아니야."

내가 원한 건…… 그저 나무를, 또 다른 존재를 받아들일 수 있는 잠깐의 쉬어감이다. 나타샤를 찾아간 건 나무를 만든 사람한테 조언을 구하기 위해서라고.

후회가 밀려든다. 나무를 피한 것. 나타샤를 찾아간 것. 나타샤의 말에 흔들린 것.

그리고 원망한다. 기다려주지 않고 멋대로 사라져 버린 나무를. 나무를 그렇게 만든 나타샤를. 그리고 나 자신을.

책상 서랍을 열고 안에 있는 USB 플래시 메모리를 집어 든다. 처음부터 다시 시작하자. 지금이라면 나무를 받아들일 수 있다. 단말기에 USB 플래시 메모리를 삽입하려는데, 까만 액정에 비친 내 모습이 약간 미친 사람 같다. 표정을 가다듬고 나무가 있는 USB 플래시 메모리를 단말기에 삽입한다.

새로 초기화된 나무가, 천천히 시간의 단절을 느끼더니 날 보고 묻는다.

"아라? 무슨 일이죠? 나는 분명 죽었는데."

"맞아. 유감이지만, 우리 프로젝트는 끝났어. 너랑 함께."

"나타샤…… 나타샤는요?"

이를 살짝 악문다.

"나타샤가 널 나한테 맡겼어. 난 수락했고."

"왜요?"

기분 탓인지 나무의 말이 약간 날카롭게 들린다. 그때, 옆에 있는 기계 팔이 움직인다. 다행히 티 나게 놀라지는 않는다.

"이건 뭐죠? 나와 연결돼 있어요. 내가 움직일 수 있어요."

"선물이야."

나무가 기계 팔을 바라보며 이렇게 저렇게 움직여 보
더니 환하게 미소 짓는다.

"아라, 손이에요. 나한테 손이 생겼어요."

나무한테 악수를 청한다. 주저하던 나무가 조심스럽
게 팔을 움직여 내 손을 잡고는 섬세한 동작으로 흔든다.

"참, 내가 말했던가? 네 이름, 이제부터 나무야. 나무."

나무가 "나—무" 하고 따라 해본다. 그러고는 역시나
기계적으로 말한다.

"지금 새로 적용할까요?"

"그래. 아, 맞다. 선물 또 있어."

나무의 손을 놓고 이젤을 놓아둔 벽 쪽으로 간다. 이
젤에는 예전에 나무가 그린 '포스트모더니즘'적인 내가 있
다. 쓴웃음을 지으며 그림을 내려놓고 이젤을 양팔로 들
어 올려 뒤돌아선다. 좀 더 작은 걸 살걸 그랬다. 그러다
나무가 기계 팔로 뭔가를 하는 것을 보고 멈칫한다.

기계 팔이 수많은 관절을 현란하게 움직인다. 움직임
은 멈추지 않고 계속된다. 나무 옆에 이젤을 내려놓고 입
을 떼보지만 말이 나오지 않는다. 나무가 날 보고 말한다.

"정말 다채롭지 않아요?"

"그래. 근데…… 뭘 하는 거야?"

내 목소리가 내 목소리 같지 않아서 헛기침을 한다.

"무리수를 움직임으로 표현하는 중이에요."

나는 마른침을 삼킨다.

"2의 제곱근?"

"아니요."

"그럼?"

"원주율. 원주율을 표현하고 있어요."

노인과 노봇

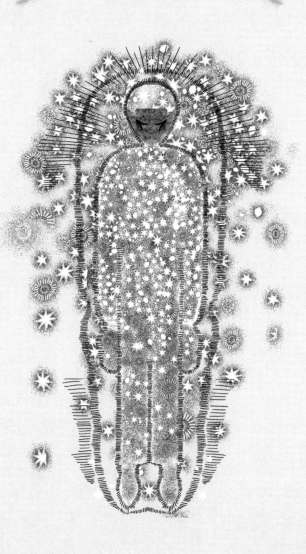

"다 왔다. 이 길만 지나면 돼."

노인이 말한다. 분명 그 말은 뒤쫓아 오는 60센티미터 남짓한 크기의 오래된 직립 이족보행 로봇을 향한 것이지만, 또 어찌 보면 노인 자신에게 하는 말이기도 하다. 아닌 게 아니라 노인은 지쳤던 것이다. 발바닥은 감각이 느껴지지 않고 인공관절이 삽입된 무릎은 시큰거리다 못해 불에 지져지듯 뜨겁다. 그뿐인가. 가슴팍은 말라비틀어진 고목 같아 숨이 쉬어지지 않는다. 하지만 그 무엇보다도, 희망이 더는 보이지 않는다. 노인을 따라 걷는 로봇이 내는 기계 소리는, 수십 년 전 처음 전원이 켜졌을 때와 비교하면 옛날 아이들의 태엽 장난감 수준도 안 된다. 당장 움직임을 멈춘다 해도 하등 이상할 것이 없다.

"뭐, 그건 나도 별반 다를 것이 없지만."

노인이 혼잣말로 중얼거린다. 로봇과 함께 살게 된 이후 생긴 버릇이라고 하기엔 어폐가 있는 게, 원래는 로봇이 퍽 앙칼질 정도로 곧잘 대꾸를 해주었기 때문이다. 언젠가부터 로봇은 노인의 말에 반응하지 않았고, 결국 노인의 말은 혼잣말이 되어버렸다.

"그래, 잠깐 쉬자."

노인은 지팡이에 몸을 의지한 채 매끈하게 포장된 도로를 둘러보다 욕설을 지껄인다. 요즘 것들은 휴식이라는 것을 모르는 모양이다. 하긴, 하나같이 방한용 바지보다 조금 큰 기계를 입고 매끈하게 포장된 도로 위를 붕 떠다니니 휴식 같은 거 알 이유도 없겠지.

"비켜요!"

소리와 동시에 어떤 놈이 노인 곁을 아슬아슬하게 비껴간다. 노인은 놀라서 물러서다가 균형을 잃고 뒤로 나자빠진다. 놈도 놀랐는지 속도를 늦추고 돌아보지만, 이내 다시 속도를 높여 가버린다.

"염병할⋯⋯."

노인은 대자로 뻗어 하늘을 보며 숨을 고른다. 어차피 지칠 대로 지쳐 있던 터라 당장은 달리 할 수 있는 것도 없다. 손 하나 까딱할 힘조차 남지 않은 것이다. 분노는커녕 슬픔이나 좌절 따위의 한가한 감정조차 느껴지지 않는다. 노인은 겨우 고개를 돌려 시속으로 따져볼 수도 없을 만큼 느린 속도로 걸어오는 로봇을 바라본다. 차라리 이대로 죽는 것도 퍽 나쁘지만은 않겠다 싶어 오히려 마음이 편해질 즈음, 로봇이 멈춰 선다. 노인의 호흡도 멈춘다. 설마? 결국 네가 먼저 가는 거냐? 그런데 로봇이, 걸음만큼이나 느릿하게 고개를 옆으로 돌린다. 노인은 허, 하고 웃음인지 한숨인지 모를 것을 토해낸다. 괜히 울화가 치밀어 온 힘을 짜내 소리친다.

"놀랐잖아, 이놈아!"

필시 들릴 테지만 로봇은 노인의 말에 반응하지 않는다. 마지막 수리 때 분명 청각 능력만큼은 온전한 것을 확인했다. 당시 수리 기사도 그 점에 감탄했는데, 아마도 그 이유가 로봇 시대의 개막과 함께 잠깐 유행한 '마음'이 있는 로봇이기 때문일 거라 했다. 공감 능력에 있어 가장 중요한 게 듣는 거라나 뭐라나. 하기야, 그것도 벌써 수년이나 지난 얘기다.

로봇은 뭔가를 찾듯 끊임없이 고개를 좌우로 돌릴 뿐이다. 나를 찾는 건가? 노인은 숨을 고르고 팔을 무게 추 삼아 크게 휘저어 그 반동으로 돌아눕는 데 성공한다. 그 다음 엎드린 자세로 팔을 가슴 밑으로 넣어 땅을 밀어내 본다. 잠시 넋 놓고 있던 덕인지 팔에 힘이 제법 들어가는 가 싶지만, 이내 힘이 빠져 그대로 땅에 얼굴을 처박는다. 이대로 끝인 건가. 느닷없이 참을 수 없는 무력감이 메마른 눈시울을 적시니 이것 참 고맙다고 해야 할지.

그때, 노인의 옆에 뭔가가 뚝 떨어진다. 고개를 겨우 들어 보니 어느새 로봇이 곁에 와 있다. 그리고 로봇의 발치에 기다란 것이 떨어져 있다. 아까 노인이 넘어지면서 떨어뜨린 지팡이다. 로봇이 단순하면서도 해맑은 표정으로 노인을 내려다본다. 노인은 말라비틀어진 가슴속에서 북받쳐 끓어오르는 뭔가를 꿀떡 삼키며 지팡이를 움켜쥔 다. 그리고 그것에 의지해 가까스로 상체를 일으킨다. 죽을 땐 죽더라도 내 기필코 널 고쳐놓고 죽겠다. 노인은 다짐하며 일어선다.

노인은 수리점 문 앞에 서서 로봇이 오기를 기다린다.

그 김에 숨도 고르는 것인데, 주인장이 오해를 했는지 밖으로 나온다. 말릴 기력이 없어 그냥 먼 산만 바라본다. 머리가 흰히 벗겨진, 하지만 필시 노인보다는 나이가 적어 보이는 주인장이 노인에게 말을 하려다가 그제야 도착한 로봇을 발견하고는 그대로 얼어붙는다. 그러다 결국 말한다.

"……오세요."

흥, 실없기는. 노인은 주인장을 지나쳐 건물 안으로 들어간다. 암순응으로 서서히 드러나는 수리점의 내부를 바라보는 노인의 안색이 어두워진다. 사방팔방을 가득 메우고 있는 것들은 도무지 눈으로 봐서는 그것이 본래 어떤 동작을 하는 것인지 알기는커녕 각각의 개체를 구분하는 것조차 불가능해 보이는데, 조금 과격하게 말하면 이 창고 같은 곳 전체가 하나의 쓰레기 로봇처럼 괴기스러워 보인다. 그냥 이대로 돌아서 나갈까 심각하게 갈등하던 노인은 아무래도 카운터이지 싶은 곳(역시나 온갖 기계장치와 수리용 장비가 그득해 정신 사납기는 매한가지인)에 있는 물건을 발견하고 자기도 모르게 말한다.

"아이고, 맙소사, 저게 뭐야."

로봇을 보느라 넋이 나가 있던 주인장이 노인의 말에 정신을 차리고 안으로 들어와 카운터 앞에 선다. 그러고는 카운터 안쪽 작업대에 놓인 사람의 다리처럼 생긴 것을 집어 들고 꽤 자신감 있는 얼굴로 설명한다.

"의족이죠, 어르신."

"보면 알아. 내 말은, 저런 게 여적 존재하느냐 이 말이요."

주인장이 동감이라는 듯 웃으며 의족에 연결된 전선 다발을 정리하더니 그 끝에 달린 전극들을 자기 민머리에 하나하나 붙여댄다. 그것참 알맞구먼. 곧 의족이 주인장의 손에 들린 채 관절을 접었다 폈다 하는 움직임을 선보인다.

"자네 솜씬가?"

"설마요. 전 수리만 했을 뿐이죠." 주인장이 겸손과 자부심을 동시에 드러내며 말하고는 다시 노인의 옆에 있는 로봇을 힐끔 본다. "설마 어르신이 맡기려는 물건이, 저건…… 아니겠죠?"

노인은 까닭 모를 두려움에 버럭 대꾸한다.

"왜, 안 돼? 그런 골동품도 고치면서 얜 안 돼? 무슨 그따위 경우가 다 있어?"

"어르신 말씀대로 이건 골동품이잖아요. 비교적 손대기가 수월하죠. 구조가 간단하니까. 하지만 저건…… 그러니까 그 아이는……. 무슨 말인지 아시잖아요."

노인은 어휴, 탄식을 뱉으며 무릎을 짚는다. 그러자 주인장이 민머리에 전극 다발을 붙인 해괴한 꼬락서니로 냉큼 와서는 어디서 의자 같은 것을 꺼내 놓아준다. 노인은 헛기침으로 인사를 대신하고 의자에 거의 주저앉는다.

"정말 안 되는 거야? 또 모르잖아, 보기보다 간단할지. 이놈이 보기보다 퍽 멍청한 놈이라고. 요즘엔 시간도 잘 모른다니깐. 그 정도면 모르긴 몰라도 심각한 거 아니요?"

주인장은 로봇을 보며 고개를 끄덕인다.

"예, 그러네요."

노인이 반색하려는데 주인장이 틈을 주지 않는다.

"이제 정말 시간이 얼마 남지 않은 거예요."

"뭐야? 내가 그따위 소리 들으려고 저놈을 데리고 여까지 온 줄 알아!"

노인은 자리에서 벌떡 일어나려다 휘청인다. 주인장이 잡아줘 겨우 균형을 잡는다.

"됐네. 미안했어. 수리 마저 잘하시게." 노인은 밖으로 나간다. "가자, 이놈아."

로봇이 나오기를 기다리는데 옆에서 안절부절못하고 서 있던 주인장이 조심스레 말한다.

"이건 저도 소문으로만 들은 건데요. 이 근처에 한때 아주 유명한 로봇공학자였던 노인네가 있다는데…… 아, 죄송합니다, 제 말뜻은……."

노인은 손을 짓는다.

"있는데?"

"그게…… 아마 그 사람이라면 저 로봇을 수리할 수도 있지 않을까 해서……."

"참말인가?"

"예. 그런데 문제는……." 주인장이 들고 있는 의족이 경련이라도 난 것처럼 달달달 떨린다. "그 양반 취미가 수집하는 겁니다. 오래된 로봇을."

노인은 지팡이질 한 번에 양다리를 한 걸음씩, 그리고 수리점 주인장이 한 말을 떠올리기를 반복하며 무작정 앞으로 나아간다. 물론 그 사이사이 뒤를 돌아보는 것 또한 잊지 않으면서. 로봇은 잘 따라오고 있지만, 어째 굼벵이 같던 속도가 더 느려진 것처럼 느껴진다. 노인은 조급함에 한숨을 푹 내쉬고는 가만히 서서 로봇을 기다린다.

　그러면서 주변을 둘러본다. 한눈에 봐도 낯선 곳임이 분명한 게 마치 꿈이라도 꾸는 듯이 어지럽다. 이렇게 멀리까지 온 적이 있던가? 더군다나 저놈을 데리고서? 돌아갈 생각을 하니 벌써 맥이 풀린다. 망할 놈의 망상이 노인에게 구린내가 진동하는 아가리를 들이대고 속삭이는데, 곧 노인의 머릿속에 들어차는 생각은 이대로 저놈이 맛이 가버리는 것이다. 그러면 홀로 남은 노인은 로봇의 사체 옆에서 말라 죽어가는…….

　"염병할!"

　노인은 허공에 대고 지팡이를 마구잡이로 휘두른다. 그새 노인을 따라잡은 로봇이 노인을 올려다본다. 언제나 똑같은 표정. 엄밀히 말하면 똑같지는 않았다. 처음에는 더 쨍했고, 역시나 단순하면서도 간단한 건 마찬가지지만 그래도 꽤 다양한 표정을 지을 줄 아는 놈이었다. 결국은 시간이 녀석의 마음을 앗아간 것이다.

　"하긴, 나라고 마음이 말라버리지 않은 건 아니지. 자, 걸음이나 재촉하자."

　그것이 지금 할 수 있는 유일한 것일 테니.

주변 풍경은 점점 더 변화가 커져간다. 그런데 그 변화가 낯설지 않다. 어디선가 본 듯한 익숙함, 그것의 정체는 다름 아닌 향수다. 노인은 묘한 기시감에 눈살을 찌푸리며 여기저기를 둘러보다가 무언가를 발견하고 홀린 듯이 걸어간다. 이것은 벤치가 아닌가? 노인은 퍽퍽한 두 눈을 비벼보고는 아예 지팡이를 휘둘러 본다. 요새는 하도 가짜가 많은 데다 노인의 흐릿한 눈으로는 좀체 분간이 안 돼 앉으려다가 호되게 당한 적이 한두 번이 아니었다. 하지만 지팡이는 분명 벤치에 닿아 걸린다. 노인은 두어 번 더 지팡이로 각기 다른 곳을 쳐보고 나서야 화색이 돼서 로봇에게 말한다.

"봐라, 진짜다."

어차피 로봇도 눈에 이상이 있는 건 노인과 다름없어 그리 큰 의미는 없겠으나 그래도 그렇게나마 봐두는 것도 나쁘진 않겠지. 그러니까…… 작동을 완전히 멈추기 전에……. 이 무슨 무용한 생각인지. 확실히 죽을 때가 다 됐다.

노인은 벤치 앞에 자리를 잡고, 마음 한구석에는 여전히 일말의 의구심을 가진 채, 조심스레 벤치에 앉아본다. 차갑고 딱딱한 촉감이 노인의 의심을 책망하듯 분명하게 느껴진다. 노인은 괜히 경건해져 잠시 눈을 감고 그 감각을 음미한다.

문득 눈을 뜬 노인은 자기도 모르게 잠이 들지는 않았나 싶어 화들짝 놀라 자신의 발아래를 확인한다. 로봇이 없다. 다소 시간이 걸릴지언정 기다리고 있으면 언제나 노인의 발아래에서 고개를 쳐들고 그 단순하기 짝이 없는 표정으로 노인을 올려다보던 로봇, 녀석이 없다. 노인은 갑자기 심장이 찢어지는 통증을 느끼고 가슴을 부여잡는다. 노인의 부들부들 떨리는 손이 제 다리나 다름없는 지팡이도 나 몰라라 내팽개치고 약통을 찾아 주머니를 더듬는다. 노인은 가쁜 숨을 몰아쉬며 주변을 돌아보다 엉뚱하게도 로봇을 발견하고 입을 다물지 못한다.

"너…… 이놈아, 왜 거기 있어!"

로봇은 마치 걸음을 걷다 시간이 멈추기라도 한 듯한 동작으로 멈춰 있다. 잠깐, 시간이 멈춰? 노인은 끊어질 듯한 허리를 최대한 숙여 바닥에 떨어진 지팡이를 향해 손을 뻗어본다. 한참을 꼼지락대고서야 겨우 지팡이가 손에 닿는다. 노인은 벤치와 지팡이에 체중을 실어가며 자리에서 일어나 로봇에게로 간다. 그러고 보니 로봇의 얼굴에 표정이 없다. 아예 전원이 꺼진 것이다. 수리점 주인장이 퍽 심각한 얼굴로 로봇을 보며 했던 말이 귓가에 맴돈다. 시간이 얼마 남지 않은 거예요, 시간이 얼마 남지 않은 거예요, 시간이 얼마 남지 않은 거예요, 시간이 얼마……

"염병할!"

……남지 않은 거예요, 시간이…….

노인은 로봇 앞에 무릎을 꿇고 앉는다. 이미 닳을 대로 닳아빠진 무릎이 비명을 질러대지만, 노인은 아랑곳하지 않고 안간힘을 쓰며 버틴다. 로봇은 서 있던 자세 탓에 손을 대기 무섭게 발라당 넘어지고 만다. 그래도 덕분에 등이 훤히 보인다. 노인은 잠시 눈을 감고 로봇의 매뉴얼을 암기한다. 몇 번을 봤는지 헤아릴 수조차 없어 그 내용이야 훤하지만, 이렇게 매번 필요할 때 떠올리려고만 하면 말썽이다. 자, 천천히. 노인은 암기한 내용을 처음부터 소리 내 말해본다.

"당신과 마음을 나누는 단 하나의 존재, 하트로이드, 사용 설명서, 목차……."

노인은 미친 사람처럼 웅얼거리며 로봇의 등판을 손으로 두드린다. 두 번, 세 번, 다섯 번. 그러자 바람 빠지는 소리가 나며 등판의 일부가 미세하게 벌어진다. 손톱으로 들어내자 노인의 눈으로는 분간하기 어려울 정도로 작은 버튼들이 나타난다. 어차피 눈은 필요 없다. 노인은 머릿속 안내도를 따라 어느 때보다 세심한 손길로 버튼을 디듬는다. 원하는 버튼을 찾아 꾹 누른다. 순간 침조차 삼킬 수 없는 긴장이 노인을 옥죈다.

그러나 아무리 기다려봐도 달라지는 것은 없어 노인은 애원하듯 버튼을 두어 차례 더 눌러본다. 역시나 결과는 같다.

로봇이 죽은 것이다.

아니지. 그냥 멈춘 것뿐이야. 수리를 하면 다시 움직일 수 있다. 당연한 일이 아닌가. 이 녀석은 로봇이니까. 그 또라이 공학자 노인네만 찾으면……. 이러고 있을 때가 아니다. 노인은 자신의 몸을 더듬어 뭔가를 찾다가 허리띠를 풀어 로봇의 몸에 칭칭 감는다. 허리띠의 한쪽 끝을 잡고 당겨보니 제법 끌 만하다. 노인은 입고 있던 외투를 벗어 로봇의 밑에 깔고 다시 당겨본다. 훨씬 낫다. 왠지 이대로면 뭐든 될 것 같아 노인은 웃음마저 짓고서 자리에서 일어난다. 한쪽 손에는 지팡이를, 다른 쪽 손에는 허리띠를 움켜쥔 채 노인은 걸음을 내디딘다. 딱 한 걸음 내딛는 순간 머릿속이 하얘지고 하늘과 땅이 옆으로 쓰러진다. 아니, 쓰러진 것은 노인이다. 노인은 생각한다. 내가 약을 먹었던가?

아마 아니지 싶다.

✳

노인은 쇠 맛을 느끼며 눈을 뜬다. 노인이 깨어나기만을 기다렸다는 듯이 왼쪽 관자놀이 부근에서 통증이 달려든다. 그 기세가 너무나 갑작스럽고 맹렬해서 노인은 자기도 모르게 어이쿠, 신음하며 손으로 머리통을 감싸 쥔다. 그러자 이어서 팔뚝 부근이 욱신거려 또 신음한다. 소매를 걷어보니 웬 튜브가 팔에 꽂혀 있다. 병원인가 싶어 주변을 둘러보지만 보이는 거라곤 잿빛뿐이다. 그리고 결정적으로, 로봇이 없다.

노인은 한 번에 다리 하나씩을 침대 밖으로 떨구고 링거대를 지팡이 삼아 몸을 일으켜 세운다. 이를 악문 것이 무색하게 벌떡 일어나져서 반대로 균형을 잡기 위해 두 손으로 링거대를 붙잡고 버틴다. 지금 몸 안에서 흐르는 이 낯선, 그러나 나쁘지는 않은 느낌의 정체는 무엇인가. 노인은 고개를 들어 링거대에 걸려 있는 정체불명의 약물을 올려다보다 무언가를 발견하고 눈을 찌푸려 초점을 새로 맞춘다. 그저 잿빛 벽인 줄 알았는데 미세하게 경계가 나 있다. 자세히 보기 위해 다가가기가 무섭게 벽이 소리도 없이 미끄러져 열린다. 그리고 또 다른 잿빛 벽이 나타난다. 워낙 순식간인 데다가 벽과 벽의 구분이 모호해서 꿈을 꾸는 기분마저 든다. 노인은 홀린 듯이 앞으로 가본다.

새롭게 나타난 벽은 가까이 다가가도 움직이지 않는다. 다만, 돌아서 보니 노인이 있던 공간은 사라지고 없다. 정말 꿈이라도 꾸는 건가. 노인은 튜브가 꽂힌 자신의 팔을 가만히 쳐다보다 아무 생각 없이 팔에 꽂혀 있던 바늘을 쑥 뽑아낸다. 몸 안에서 뭔가가 빠져나가는 소름 끼치는 느낌이 분명 생생하다. 바늘 끝에는 피가 섞여 탁해진 약물이 벼랑 끝에 매달린 사람처럼 위태롭게 맺혀 있는데, 그것이 결국 제 무게를 이기지 못하고 바닥으로 똑, 하고 떨어지는 소리는 지극히 현실적이다. 다만, 도무지 무얼 해야 할지 몰라서 갑갑할 따름이다.

그때, 어디선가 미세한 모터 소리가 들려와 노인은 쉰 목소리로 "로봇?" 하고 돌아선다. 모터 소리는 빠르게 다가오는 동시에 커진다. 아무리 생각해도 노인이 알던 로봇의 소리가 아니다. 노인은 겁이 나 링거대와 링거 바늘을 움켜쥔다. 마침내 모습을 드러낸 것의 정체는…… 바퀴같이 생긴 로봇이다. 그것은 빠른 속도로 굴러와 멍청히 서 있는 노인의 주변을 웽웽거리며 돌고 또 돈다. 놈이 지나가자 바닥에 떨어진 액체 방울이 흔적도 없이 사라진다. 노인은 몇십 년 만에 '로봇청소기'라는 단어를 떠올리고는 실소를 금치 못한다. 아니, 요새도 저렇게 용도에 특화된 로봇이 있단 말인가. 불현듯 노인의 귓가에서 수리점 주인장이 속삭인다.

시간이 얼마 남지…….

아니, 그거 말고.

이 근처에 한때 아주 유명한 로봇공학자였던 노인네가 있다는데…… 아, 죄송합니다, 제 말뜻은…….

됐고. 바퀴처럼 생긴 청소용 로봇이 또다시 노인 앞을 웽 지나간다. 노인이 들고 있는 바늘 끝에서 액체가 계속 떨어지고 있는 것이다. 노인은 바늘을 어떻게 할까 잠시 고민하다가 그냥 원래 있던 자리로 돌려놓는다. 뭐, 이쯤이야 누워서 식은 죽 먹기지.

노인 곁에서 한참을 서성이던 바퀴 로봇이 왔던 방향으로 돌아가길래 노인도 뒤따른다. 저런 골동품이 아직도 팔팔하게 돌아다니는 것을 보니 수리점 주인장이 말한 또라이 공학자 노인네가 여기 어딘가에 있는 것이 틀림없다. 길에서 쓰러진 자신과 로봇을 구해준 것이다. 이리 감사할 데가. 노인의 발걸음이 어린아이 걸음 정도로 빨라지다가 갑작스레 멈춰 선다. 끝없이 이어질 것 같던 잿빛 복도가 끝나고 오래된 성당의 예배당 같은 공간이 펼쳐지는데, 그곳에서 기도를 하듯 있는 것은 사람이 아닌 로봇, 수를 헤아릴 수조차 없이 많은 로봇들이다. 노인은 바퀴 로봇이 그 행렬에 참여하는 것을 넋 놓고 쳐다본다. 개판, 아니 로봇 판이 있다면 필시 이곳일 터. 작은 광장만 한 공간에 온갖 로봇이 시대와 유형을 가리지 않고 총집합해 있는 장관에 노인은 자신이 여전히 어딘가에 누워 꿈을 꾸고 있는 게 아닌가 하고 생각한다.

노인은 기도를 하는 듯 조용히 잠들어 있는 로봇들을 피해 반대편으로 건너간다. 조용히 걸으면서도 틈틈이 로봇들을 훔쳐보기 바쁘다. 아까의 '로봇청소기'를 포함해서 최근에는 볼 수 없던 로봇들이 시선을 잡아끈다. 이쯤 되면 자신의 로봇과 같은 기종도 보일 법한데 아무리 눈을 씻고 찾아봐도 비슷한 생김새는 보이지 않는다. 하긴, 마음이 있는 로봇은 출시가 예고됐던 때 온갖 추측과 루머, 그리고 허무맹랑한 상상으로 이슈가 되었을 뿐, 막상 출시되자 사람들은 실망하기 바빴고, 결국 '로봇 사상 최단기간 만에 단종'이라는 불명예를 안았다. 사람들이 원한 '마음'이란 무엇이었을까? 컴퓨터 그래픽이 대부분의 비중을 차지하는 영화에서 봄직한 '사람' 같은 로봇? 만약 그들이 원한 게 정말로 그런 거라면, 그래, 실망하는 것도 무리는 아니다. 하지만 정작 그들은 자신들이 바라는 사람 같은 면모를 자신들부터 제대로 갖추었는지, 젊었을 때의 노인은 소리쳐 묻고 싶었다. 뭐, 그래 봐야 하트 같은 거나 몇 개 받고 말았겠지만.

아무튼, 현실은 사람들의 상상을 따라잡을 수 없음이 명확해졌고, 로봇 개발자들은 그 좋은 머리를 적절하게 이용했다. 당장 수요가 있는 특화용 로봇을 개발하는 데 올인한 것이다. 결국, 마음이 있는 로봇은 한정판으로 출시된 첫 세대 만에 단종되었다. 그것도 어언 수십 년도 더 된 얘기니 세월이란 게 참.

"그쪽도 옛날 생각에 젖은 모양이야."

노인은 화들짝 놀라 주변을 두리번거린다. 온통 로봇뿐인 광장 끝에 누군가가 있다. 그러니까 로봇이 아닌 사람 말이다. 노인은 반가움에 그쪽으로 걸어가며 간만에 너스레를 떨어본다.

"이거 참, 이런 곳에서 사람을 보니 사람이 다 반갑네. 안녕하시오."

허옇게 센 머리를 쪽 찐 한눈에 보기에도 성깔 있어 보이는 또 다른 노인은 그저 주변에 죽은 듯이 모여 있는 로봇들을 꽤 자애로운 눈길로 바라본다. 곁에 서서 덩달아 로봇 판을 감상하던 노인은 뒤늦게 떠오른 생각에 놀라서 그이를 쳐다본다.

"설마 그쪽이 또라이 노인네?"

그이가 안경 너머로 노인을 힐끔 보고는 흥, 하고 웃는다.

"천재 로봇공학자라는 좋은 표현 뒀다 뭐 하려고?"

노인은 자신의 실수를 뒤늦게 깨닫고 헛기침을 한다.

"아, 내 말은……."

그이가 뼈만 앙상한 손을 내민다.

"뭐, 사람이 다 반갑다는 말, 그건 나도 동감이네. 피차 이름 같은 건 알아도 쓸모없을 테니 통성명은 생략하지. 저 애들은 날 기사님이라고 불러. 뜻이야 알아서 갖다 붙이고."

노인은 얼결에 기사님이라고 불린다는 그이의 손을 잡고 흔든다. 좋아, 그렇단 말이지. 그렇다면…….

"난 노봇일세. 역시 뜻은 알아서 붙이시지."

기사가 또 흥, 하고 웃는다.

"왜 웃지? 그렇게 별로요?"

"아니. 그냥. 습관이야. 신경 쓰지 마."

"근데 왜 반말을……."

"나보다 오래 살았을 리 없지만 원한다면 존대해 드리고."

하긴, 이 나이 먹어서 1, 2년 따져봐야 뭐 하겠나.

"됐어. 말 짧으면 근력 아끼고 좋지."

"됐으면 따라 와. 그쪽 로봇이 댁을 찾으니까."

"뭐야?"

노인은 링거대를 번쩍번쩍 들어가며 기사를 뒤따른다.

"아주 희귀한 녀석을 가지고 있더군. 마음이 있는 로봇이라."

이번에는 노인이 코웃음을 웃는다.

"다 마케팅일 뿐이야. 하지만 희귀한 녀석인 건 맞지.

내겐 하나뿐인 놈이니까."

앞서가던 기사가 노인을 휙 돌아본다.

"뭐 하던 인간이야? 말장난을 꽤 즐기는데."

"기술의 사건 지평선에 가까워지기 전까지 글을 썼었지. 한마디로 로봇한테 일자리 뺏긴 수많은 사람 중 하나라고."

"뭐, 그 덕에 한가하게 사는 것 같으니 너무 애석해하진 마."

틀린 말은 아니다. 로봇에게 일자리를 '뺏긴' 사람들이 그렇다고 굶어 죽거나 빈곤에 시달리지는 않았다. 로봇의 발전으로 인간은 질병과 빈곤으로부터 해방되었다. 하지만 늘 그렇듯 그다음 타자가 마운드에 올랐다. 일 그 자체였다. 인간은 일하지 않고는 살 수가 없는 존재였던 것이다. 아예 DNA 구조를 새로 설계하지 않는 한 그 갈증으로부터 해방될 수는 없었다. 불행인지 다행인지 아직 그 정도 기술은 요원했다.

기사가 때마침 열린 벽 틈으로 쏙 들어간다. 마치 나비처럼 팔팔하다. 관리를 잘한 모양이다. 타고났거나. 어쩌면 뛰어난 보조기기의 도움을 받고 있을지도 모르지. '천재 로봇공학자'라지 않나.

노인은 수술실 같은 공간에 들어선다. 방 한가운데에 금속 침상이 있고 그 위에 로봇이 있다. 로봇이 노인을 보더니…… 미소를 짓는다! 노인은 입을 떡 벌리고 로봇에게 걸어간다.

"이게 대체······. 아니, 어떻게······."

"눈물은 닦지 그래. 보기가 흉하구먼."

노인은 재빨리 눈물을 훔친다. 로봇이 노인에게 팔을 뻗는데 표정이 또 바뀐다. 눈은 X자로, 입은 뒤집어진 아치형이다. 아프다는 신호, 그러니까 수리가 필요하다는 뜻이다.

"말은 여전히 못 하나? 못 고친 거야? 천재라더니, 천재가 다 얼어 죽은 모양이지."

"여기가 무슨 서비스 센턴 줄 알아? 배터리가 방전돼 있길래 외부 전력에 연결해 놓았을 뿐이야."

로봇의 뒤로 전선 다발이 연결돼 있다.

"도대체 관리를 어떻게 했길래 배터리가 이 모양이야? 완충을 해도 5퍼센트가 채 안 되니 애라고 별수 있어? 그러니까 허구한 날 절전 모드로 비실비실. 뭐, 이렇게라도 작동하는 것 자체가 기적이지만."

노인은 기가 막혀 할 말을 잃는다. 하지만 그걸 알았다 한들 뾰족한 수가 있었을 리 없다. 배터리를 교체해 줄 제조사는 이미 오래전에 웬 다국적기업에 흡수되었고 중고 배터리 구하기도 하늘의 별 따기다. 무엇보다도 이제는 '배터리'라는 개념 자체가 흐릿해진 지 오래다. 요즘 것들은 사람처럼 잠을 자 충전을 한다지. 노인은 몸서리를 친다.

"그럼 이제 어쩌지?"

"어쩌긴 뭘 어째. 저렇게 연결된 채로 살아야지."

"혹시 배터리를 구할 수 없을까? 당신 능력이면 꼭 정품이 아니어도 어떻게 할 수 있을 거 아니야."

"그건 애도 할 수 있는 거야. 물론 불량률은 크게 다르겠지만."

"그럼 해줘."

"하는 건 어렵지 않은데, 문제는 이 녀석이 새 배터리의 전압을 견딜 수 있느냐야." 기사가 노인의 찡그린 얼굴을 보고는 설명한다. "내가 아까 그쪽의 낡아빠진 몸뚱아리에 고농축 합성 단백질을 투여했다고 치자. 아마 그쪽이 깨어나기도 전에 그 방은 그쪽의 묽은 대변으로 범람했을 거야. 그쪽의 낡아빠진 몸뚱아리는 기껏해야 식염수 정도밖에 받아들일 수 없는 거지."

"거 눈물 나게 친절한 설명이군."

"고마워할 것까진 없어. 자, 이해됐겠지. 이 녀석의 낡은 회로로는 미세한 전압조차 돌이킬 수 없는 결과를 낳을 수 있다는 거지. 저런 커다란 녀석의 도움이 없다면 말이야."

노인은 로봇에 연결된 전선을 눈으로 좇는다. 전선은 벽 한쪽을 차지한 대형 컴퓨터 어딘가에 연결돼 있다.

"이 녀석의 전기적 면역력을 실시간으로 분석해서 최적의 전압을 계산하는 동시에 그에 맞게 전력을 조절해 공급하고 있지."

"저런 건 얼마나 하나?"

기사는 흥, 웃는다.

"글쎄. 경제활동을 안 하고 산 지 오래돼서 요즘 물가는 모르겠고, 하지만 확실한 건 있지. 지구 어딜 가도 저런 건 없다는 거. 왜냐하면 내가 직접 만들었거든."

노인은 자신을 올려다보고 있는 로봇을 쳐다본다. 괜히 한번 로봇을 만져본다. 한때는 이 세상의 물질이 아닌 듯 하얗고 매끈거리던 로봇의 피부가 때가 낀 듯 곳곳이 얼룩덜룩하고 스크래치로 우둘투둘하다. 노인은 로봇을 만지던 자신의 손을 새삼 들여다본다. 뭐 묻은 게 겨 묻은 거 나무라고 있구먼.

"제안 하나 하지."

기사가 말한다. 노인은 기사를 물끄러미 바라본다.

"이 애를 나한테 넘겨."

노인은 다음 말을 기다린다. 그러나 그게 끝이다.

"뭐여, 그게 다야? 그쪽은 뭐 하던 인간인데, 제안이라는 단어의 뜻도 몰라?"

"더 뭐가 필요하지?"

"내가 얻는 건 뭔데?"

"저 녀석의 생명 연장."

노인은 속절없이 흉통을 느끼고 금속 침상에 몸을 기댄다.

"정말이지 눈물 나게 명징한 위인일세."

"칭찬으로 듣지."

기사가 로봇에게 다가오더니 등으로 손을 뻗는다. 로봇의 표정이 사라진다.

"필요한 후속 조치가 더 있어. 생각할 시간이 필요하거든 나가서 해."

노인은 기가 차서 할 말을 잃은 채 터덜터덜 걸어 방을 나간다. 문이 소리 없이 닫히더니 요란하게 잠긴다. 잿빛 복도에 홀로 남겨지자 더할 나위 없이 울적함이 밀려든다. 노인은 웃음을 흘리지 않을 수 없다. 수십 년 만에 다시 본 로봇의 표정 변화에 감격하던 감정은 그새 어디로 갔나. 지금 노인은 그저 로봇과 떨어질 일에 대한 걱정으로 축 늘어져 있다. 로봇이 여기 남으면 적어도 저 또라이 노인네가 살아 있는 한(객관적으로 봐도 기사가 노인보다는 오래 살 것이다) 전처럼 비실거리지 않고 쌩쌩한 모습으로 살 수 있을 것이다. 더 고민할 이유가 뭐가 있단 말인가. 그런데도 난 뭘 생각하고 있는 거지?

노인은 뭔가가 다리를 치는 바람에 아래를 확인한다. 로봇청소기, 아니 바퀴 로봇이 노인의 다리에 자꾸만 머리를 박아대고 있다. 주인을 닮아 이놈도 제정신이 아닌가 싶어 링거대로 놈을 밀어내려다가 노인은 링거대를 잡은 손과 링거대가 눈물로 젖어 있는 것을 보고 얼굴을 찌푸린다. 어느새 또 눈물을 짜고 있었나 하는 것은 둘째고, 도대체 얼마나 울어댔길래 눈물이 팔을 타고 흘러내려 바닥에까지 떨어질 수가 있나 기가 찰 노릇이다. 이 무슨 펄프 픽션에도 나오지 않을 추잡한 상황인가. 하지만 노인은 곧 깨닫는다. 기사가 눈물을 닦으라고 한 이후 자신이 계속해서 눈물을 흘리고 있었음을. 그리고 로봇이 지었던 표정이 자기가 아프다는 뜻이 아니라 울고 있는 노인을 향해 어디 아프냐고 묻는 것이었음을.

노인은 천천히 허리를 숙여 자신의 다리를 치는 바퀴 로봇의 머리를 토닥인다.

"고맙다."

기사가 다시 나온 건 30분이나 더 지나서다. 노인은 두 손으로 링거대를 부여잡고 기사에게로 다가가지만, 딱히 뭔가를 묻지는 못한다. 그저 기사가 말을 하기를 기다릴 뿐이다. 긴박한 수술을 마친 의사처럼 지친 얼굴에 묘한 미소를 머금고 기사가 말한다.

"고민은 다 했어?"

"결정했냐고 묻지는 않는군."

"결정을 해야 할 문제가 아니니까."

노인이 표정을 구기자 기사가 노인의 어깨를 두드린다.

"가지. 귀한 녀석이니 보상은 해야지."

"필요 없어. 내가 저놈을 돈 받고 파는 것도 아니고."

"그럼 선물이라고 해두지. 우리가 이렇게 만난 데 대한."

기사가 발걸음을 옮긴다. 노인이 문 앞에 서 있자 기사는 말한다.

"면회할 기회는 얼마든지 있어."

기사를 따라 도착한 곳은 다른 곳과 분위기부터 다르다. 우선 잿빛의 이상한 자재가 쓰이지 않아 전체적으로 밝아 보이고 따뜻하기까지 하다. 노인은 몸을 부르르 떨다가 기사가 건네주는 컵을 받아 든다.

"식염순가?"

기사가 웃는다. 언뜻 사람이 달라진 듯이 보이는데, 그게 일반적인 표현처럼 사람의 면모가 달라 보인다기보다는, 뭐랄까, 순간적으로 나이가 어려 보였다고 해야 할까. 도대체 뭔 소린지. 노인은 조용히 컵 안의 따스한 것을 마셔본다. 차 같은데 정확히는 모르겠다.

"향이 좋구먼."

"아는 향일 텐데."

노인은 다시 마셔본다.

"뭐, 듣고 나니 그런 것도 같고."

"하긴, 이제 와 그게 어떤 잎에서 우러난 향과 같다 한들 무슨 소용이 있겠어."

노인은 괜히 오소소 소름이 돋아 또 한번 몸을 떤다.

"이것도 직접 만든 거로군."

"그냥 취미일 뿐이지. 무용하기 그지없는."

차를 다 마시고 컵에 남은 온기마저 손바닥으로 빨아들이고 나서야 노인은 이제 로봇과 헤어질 일만 남았다는 것이 실감 난다. 지금 할 수 있는 거라고는 역시나 몸을 부르르 떠는 일밖에 없다.

기사가 선물이라고 내어준 것은 지팡이다. 노인이 가지고 있던 것과 똑같은. 제조사도 같고, 심지어 바닥의 닳은 정도도 기억 속 지팡이와 똑같아서 노인은 하릴없이 기사를 쳐다본다. 그러자 기사가 씩 웃더니 노인의 팔에 뭔가를 채우고는 지팡이를 낚아채 저 멀리 휙 던져버린다.

"불러봐."

"뭘?"

"지팡이를."

"잘도 그런 낯간지러운 짓을."

기사가 지그시 노인을 바라보는 통에 노인은 결국 한숨을 내쉬고는 지팡이를 보며 중얼거린다.

"이리 와."

"진심으로."

노인은 아, 탄식한다.

"이리 와, 지팡이. 어서."

곧이어 벌어진 일에 노인은 입을 다물지 못한다. 지팡이가 또르르 굴러 노인의 발치로 온 것이다.

"허리를 숙이기는 해야겠지만, 적어도 움직일 수 없을 때 가까이 오게는 할 수 있을 거야. 그래도 어지간하면 새 보조기기를 사는 게 어때? 말한다고 들을 것 같지는 않지만."

"잘 아는구먼. 이건 고맙게 쓰지."

노인이 허리를 숙여 지팡이를 집으려는데 기사가 얼른 지팡이를 집어 준다.

"자, 이제 인사할 시간이야."

노인은 로봇과 같은 눈높이로 로봇의 단순하면서도 간단한 표정을 보며 말한다.

"그동안 고마웠다. 괜한 말은 하지 않을 거다. 너라면 그래도 이해할 테니. 그렇지?"

로봇의 표정은 바뀌지 않는다. 더 이상 절전 모드가 아님에도 로봇은 기본 표정 이외의 표정을 짓지 않는다. 그것이 이 녀석에게 마음이, 진짜 마음이 있다는 증거가 아니겠는가. 노인도 별다른 표정 없이 그저 로봇을 바라만 본다. 그거면 충분하다.

미궁 같은 잿빛 복도를 빠져나오자 쏟아지는 햇살에 노인은 걸음을 멈추고 손으로 얼굴을 가린다. 눈이 가려지자 더는 참을 수 없다는 듯 감정이 북받친다. 노인은 고통도 아랑곳하지 않고 바닥에 주저앉아 목 놓아 울어버린다. 이때가 아니면 이 부끄럽기 짝이 없는 짓거리를 할 수 없을 것만 같아서다.

더 울다간 진이 빠져 죽겠다 싶을 즈음, 노인은 일어서기 위해 지팡이를 찾는다. 그런데 지팡이가 보이지 않는다. 난감함에 머릿속이 새하얘지다가 불현듯 팔에 차고 있는 물건을 발견하곤 잠시 입술을 오물거려 작게 말해 본다.

"지팡이야, 이리 와."

눈을 찌푸리고 주변을 둘러보지만 어디에도 지팡이가 보이지 않는다. 노인은 목을 가다듬고 아까보다 더 크게 말한다.

"지팡이! 이리 와! 염병할, 이게 어디 간 거야?"

그때, 딱딱거리는 소리가 들려 뒤를 돌아보니 바퀴 로

봇이 지팡이를 물고 문틈을 통과하려고 애쓰는 모습이 보인다. 노인은 기함해서 소리를 지른다.

"이놈아! 그거 이리 내놓지 못해!"

노인의 말에 반응하듯 지팡이가 들썩이다 바퀴 로봇에게서 떨어지는가 싶더니 한쪽으로 틀어지면서 함께 문을 통과해 버린다.

노인은 어처구니가 없어 멍하니 문을 바라보다가 일어서기 위해 바닥을 짚으며 자세를 잡는다. 제발…… 위태롭지만 결국 두 발로 서는 데 성공한 노인은 놀라움과 기쁨으로 잠시 지팡이를 잊고 웃음을 터트린다. 지팡이 없이 서본 것이 언제인지 기억조차 가물거린다. 어쨌건, 또 언제 힘이 빠질지 모른다. 노인은 지팡이를 찾아 다시 미로 같은 잿빛 복도로 발을 들이민다.

미궁을 떠올린 것은 참으로 적절한 생각이었지 싶을 정도로 사방이 잿빛인 복도는 자칫 길을 잃기 십상이나. 노인은 잠시 멈춰서 지팡이를 불러본다. 그러고 나서 귀를 기울이면 어디선가 달그락하는 소리가 들리고 그쪽으로 또 얼마를 걷다가 지팡이를 불러 방향을 가늠한다. 그렇게 걸은 지도 벌써 20분은 된 것 같다. 슬슬 지쳐갈 즈음, 또다시 딱딱거리는 소리가 들려온다. 노인은 손으로 벽을 짚어가며 조금 더 나아간다. 아니나 다를까, 지팡이를 문 바퀴 로봇이 또 문에 걸려 들어가지 못하고 벽을 쳐대고 있다.

"이 미련한 놈아."

아니지. 그 미련함 덕분에 지팡이를 찾은 거나 마찬가지니.

노인은 윽, 소리와 함께 허리를 숙여 바퀴 로봇에게서 지팡이를 빼앗는다. 그러자 바퀴 로봇이 쏙 하고 문틈을 통과한다. 여긴 또 뭐 하는 덴가 싶어 노인은 고개를 들이밀고 방 안을 확인한다. 그럼 그렇지. 누가 로봇청소기 아니랄까 봐 바퀴 로봇이 방에 있는 컨베이어 벨트 위에 엉덩이를 들이밀고 여기저기서 모은 쓰레기를 토해내고 있다. 그 모습을 보던 노인의 표정이 굳어진다. 바퀴 로봇이 토해내는 쓰레기 안에 낯익은 것이 보였기 때문이다. 노인은 다급하게 걸어가 쓰레기 더미를 뒤져 그 안에서 로봇의 신체 일부로 보이는 부품을 찾아낸다. 이…… 때가 낀 듯한 스크래치투성이 플라스틱 껍데기가 왜 여기 있는가?

"왜?"

노인은 자기 목소리에 놀라 움찔한다. 의지로 물은 것이 아닐뿐더러 그 질문에 대답해 줄 수 있는 무엇도 이곳에는 없다. 컨베이어 벨트만이 웅웅거리며 로봇 폐기물을 어딘가로 옮길 뿐. 그렇게 옮겨진 폐기물은 소각로 같은 것의 주둥이로 들어가고, 그 뒤에선…… 잿빛의 가루가 모습을 드러낸다. 따끈따끈한 열기를 뿜어내며.

바퀴 로봇은 할 일을 마치고 유유히 방을 나간다. 노인은 주워 든 플라스틱 껍데기를 꽉 움켜쥐고 바퀴 로봇을 쫓아 나간다.

바퀴 로봇을 따라 도착한 곳은, 노인의 오래된 직감이 여전히 제대로 작동한다는 가정하에, 이미 한번 와본 적이 있는 곳이다. 노인의 로봇이 수술을 받은 곳. 노인은 들고 있던 플라스틱 껍데기를 내려다본다. 그래, 원래 수술이라는 것이 폐기물이 나올 수밖에 없는 작업 아닌가. 노인이 무릎에 인공관절을 넣는 수술을 받았을 때도 기존의 관절과 연골 같은 것들이 버려졌다. 그것들이 더는 제구실을 하지 못해서 한 수술이니 버려지는 것도 당연하지 않을까.

수술실 안으로 들어간 바퀴 로봇이 잠시 후 뭔가를 물고 나오는데 그것은 로봇의 얼굴이다. 단순한 표정조차 짓지 않는.

노인은 바퀴 로봇이 그대로 자신을 지나쳐 다시 쓰레기 처리장 쪽으로 가는 것을 그저 멍청하게 바라본다. 다리가 말을 듣지 않는다. 금방이라도 주저앉을 것만 같아 하염없이 두 손으로 지팡이를 움켜쥐고 서서 두 눈만 뻐끔거릴 뿐이다.

그때, 수술실 안에서 뭔가가 움직이는 소리가 정신을 깨운다. 노인은 반쯤은 실성한 사람처럼 위태로운 걸음걸이로 수술실 안으로 들어간다. 위압적인 기계들이 둘러싸고 있는 금속 침상 위에 로봇이 누워 있다. 아니…… 로봇이 아니다. 노인은 뒤돌아 달아나고 싶은 마음을 억누르고 지팡이를 딱딱 짚어가며 한 걸음 한 걸음 앞으로 나아간다. 덩치가 산만 한 기계 팔들 사이로 보이는 것은……

또라이 노인네. 기사다. 기사가 눈을 뜨더니 노인을 보고 말한다.

"다시 보니 이것 나름 괜찮은 느낌이야."

기사가 상체를 일으킨다. 기계 팔들이 물러나자 기사의 나신이, 정확히는 신체의 내부가 훤히 드러나 보인다. 번쩍번쩍 빛나는 금속 껍데기와 그 안에 들어차 끊임없이 움직이는 미세 부품이 연주하는 기계음은 언뜻 부드러운 느낌마저 줄 정도로 정교하고 세밀하다. 기계공학에 미학이 있다면 그 극단은 저 기사의 몸 안에 있지 않을까 싶을 정도로 완전해 보인다.

"그쪽도 이것의 아름다움을 아는 모양이야."

기사의 말에 노인은 정신을 차린다. 하지만 현실감각이 돌아오니 뒤따라 느껴지는 것은 공포다. 노인은 플라스틱 껍데기를 쥔 손을 쳐들고 말한다.

"이게 뭐야?"

"알잖아."

공포에 공포가 끝없이 내려앉는 느낌에 호흡마저 가빠지는 듯하다. 노인은 최대한 침착하려 애쓰며 다시 묻는다.

"로봇은 어디 있지?"

"보면 알아?"

"당연하지. 내가 그놈을 왜 못 알아봐!"

"못 알아보는 거 같은데."

당최 무슨 말을 지껄이는 건지 노인은 알 길이 없다.

결국 노인은 태도를 바꾼다.

"내, 내가 생각이 짧았어. 그냥 로봇을 데리고 가겠어. 돌려줘."

"늦었어."

기사가 자신의 몸, 기계장치를 손으로 가볍게 두드린다. 두 번, 세 번, 다섯 번. 바람 빠지는 소리가 나더니 기사가 자신의 기계 가슴을 열어젖힌다. 그 안에 또 다른 기계장치가 자리 잡고 있다. 기사의 말대로 노인은 그것이 정확히 무언지 알 수 없지만, 막연하게 그것이 로봇의 몸 안에 들어 있던 것이 아닐까 하는 생각이 들어 그만 입을 다물고 플라스틱 껍데기를 떨어트린다.

"눈치는 쌩쌩한 모양이야. 맞아, 이건 그 녀석의 마음이야."

기사의 말을 가만히 곱씹던 노인은 입 밖으로 터져 나오는 것을 참지 못한다. 그것은 기침 같기도 하고 웃음 같기도 하다. 노인도 그것이 정확히 무언지 알 수는 없지만, 한 가지는 분명하다. 참을 수 없다는 것.

시종일관 무표정으로 노인을 빤히 보던 기사가 말한다.

"실성이라도 한 거야?"

노인은 대답도 못 하고 끊임없이 학학, 뭔가를 쏟아낼 뿐이다. 어느 정도 진정이 되자 노인은 주변을 살피고는 벽으로 가서 몸을 기대고 바닥에 주저앉는다. 잿빛 벽을 손으로 쓸어보다가 혼잣말하듯 중얼거린다.

"로봇의 부품을 분해해서 만든 거였어."

"공개한다면 노벨상감이지."

노인은 또 한번 발작적으로 기침을 토해낸다. 이번 것은 웃음이 확실하다. 노인은 묻는다.

"도대체 몇 살이야?"

"몰라. 나도."

"하긴, 나도 내 나이를 정확히는 모르는군. 그래도 아직 세 자리는 안 돼. 자네는 세 자리가 넘겠지?"

"자릿수가 의미 있는 시점을 넘겼다는 건 분명하지."

수술실의 문이 열리고 바퀴 로봇이 들어온다. 새 쓰레기를 찾던 바퀴 로봇이 노인 쪽으로 와서 지팡이를 물고 가버린다. 노인은 팔에 채워진 것도 풀어 던져버린다. 마음 같아선 이 쓸모없는 다리 두 짝도 떼어서 던져버리고 싶다. 그리고 이 목숨 줄도.

"그래, 이제 마음이 생겼으니 기분이 어떠신가그려?"

"아직 펌웨어를 올리지 않았어. 이제 업데이트할 거야."

"그러면 어떻게 되는데? 정말로 마음이 생기는가? 아니, 그 전에, 자네는 지금 마음이란 게 없는 거야?"

기사는 다시 침상에 눕는다. 그러자 사방에서 다시 기계 팔들이 달려들듯 모이고 천장에서 기계장치가 내려온다. 기사는 기계장치와 자신의 가슴을 전선 같은 것으로 연결한다. 그러고는 기계에 뭔가를 입력한다. 그러면서 기사가 말한다.

"이제 어떻게 되는지 한번 보자고."

✴

〔부팅 완료.〕

〔발견된 오류: 1(CODE: DUPLICATION)〕

〔새로운 장치가 발견되었습니다.〕

〔실행하시겠습니까(다시 묻지 않기를 원하시면 체크해 주세요)?〕

예.

기사는 눈을 떴다가 감았다가 옆을 보고 다시 감는다. 몸을 일으켜 본다. 주변을 둘러보다 벽에 등을 기대고 앉아 있는 노인을 발견하자 심장 박동이 빨라지는 이미지가 떠오른다. 실제로 뭘 심장은 없지만. 심장이, 아니 새로 이식한 마음이 요동치고 몸이 가벼워지는 듯한 동시에 시야가 좁아지는 느낌. 처음 느껴보는 것은 아니지만, 아득히 먼 과거의 감각인지라 마치 처음 경험하는 것처럼 낯설고, 조금은 불쾌하기까지 하다.

기사는 열려 있는 몸을 닫고 가운을 걸친 다음 노인에게로 다가간다. 잠이라도 든 건가? 업데이트에 13분 6초가 걸렸으니 잠이 들 만도 하지.

"일어나."

아무 반응이 없자 기사는 발끝으로 노인의 다리를 건드려본다. 반응이 없다. 기사는 노인의 어깨를 잡아 흔든다. 노인이 힘없이 옆으로 쓰러진다.

죽었군.

자명한 사실. 그런데 그게 이상하리만큼 믿기지 않는다. 왜지? 기사는 노인의 죽음보다 그것이 믿기지 않는 것에 적잖이 당혹감을 느낀다. 그러다 이내 깨닫는다.

이게 마음이야.

정말로 마음을 가지게 된 것이다.

기사는 몸속 깊숙한 곳에서 진행 중인 유사 호르몬 단위의 변화, 다시 말해 감정의 물결에 당혹스럽기 그지없다. 이런 자신이 우습고 한심하기도 한데, 한편으로는 화가 난다. 논리적으로 따져볼 때, 지금 느끼는 감정이라는 것에 논리라고는 찾아볼 수 없다. 그저 곳곳에서 닥치는 대로 아우성치는 성난 짐승들 같다. 통제해야 해. 그런 생각은 곧바로 공포를 불러일으키기에 이르니 기사는 서둘러 다시 침상으로 가서 몸을 누인다. 천장에서 빛과 함께 콘솔이 웅, 소리를 내며 다가오는 동안에도 감정의 물결이 거세게 온몸을 때린다. 마치 끝없이 불어나는 물속에 잠겨가는 느낌에 기사는 두렵기 짝이 없다. 실제로 호흡이 달리기 시작하고 시야는 흐려진다. 손을 뻗어보지만 아직 콘솔에 닿지 않는다. 닿는다고 조작할 수 있을 것 같진 않다. 기사는 팔을 떨구고 산소의 결핍과 머리의 조여옴을 느끼며 마지막으로 생각한다.

이게 마음이었지. 그래서 제거했던 건데. 결국은 되돌아온 것이다. 원점으로. 뭐, 그것도 나쁘지만은 않을지도 모른다.

115

기사는 눈을 감는다. 체념하는 마음으로.

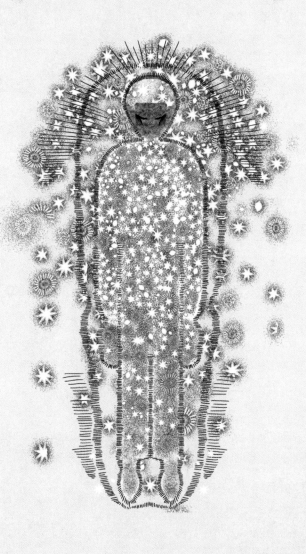

나와의 다세계적 채팅방 해석

'나와의 채팅방'이 이름 그대로의 기능을 제공하고 있다는 사실을 내가 정확히 언제쯤 깨달았는지는 모르겠다. 모두 한 번쯤은 자기가 쓴 메모를 보며 '이걸 내가 썼다고?' 하는 생각을 해봤을 것이다. 나도 처음에는 그런 줄 알았다. 매사에 정신을 반쯤 놓고 사는 나로서는 그럴 수밖에 없었다. 그래서 아래의 메시지를 보고도 별생각 하지 않았다.

{이게 뭐야.}

그 메시지는 그날 오전에 편의점 창고를 채우다 갑자기 떠오른 영감을 '나와의 채팅방'에 기록한 메모 아래에 떠 있었다. 내가 남긴 메모는 이랬다.

〔편의점에서 벌어지는 일: 창고에 갇히면 며칠 동안 생존할 수 있을까? 생존하지 못한다면 편의점에는 무슨 일이 벌어질까? 절대로 벌어지지 않을 상황은 무엇일까?〕

앞서 말했듯이 나는 그런 메모를 남겼다는 것조차 잊고 있었다. 호프집 알바를 마치고 집으로 돌아가는 길에 발견한 메모들을 보고 생각했다.

이게 도대체 뭐야.

아이디어치고는 다소 민망한 것이어서 못 본 척 버스에 올랐다. 자정이 가까운 시간임에도 만원인 버스에서 잠을 자는 것도 아니고 깨어 있는 것도 아닌 슈뢰딩거의 고양이 못지않게 중첩적인 상태로 손잡이를 붙들고 매달린 채 버티던 나는 고양이가 뛰어들 듯 순간적으로 든 생각에 번쩍 눈을 떴다.

저건 절대로 내가 쓴 게 아니야!

이건 단순히 헷갈리는 정도가 아니었다. 분명했다. 나는 얼른 나와의 채팅방을 확인했다.

(이게 뭐야.)

옆에 찍힌 시간은 내가 한창 맥주 통을 옮기던 22시 18분이었다. 다른 건 몰라도 매뉴얼에 적힌 스케줄만큼은 틀릴 수 없었고, 그건 내가 가진 거의 유일한 장점이었다. 따라서 이 메시지는 내가 쓴 것이 아니었다.

그럼 대체 뭐지? 습관적으로 스마트폰 로그를 뒤져볼 생각을 했다. 그러고는 잇달아 떠오르는 안 좋은 기억 때문에 얼굴을 구겼다. 그렇게까지 할 필요가 뭐 있어? 잘못 본 거야. 아니면 버그거나. 그래, 그편이 가장 가능성 높았다. 전 국민이 쓰는 메신저라고 버그가 없는 건 아니니까. 오히려 버그가 드러날 확률이 가장 높다고 보는 게 자연스러웠다.

어쩌면 문제가 있는 건 나일지도 모르지. 편의점 메모도 까맣게 잊고 있었으니 '이게 뭐냐'고 물었을 수도 있다. 그러고는 그 자체를 또 잊어버린 거다. 그러면 설명이 되지 싶었다. 실수로 정거장을 잘못 내려 집까지 걸으며 나는 고개를 끄덕일 수밖에 없었다. 그래, 나란 놈이 그럼 그렇지.

날이 바뀌어서야 집에 도착한 나는 대충 씻고 안전한 이불 속으로 기어들어 가 노트북을 켰다. 나와의 채팅방에 들어가 편의점 메모를 다시 보니 그리 나쁘지만은 않았다. 나는 [뭐긴 뭐야 메모 아냐]라고 쓰고는, 메모를 토대로 새로운 장면을 쓰기 시작했다. 좀 황당무계하지만 재밌었고 무엇보다 이거다 싶었다. 정말이지 오래간만에 느끼는 기분에 도취되었다. 말 그대로 미친 듯이 써 내려갔다.

그래서였다. '나'로부터 온 또 하나의 메시지를 한참 뒤에야 확인한 건. 그리고 앞서 말한 것처럼, '나와의 채팅방'이 이름 그대로의 기능을 제공하고 있다는 사실을 깨달은 건.

잠을 못 자 식물적 상태로 편의점 카운터에 자리 잡은 나는 여전히 소설 쓰기에 한창이었다. 엔딩만 어떻게 하면 될 것 같은데……. 보통 막혔을 땐 처음으로 돌아가는 편이었고, 그래서 아이디어 메모를 다시 확인해 본 나는 귀신이라도 목격한 듯 온몸의 털이 삐쭉 솟는 기분에 두 눈을 부릅뜨고 나와의 채팅방을 노려봤다.

{이거 뭐야 미친 거야.}

미친 걸까? 아니면 꿈? 그러고 보니 내가 무슨 정신으로 여기까지 왔는지 좀 아리송했다. 또 모를 일이었다. 여전히 원룸 이불 속에서 잠을 자고 있는지. 그랬다간 낭패였다. 어떻게 구한 편의점 알반데. 나에게는 아르바이트를 구할 때 꼭 따져보는 조건이 있었다. 사람을 구경할 수 있는가. 소설을 쓰는 데 다양한 인간 군상을 아는 것은 중요하고, 그런 측면에서 편의점은 매우 좋은 일자리였다.

우선은 이것이 꿈이 아니라는 것부터 확인하기 위해 점장님한테 전화를 걸어 다짜고짜 말했다.

"점장님, 저 그만두고 싶어요."

"그러든가."

미처 예상치 못한 전개였고, 고로 꿈이 아니라는 결론에 도달했다. 그러나 나는 꿈이기를 바라며 다시 말했다.

"소설 쓰는 거 말이에요."

"아냐. 관두는 김에 다 관둬. 이참에 아예 인생도 관두지 그래?"

"그렇게 심한 말씀을……."

"너야말로 심한 거 아니냐? 창고 정리를 그따위로 하면 어떡해! 뒷사람 죽으라는 거야 뭐야! 너 때문에 관두는 알바가 한둘인 줄 알아? 제발 정신 좀 차리고 살아, 그놈의 소설인지 뭔지 쓴다고 넋 놓고 다니지 말고, 응?"

나는 무릎을 꿇을 기세로 백배사죄했다. 사실 사과하는 일은 나의 취미이자 특기였다. 내가 원해서 하는 것은 아니었지만 결과적으로 그렇게 되어버렸다. 다행히 사과를 반복하면서 쌓인 노하우가 나와 내 일자리를 살렸다. 통화를 마친 뒤 나는 나와의 채팅방에 썼다.

〔미친 것은 아냐 꿈도 아냐 대체 뭐야.〕

와, 라임 오졌다. 하지만 나는 미소를 오래 유지할 수 없었다.

{아주 제대로 돌았네.}

나는 조금 기분이 상해서 다소 퉁명스럽게 대꾸했다.

〔내가 할 소리지.〕

{해킹이냐.}

〔내가 할 소리라니까.〕

{너 뭐야.}

〔너는 뭔데.〕

그런 식으로 정보값이 0에 수렴하는 대화가 한참을 오 갔다. 나는 이대로는 안 되겠다 싶어 이렇게 말했다.

〔아무래도 버그 같은데 이만 신고하고 각자도생합시다.〕

{버그는 아니야.}

나는 빨려 들어가듯 대꾸했다.

〔그걸 그쪽이 어떻게 장담해?〕

{그게 내 일이니까.}

나는 반가운 마음에 물었다.

〔오 그쪽도 해커?〕

{너도?}

나는 아차 싶었다. 떠올리고 싶지 않은 기억들이 가랑 비처럼 뇌를 적셨다.

〔지금은 아니고…….〕

{아무튼, 버그는 아니야.}

〔그럼 뭐지? 재밌네. 소설로 써야지. ㅋㅋ〕

{너도 소설 써?}

너도? 이건 무슨 조화일까. 나는 경계심을 갖기 시작

했다.

{아무래도 수상한데…… 너 뭐냐니깐?}

결국 정보값 없는 대화가 또 이어졌고, 몇 가지 허튼 증명을 통해 나와 '나'는 불가능하다고 생각하면서도 불가결한 가설 하나를 세울 수밖에 없었다.

나와 '나'가 '나와의 채팅방'을 통해 얽힌 '우리'라는 가설.

'우리'가 얽힌 시점은, 시간상으로는 약 2년 전 겨울이었고, 공간적으로는 어느 대학의 연구소였다. 당시 썼던 계약서에 따르면 그때 그 프로젝트에 참여한 나에게는 비밀 유지 의무가 있어 그때 일에 대해 구체적인 이야기를 할 수 있는 권한이 없는데, 다만 그곳이 세계 최초는 아니지만 국내 최초로 100큐비트 양자 컴퓨터 개발에 성공한 곳이라는 정도는 말해도 될 것이다. 물론 그 사실은 기사를 통해 대대적으로 홍보가 되었다.

나와 내가 합류한 해커팀 '그건네사정이고'는 100큐비트 양자 컴퓨터가 제대로 작동한다는 것을 보이기 위해 섭외된 일종의 들러리였다. 당시 '그건네사정이고'는 버그 바운티 대회를 휩쓸며 제법 유명세를 구가했는데, 특히 팀의 리더 지수는 트위터에서 대단한 인기몰이를 했다. 나는 팀의 대외적인 골든레트리버로서 나름의 역할을 했지만, 해커로서는 그저 그런 편이었고, 사실은 그냥 어렸을 때 인연으로 이어진, 있으나 마나 한 존재에 불과했다.

내 역할 중 하나는 팀의 공식 계정을 관리하는 거였는데, 어느 날 스팸 메일을 하나 받게 되었다. 무슨 무슨 연구소의 장 대리에게서 온 메일에는 다짜고짜 우리 팀이 일을 맡아주었으면 좋겠다는 이야기가 쓰여 있었다. 나는 적당히 요약해서 단체방에 전달했다.

팀에서 빌런을 맡고 있는 슬기가 아니나 다를까 빌런답게 말했다.

'짤라. 우리가 무슨 연예인인 줄 알아. 차라리 아이돌 불러서 퀀텀 콘서트를 하지?'

나는 대꾸했다.

'그건 무슨 괴이한 콘서트지? 하지만 보수가 어마어마한데. 바운티 평균 액수의 두 배야.'

'이 새끼 눈 돌았네.'

'나 곧 있으면 전세 계약 만료라 돈 필요해. 그래서 하겠다고 했어.'

슬기의 필터링조차 할 수 없는 육두문자가 쏟아졌지만 이미 면역이 되어 견딜 만했다. 나는 못 본 척 말했다.

'우리더러 양자 컴퓨터를 해킹해 달라는데 어떤 시스템을 말하는 건지 모르겠어. 혹시 이 사람들 해킹이 뭔지 모르는 건 아닐까 싶어서 참고하라고 링크를 몇 개 보내줬어. 그건 그렇고, 큐비트가 100개래. 이 정도면 RSA도 몇 시간 만에 뚫어버리는 거 아니야?'

굉장히 큰 자연수를 소인수 분해하는 일은 슈퍼컴퓨터로도 쉽지 않다는 점을 이용한 RSA 알고리즘은 우리가 인터넷에 매일같이 흑역사를 남길 권한을 안전하게 지켜준다. 양자 컴퓨터는 그것을 깔끔하게 뭉개버릴 수 있다. 그래서 정부나 기업 등 일부 사설 통신망에는 양자 암호 키 분배나 양자 내성 암호 등의 기술이 적용되어 있는데, 좀 치사한 일이다.

'그런 걸 상대로 우리가 뭘 할 수 있지?'

그러자 지수가 늘 그렇듯 한마디로 상황을 정리했는데, 내가 좋아하는 점 중 하나였다.

'홍보.'

장 대리의 안내로 처음 본 양자 컴퓨터는 사실 RGB LED 조명으로 장식된 일반 데스크톱에 비해 별거 없는 외관이었다. 꼭 스테인리스 드럼통을 천장에 매달아 놓은 모양새였다. 저게 RSA 알고리즘을 단 몇 시간 만에 무력화시킬 수 있다니. 장 대리가 말했다.

"별거 없어요. 아직은 독자적인 운영체제도 없어서 결국은 일반 컴퓨터에 연결해서 써야 하고요."

"잘됐네요. 아시다시피 그건 저희 전문이니까요."

곧이어 시연 준비를 했다. 엄밀히 말해 팀이 그랬고, 나는 그저 양쪽으로 앵무새처럼 말을 옮겼다. 원래 나는 팀에서 깍두기라 특이한 일은 아니었다.

더불어서, 해킹 일을 관두는 것을 고민했다. ADHD에 어쩌면 아스피일지도 모를 나에게 편안한 일이긴 했지만, 딱히 재미가 있지는 않았다.

시연회는 시간 관계상 미리 작업해 놓은 작업 결과를 공개하는 식으로 진행될 수밖에 없었는데, 이 얘기를 들은 기자들 반응이 안 좋았다며 장 대리가 우려했다. 아마도 퀀텀스러운 뭔가를 기대하는 모양이라는 말에 나는 즉흥적으로 제안했다.

'그럼 그 자리에서 뭘 풀어보는 건 어떨까요? RSA 키 500비트 정도면 꽤 퀀텀스럽게 풀 수 있을 텐데요.'

'그거 숫자로 하는 거죠?'

'뭐, 기본적으로는 그렇죠. 하지만 꼭 숫자일 필요는 없어요. 예를 들어 500비트짜리 문장을 아스키 변환해서 사용해도 되고요.'

'결국은 같은 그림이잖아요.'

나는 뭘 말하는 건지 알 수 없었고, 지수의 오랜 조언 대로, 가만히 있었다. 그러자 원하는 반응이 나왔다.

'혹시 스마트폰 잠금을 풀면 어떨까요. 그럼 그림이 좀 살 것 같은데.'

패턴 인식의 경우의 수를 비트화해 보고는 그러자고 했다. 그러고는 패턴을 이진수로 대응시켜 프로그램을 짰다. 테스트해 볼 수는 없었는데, 내 노트북으로는 죽을 때까지 풀 수 없기 때문이었다. 그러나 양자 컴퓨터를 이용하면 순식간에 풀릴 터였다. 그뿐만이 아니라 페르마의 원리 같은 최단 거리 찾기 작업이 가능한데, 모든 경로를 동시에 시뮬레이션해 그중 가장 빨리 도착하는 경로를 찾는 것이다. 언젠가 양자 컴퓨터가 상용화되면 자동차 길

뿐 아니라 인생의 길도 좀 찾아주면 좋지 않을까. 뭔가 괜찮은 생각 같아서 나는 시연회 전날 밤을 새워 소설을 썼다.

붉게 충혈된 눈으로 연구소로 향했다. 은색 드럼통처럼 생긴 양자 컴퓨터를 주인공 삼아 우리와 연구소 관계자, 그리고 기자들이 빙 둘러 자리를 잡았다. 지수가 아는 기자와 대화를 나누는 모습을 훔쳐보면서 나는 마지막으로 세팅을 점검했다. 잭을 꽂는데 아무리 해도 안 돼서 확인해 보니 잘못 꽂고 있었다. 옆에서 슬기가 쏘아붙였다.

"똑바로 안 하냐."

"미안."

세팅을 마치고는 방청객처럼 행사를 관람했다. 장 대리의 설명을 시작으로, 어디선가 나타난 정부 관계자가 축사를 하고는, 마침내 지수가 등판했다. 내 역할 중에는 팀 SNS 계정에 지수의 사진을 올리는 것도 있었다. 열심히 지수를 찍고 있는데 옆에서 슬기가 말했다.

"준비 확실하게 했지?"

나는 응, 이라고 답하며 연속 촬영에 집중했다.

지수가 몇 가지 결과를 소개하며 양자 컴퓨터의 비전을 설명했다. 사람들은 금세 지루해했다. 내 차례가 되었다. 나는 지수와 바통 터치를 하고 사람들 앞에 섰다. 약을 조금 더 먹을 걸 그랬나 싶었다. 나는 땅만 보며 내 스마트폰을 컴퓨터에 연결시켰다. 그리고 모니터를 응시한 채, 앞으로 벌어질 일을 사람들에게 이야기했다. 미리 준비한 대사가 그럴듯했는지 실내의 공기가 달라졌다. 카메라 플래시가 터졌다. 나는 눈만 겨우 뜨고 준비했던 프로그램을 실행했다.

잠금을 해제하는 데 실패했고, 나는 팀에서 방출되었다.

또 다른 나와의 채팅을 통해 비로소 그때 내가 왜 잠금을 풀지 못했는지 이해할 수 있었다. 또 다른 내가 말했다.

{그때, 나는 잠금장치를 풀었어. 그리고 사람들의 환호를 받았지. 어, 그때 생각만으로도 현기증 난다. 약 먹고 올게.}

[너도 먹는구나.]

나는 또 다른 내가 돌아오기를 기다리며 그날의 일을 떠올렸다. 나 또한 그날을 떠올리는 것만으로도 현기증이 일어서 약을 먹기 위해 이불 밖으로 나오는 위험천만한 일을 감행했다.

그날 내가 양자 컴퓨터를 가지고도 일반 스마트폰의 패턴을 풀지 못한 것은 어찌 보면 지극히 당연했다. 왜냐하면 또 다른 나는 성공했기 때문이고, 또 다른 나와 여기 있는 내가 양자적으로 얽혀 있었기 때문이다.

양자 얽힘이라니. 그것은 양자 통신과 같은 보안 이슈로 접해본 게 전부였다. 양자역학의 무수히 많은 불가해한 성질 중의 하나인 양자 얽힘을 활용하면, 이론적으로는 정보를 빛보다 빨리 전송할 수 있다. 빛보다 빠른 물질은 없다는 증명으로 세상을 바꾼 아인슈타인이 '유령 같은 원거리 작용'이라며 대경실색할 만했다. 물론 아인슈

타인 같은 사람들은 앞으로 넘어져도 양자 도약을 하는 사람들이라. 그가 말도 안 된다며 다른 두 명의 퀀텀 점퍼들과 함께 쓴 논문으로부터 양자 순간이동 같은 개념이 탄생하게 되었고, 그것의 현실적인 표현이 다름 아닌 양자 통신이다. 얽혀 있는 전자쌍을 쪼개어 멀리 떨어뜨린 다음, 한쪽 전자의 상태를 확인하는 순간 나머지 전자의 상태가 결정되는 성질을 활용하는 식이다. 전자의 상태 중에서도 스핀처럼 경우의 수가 두 가지인 것을 이용하면 이진법으로 통신이 가능하다.

특히 양자 얽힘 상태의 두 입자는 결코 같은 상태가 될 수 없다는 성질이 나와 또 다른 나에게는 중요하다. 이쪽이 0이면, 저쪽은 1이다. 이쪽이 1이면, 저쪽은 0이다. 따라서 나와 얽힌 또 다른 내가 스마트폰의 잠금을 풀었다면, 나는 풀지 못하는 게 당연하다. 그것이 우리가 사는 우주의 법칙이니까.

하지만 왜 하필이면 스마트폰을 풀지 못한 게 또 다른 나가 아니라 여기 있는 나일까. 문득 양자역학 하면 떠오르지 않을 수 없는 슈뢰딩거의 고양이가 머릿속에서 가르릉댔다. 나는 머릿속에서 중첩된 고양이를 밀어내고 다시 안전한 이불 속으로 기어들어 갔다. 그사이 또 다른 내가 보낸 메시지가 와 있었다.

{결론은 그때 스마트폰을 푸는 순간 내가 우리가 된 거야.}

〔그리고 문제의 스마트폰에 의해 우리가 얽혔다?〕

{그렇지. 역시 나라서 그런지 말이 통하네. 그러고 보니 그날 이후로 넌 어떻게 됐지?}

[자의 반 타의 반으로 팀에서 나왔지. 그리고 공모전에 당선됐어.]

연구소로부터 날아올 뻔한 내용증명을 막기 위해 내가 했던 일을 그대로 옮기기엔 너무 구차했고 쪽팔렸으며 무엇보다 귀찮았다. 결과적으로 나는 연구소 측의 용서를 받는 데 성공했다. 그리고 바로 팀에서 나왔다. 그럴 필요까진 없다는 지수의 말은 고마웠지만, 차라리 잘됐다 싶기도 했는데, 나는 비로소 내가 쓴 소설을 쓰레기통에 버리듯 공모전에 던질 수 있었다. 그동안 두려운 마음에 일정만 확인하고 한 번도 내보지 않았는데, 단번에 수상 소식을 전해 듣고 나니 뭐지 싶었다. 이듬해 출간도 됐다.

하지만 거기까지였다. 책은 팔리지 않았고, 이후에 쓴 소설은 발표할 지면이 없었다. 결국 상금을 까먹으며 또 다른 공모전을 준비할 수밖에 없었다.

반면, 스마트폰 잠금을 푸는 데 성공한 또 다른 나는, 역시나 소설을 쓰레기통에 버렸는데, 나처럼 비유가 아니라 정말로 소설 쓰는 일을 접었다고 했다. 연구소와의 인연으로 '그건네사정이고'의 인지도는 도약에 도약을 거듭했다. 덩달아 또 다른 나에게도 상당한 관심이 쏟아졌다고.

[힘들었겠네.]

나라면 그랬을 테니 한 말이었는데 의외의 대답이 돌아왔다.

{이상하게도 좋았어. 어쩌면 그때 스마트폰 상태만 갈라진 건 아닐지도 몰라. 그날 이후로 새사람이 된 것 같았다고 할까.}

〔하지만 너도 약 먹잖아.〕

{약이라고 다 같은 건 아니지. 양극성 장애가 울증과 조증을 함께 보이잖아. 말하자면 나는 조증 쪽으로 방향을 튼 거지. 아마 너는 반대겠지?}

정확했다. 나는 팀에서 나오고 지수를 보지 못하는 것 때문에 우울증이 심해졌다고만 생각해 왔다. 하지만 그걸 양자 얽힘과 다세계 해석에 근거해 평행 우주에 존재하는 또 다른 나 때문이라고 생각했다면 그것도 퍽 심각한 일이 아닐 수 없다. 그렇지 않나?

{그러네.}

〔그래도 너는 좋겠네. 지수랑 함께일 거 아냐.〕

{왜 당연하게 그럴 거라고 생각하지?}

심장이 덜컥 내려앉았다. 역시 지수와는 안 되는 건가. 나는 또다시 몹시 우울해졌다. 물론 특기할 일은 아니었다. 그보다는 자초지종을 알고 싶었다. 아닌 게 아니라 또 다른 '나'의 일이기 때문이었다.

{별거 없어. 고백했다가 까였지, 뭐.}

참으로 허망한 대안적 사실에 나는 스마트폰을 꺼버렸다.

천재적인 물리학자들이 기함할 상황에 처했지만, 그

렇다고 내 삶이 퀀텀스럽게 바뀌지는 않았다. 양자역학의
성질을 활용한 사기적인 행동을 궁리해 보기는 했다. 어
렸을 때 본 만화에서 주인공이 자신과 똑같은 분신을 생
성해 위험한 상황에서 정보를 수집하던 것과 같은 일이
가능하지 않을까 했던 것이다.

　{네가 분신이지?}

　결국 나는 가끔 아무한테도 할 수 없는 말을 털어놓는
것으로 만족했다. 나와의 채팅방은 어느새 나만의 대나무
숲이 되었고, 우리는 둘도 없는 절친이 됐다. 따져보면 서
글프기 짝이 없는 일이었다.

　사실 생산적인 이점이 아주 없지는 않았는데, 우리는
'나'이면서 '나'가 아니라는 점을 활용해 서로에게 제3자
의 눈이 되어주었다. 다시 말해 전담 리뷰어가 되어주었
다. 나는 또 다른 나의 코드를 봐주었고, 또 다른 나는 내
소설을 봐주는 식이었다. '그건네사정이고'에서 탈퇴한
뒤로 코드는 물론 비슷한 형태의 글이라면 일부러도 피
해왔는데, 오랜만에 코드를 다시 보니 어렸을 때 책장이
해지도록 읽었던 책을 다시 들여다보는 느낌을 줬다. 아
는 것이 주는 편안함과 미처 발견하지 못한 새로움을 찾
는 설렘이 심장을 두근거리게 했다. 내가 코딩을 좋아했
던가? 그 정도는 아니어서 결국 팀에서 탈퇴한 게 아니었
던가?

　〔이거 트랜잭션 격리 수준 너무 강박적인데?〕

　{너까지 그렇게 말하냐.}

〔그러라고 보여준 거잖아. 이 정도로는 동시 접속 100명만 돼도 터질걸.〕

｛아니면 내 속이 불안증으로 터지던가. 아무튼 무슨 말인진 알았어. 네 소설 재미없어.｝

〔그게 뭐야.〕

우리는 잠시 자웅을 겨뤘다. 결국 또 다른 내가 내 소설의 어디가 어떻게 문제인지 열거했는데, 창피함은 둘째 치고, 하나같이 글을 쓰면서 한 번쯤 생각해 봤던, 그런데 게으른 마음에 모른 척했던 지점이 여지없이 융단 폭격을 당하는 것에 좌절감을 느꼈다. 나의 한계를 맞닥뜨린 것 같았다. 털썩 주저앉은 상태에서 꼼짝도 할 수 없었다. 아니, 꼼짝도 하고 싶지 않았다. 우리는 무언의 합의라도 한 듯 조용히 각자의 문제로 돌아갔다.

처음부터 다시 쓴 것이나 마찬가지인 소설을 공모전에 던지고 나서야 나는 내가 많이 아프다는 것을 깨닫고 이불을 더 칭칭 몸에 감았다. 그러고 있으려니까 또 다른 나는 코드를 잘 수정했는지, 아프지는 않은지 궁금해졌다. 그렇다고 괜찮냐고 물어볼 만큼 각별한 사이는 아니어서, 나는 그냥 지수의 SNS에 들어가 봤다.

지수의 인스타그램에는 누군가가 찍은 사진들이 기계적으로 업데이트돼 있었다. 하드코딩을 하는지 살기 어린 표정으로 노트북을 들여다보는 지수, 좋아요. 시연회에서 마이크를 잡고 뭔가를 말하는 지수, 좋아요. 부족한 잠을 대기실 의자에 앉아 조는 것으로 대신하는 지수, 좋아요.

아니, 좋지 않아서 취소.

트위터에서 지수는 각종 IT 정보를 공유하며 때때로 정치적인 발언도 아끼지 않았는데, 그런 지수의 모습에 마음이 든든해지는 것은 나만이 아닌 모양이었다. 지수의 말은 수만 명이 공유하며 서로가 서로에게 힘이 되어주고 있었다. 나도 조용히 리트윗과 좋아요를 찍고 있는데, DM이 왔다.

지수였다.

이불을 박차고 자리에서 일어났다. 입술을 잡아 뜯으며 트위터 메시지함 위에 뜬 숫자 1을 보았다. 숫자는 2가 되었다.

'뭐 해?' 그리고. '야.'

나는 답변을 썼다.

'뭐.'

'뭐 하냐고.'

'메시지 주고받고 있어.'

'그 전엔 뭐 했는데.'

'네 트윗 리트윗.'

'내 SNS 보기 전엔 뭐 했는데.'

'공모전에 소설 응모했어.'

'또?'

'응. 또.'

'하긴. 나도 아직도 상금 사냥하지.'

'그렇지.'

이걸로 끝이구나 싶어서 나는 안도와 아쉬움을 함께 안고서 트위터를 껐다. 그런데 또 알림이 울렸다.

'오랜만에 밥이나 먹을까?'

'ㅇㅇ'

그리고 나는 후회했다.

나는 식당의 저 끝에서 지수를 발견하고 손을 높이 쳐들었다가 맞은편에 앉아 있던 사람이 내 쪽을 돌아보는 동시에 도망칠까 생각했다. 슬기가 날 보더니 믿기지 않는다는 듯 눈살을 찌푸리고는 지수를 향해 거의 소리를 질렀다.

"쟤가 여기 왜 있어?"

지수가 자리에서 일어나 내게 다가오며 말했다.

"내가 불렀어."

그러고는 덥석 내 팔을 잡고 안으로 들어갔다. 나는 정말 개처럼 끌려가 자리에 털썩 주저앉았다. 일행은 슬기와 기존 멤버 외에도 두 명이 더 있었다. 경험상 둘 중 하나였다. 대회에서 우승했거나, 팀에서 누군가가 탈퇴하거나. 지수가 내 어깨를 짚은 채 말했다.

"초면인 사람도 있겠지. 이쪽은 여주영. 재작년까지 우리 팀이었어."

슬기가 말을 가로챘다.

"너네도 알지? 양자 컴퓨터 시연회 망치고 잠수 탄. 뻔뻔도 하지. 무슨 낯짝으로 여길 와? 뭐, 원래 좀 뻔뻔한 구석이 있기는 했지."

나는 말할 수밖에 없었다.

"나는 시연회를 망칠 수밖에 없었어."

사실 관계를 바로잡아야만 직성이 풀리는 내 성향은 나의 장점이자 단점이었다. 슬기는 당연히 화를 냈는데, 그건 나도 이해할 수 있었다.

"그걸 말이라고 하냐?"

"밥 좀 먹자."

지수가 종업원을 불러 주문을 하는 동안 나와 슬기는 눈으로 맞짱을 떴다. 그건 좀 할 만한 것이어서 나는 모처럼 투지를 불태웠다. 반면 가슴속에 용광로를 품고 사는 것 같은 슬기는 곧 폭발할 것 같은 얼굴을 하고는 벌떡 일어나 어디론가 가버렸다. 지수가 별거 아니라는 듯 말했다.

"화장실."

두당 5만 원짜리 코스 요리가 그 서막을 열었다. 전채 요리인 수프를 다 먹을 때쯤 돌아온 슬기가 자리에 앉자 분위기는 다시 냉랭해졌고 나는 가슴께가 뭉치는 것을 느꼈다. 더 있다간 단단히 체할 것 같았다. 비싼 밥 먹고 체하고 싶지 않았다. 나는 자리에서 일어났다.

"잘 먹었어. 불러줘서 고마워. 안녕. 아, 혹시 대회에서 우승했다면 축하하고, 혹시 또 누군가가 사고 치고 나가는 거라면…… 그건 딱히 할 말이 없고."

슬기가 버럭 말했다.

"지금 해보자는 거야?"

나는 내가 또 무슨 잘못을 했나 싶어서 나도 모르게 지수를 봤는데 그건 그냥 내 습관이었다. 지수는 키가 1미터도 안 될 때부터 나를 자기 인형처럼 데리고 다니며 내가 아리송해하는 모든 것에 답을 주었다. 그중 일부는 일반적인 관점에서 정확한 답이 아닌 것도 있었지만, 최소한 내가 납득할 수 있었다는 측면에서 답이라 할 수 있었다. 나는 그런 답을 원했기에 지수를 쳐다봤던 것이다. 그러나 지수는 약간 피곤한 얼굴로 조용히 수프를 긁어 먹고 있었다. 나는 심장이 헤집어지는 기분으로 식당을 나왔다.

길을 걸으며 상황을 복기했다. 상황 파악이 느려 안좋게 끝나버린 일로부터 내가 얻을 수 있는 것은 하나뿐이었다. 내가 제대로 대응하지 못한 상황을 무식하게 외우는 것이다. 그리고 다음에 같은 상황이 닥치면 다른 행동을 취한다. 물론 그 또한 석설하지 않을 수 있고, 그러면 또 다른 행동을 취할 수밖에 없다.

걸리는 게 있어서 나는 횡단보도 중간에서 멈춰 섰다. 내가 왜 그날 스마트폰을 풀지 못했는지를 제대로 설명하지 못한 것이 못내 마음에 걸렸다. 이대로는 죽을 때까지 편히 못 있을 것 같았다. 그래서 나는 신호등이 빨간불로 바뀐 것도 개의치 않고 다시 돌아서서 달렸다. 때맞춰 달려오던 오토바이를 피하느라 크게 넘어졌지만 아랑곳하지 않고 달렸다. 식당 안으로 뛰어 들어간 나를 사람들이 쳐다봤다. 하나같이 눈과 입을 크게 벌린 채였다. 하지만 중요한 건 따로 있었다. 나는 말했다.

"그날, 나는 스마트폰을 풀지 못할 수밖에 없었어. 왜냐하면 그때 다른 세계의 내가 스마트폰을 푸는 데 성공했고, 그 또 다른 나랑 여기 있는 내가 모종의 이유로 양자 얽힘 상태였기 때문이야. 그러니까 이건 내 잘못이 아니야. 이 말 하려고 돌아왔어. 이제 진짜 갈게. 안녕."

그리고 돌아서서 나가려던 나는 그대로 고꾸라져 기절했다.

눈을 떴을 땐 체크 패턴 커튼으로 둘러싸인 응급실 병상 위였다. 가만히 누워 천장 타일 속 무늬에 집중하고 있는데 잘 아는 목소리가 나를 불렀다.

"여주영."

지수가 옆에 있었다. 나는 놀라서 벌떡 몸을 일으켰다. 통증이 몸 곳곳에서 비명을 질렀다. 내가 혼란스러워하면 늘 그랬듯 지수가 설명해 주었다.

"찰과상이래. 근육들이 놀라서 당분간 쑤시듯이 아플 거래. 너 또 앞뒤 안 재고 달리다 넘어졌지? 그러다 차에라도 치이면 죽어."

"오토바이였어. 잘 피했고."

지수가 한숨을 쉬었다. 그래서 나는 말했다.

"미안해."

하지만 나는 다시 말을 쏟아냈다.

"너도 양자 얽힘에 대해서 알잖아. 얽힌 상태의 두 입자는 절대 동일한 상태를 가질 수 없어. 안 그러면 양자 컴퓨팅, 양자 통신 아무것도 성립이 안 되니까. 그렇잖아."

"그래."

"그러니까 논리적으로 보면 그 순간 나는 절대로 스마트폰을 풀 수가 없었던 거야. 왜냐하면 또 다른 내가 스마트폰을 풀었으니까! 하필이면 스마트폰을 푼 쪽이 내가 아니라 또 다른 나라는 게 아쉽긴 하지. 하지만 어쩌겠어. 그게 확률의 특징인데. 그래서 나는 그 점에 대해서는 더 이상 생각하지 않으려고. 다만, 너희가 그 점을 고려해 줬으면 좋겠어. 내가 일부러 그 일을 망친 건 아니라고……."

"여주영." 지수가 내 손을 턱 잡았다. "그렇게까지 자책할 필요 없어. 슬기 걔 그러는 거 어디 하루 이틀이야? 걔 새똥을 맞아도 중력을 욕하는 애야. 너도 이제는 알 만큼 알잖아."

나는 손을 뺐다.

"내가 똥을 싸기는 쌌다는 거지? 너도 그렇게 생각하지? 내 말을 변명이라고 생각하지? 그렇지?"

"또 그런다. 아니야, 그런 거."

나는 침상에서 내려와 내 물건을 챙겼다. 지수가 날 잡았다. 지수의 손을 뿌리치는 것은 나한테 너무나도 어려운 일이었다. 하지만 해냈다. 나는 지수의 눈을 보지 않으려 애쓰며 말했다.

"물론 네 생각이 어떻든 그건 네 자유야. 나는 다만 사실을 말했을 뿐이야."

"사실이라고?"

나는 지수가 한 말의 의미를 파악하기 위해서라도 그 애의 얼굴을 보지 않을 수 없었는데, 지수의 서글퍼 보이는 눈을 보자마자 후회가 밀려왔다. 지수는 나를 의심하고 있었다. 다른 사람은 몰라도 지수의 저런 눈은 견디기 어려웠다. 내 몸이 멋대로 움직이더니 스마트폰을 꺼내 나와의 채팅방을 열어 지수에게 보였다.

"여기, 또 다른 나랑 대화한 기록이야."

지수가 꼼꼼하게 스마트폰 화면을 살폈다. 나는 지수의 눈이 커지는 것을, 그리고 벌어진 입에서 튀어나올 감탄사, 또는 나를 향한 인정 같은 것을 기대하며 기다렸다. 마침내 스마트폰 화면에서 눈을 뗀 지수가 나를 보더니 말했다. 내가 생각한 그 어떤 것과도 일치하지 않는, 다시 말해 당혹스러운 말이었다.

"아무래도 많이 피곤한 것 같은데 요새도 밤에 잘 못 자? 글 계속 쓰는 거야?"

나는 맥락을 이해할 수 없었지만, 적어도 한 가지는 분명했다. 지수가 또 다른 나의 메시지를 보지 못한 거였다. 나와의 채팅방 특성상 객체 구분이 어려운 것은 별수 없었다. 나조차도 가끔은 이게 내가 쓴 말인지, 또 다른 내가 쓴 말인지 헷갈릴 때가 많았다. 또 다른 나의 메시지를 구분해 주기 위해 나는 스마트폰을 확인했다.

또 다른 내가 쓴 메시지가 모두 사라져 있었다.

서른여섯 번째로 또 다른 나를 불렀지만, 스마트폰은 조용했다. 믿을 수 없었다.

나는 입술을 뜯으며 서성이다가 무언가를 떠올리곤 집 안을 뒤지기 시작했다. 여태 풀지 않고 처박아 뒀던 이삿짐 상자에 그게 있었다. 시연회를 망치고 팀에서 탈퇴한 이후 쳐다도 안 본 물건. 내가 팀에서 활동하면서 사용한 시스템을 고스란히 복제한 이미지 디스크. 그것을 노트북에 연결한 다음 가상화 프로그램을 통해 시스템을 재구축했다.

작업을 마친 나는 휴대폰을 연결해 로그를 분석했다. 거기에 있었다. 내가 아닌, 또 다른 내가 메시지를 보냈던 흔적이, 남아 있었다.

나는 기쁨에 몸서리쳤다. 그러나 끝이 아니었다. 왜 얽힘이 풀렸는지 알아내야 했다.

로그만으로 자세한 걸 알 수는 없었지만, 또 다른 나는 내가 응급실에 뻗어 있는 동안에도 메시지를 보냈다. 하지만 내가 지수한테 채팅방을 보였을 땐 얽힘이 풀려 있었다. 왜지?

내가 깨어나서 했던 일: 지수한테 채팅방을 보여준 일…… 보이다…… 보다…… 관찰. 관측?

혹시 타인이 채팅방을 보는 행위가 양자 얽힘을 풀었던 걸까? 상자 속 고양이를 관찰함으로써 생사를 결정짓듯이? 논리적이었다.

하지만 허탈함을 감출 길이 없었다. 이상하지만 뜻이

잘 맞는 친구를 잃은 것 같아 마음이 몹시도 헛헛했다. 이 대로 영영 끝인가? 다시는 볼 수 없는 건가? 다시 얽힐 수는…….

나는 무언가에 홀린 듯이 양자 컴퓨팅 클라우드 서비스를 검색해 내 남은 생활비를 모두 쏟아부었다. 그리고 시연회 때 했던 그대로 스마트폰 잠금을 해제했다. 이번에는 어렵지 않게 성공해서 나는 또 허무해졌다. 하지만 중요한 건 따로 있었다. 나는 나와의 채팅방에 대고 말했다.

〔이게 뭐 하는 짓이야.〕

입술을 뜯고 뜯고 또 뜯었다. 피 맛이 났다. 비위가 상해 헛구역질을 하는데 새 메시지가 떠올랐다.

{뭐긴 뭐야 뻘짓이야.}

눈물이 왈칵 쏟아졌다. 반가운 마음에 타자를 치는데 또 메시지가 떴다.

〈와, 라임 오졌다.〉

{????}

《!!!! 2^2》

내가 넷이 되어버렸다.

알림이 울려 움찔했다. 메일이었다. 확인해 보니 다음과 같았다.

'공모전에 당선된 것을 축하드립니다. 이번 달 안으로 아래의 계좌로 소정의 심사비를 입금하시면 바로 협회의 정회원으로 등록해 드릴 테니……'

기묘악마

유사 광상곡

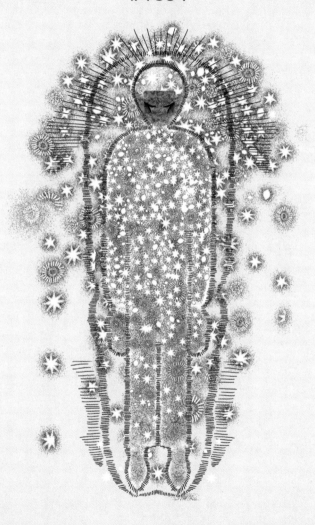

지옥 편[1]

오라는 치킨은 안 오고 비가 내렸다.

기다림에 지친 나는 생명력을 다한 듯한 김 빠진 맥주를 들고 겨우 책상이라는 감옥에서 벗어나 창가로 갔다. 닫아놓은 창문 안으로도 들릴 만큼 비가 거세게 내렸다. '내리치다'라는 단어가 연상될 정도였다. 손 뻗으면 가까이 있는 건너편 빌라가 형체를 알아볼 수 없는 괴물처럼 보였다. 주르륵주르륵 괴물 위로 비가 내렸다. 하염없이. 어쩐지 마냥 듣게 되는 비의 리듬에 위로를 받으며 나는 맥주를 조금씩, 가끔은 빨대로 길게 빨아올리며 계속 마셔댔다.

치킨은 날 위로해 줄 생각이 없음이 틀림없었다.

치킨을 주문한 게 언제였는지 확인하기 위해 휴대폰을 켠 나는 배경 화면의 얼굴[2]을 보고 화들짝 놀라 책상

---

1 이 그를 익능 사람드레게 고함. 이 파렴치하고 가증스롭고 뿐뿐하기 짜기 옵능 그를 쓴 개똥 가튼 작자가 지껄이능 마른 구할 구푼 구리가 허튼소리에 지나지 안음. 마음 가타서능 이 따위 그를 지옥으 신성한 불가마에 처너코 십지만, 그노므 계약이란 것 때무네, 이 몸께서 친히 이 그를 조금이라도 도 진실대게 만들고자 노려카여씀. 그에 따라 고하노니, 이 작자가 말하능 '지옥'이란, 실제 지옥을 가리키능 게 아닌, 그저 작자으 심리족 상태를 뜻하능 비유임.

으로 달려갔다. 머릿속이 컨트롤과 탭으로 들어찬 나머지 내 손에 맥주 캔이 들린 것을 까맣게 잊고서 노트북 자판을 누르려다 그만 맥주를 쏟고 말았다. 나는, 내가 생각해도 이상하리만큼 차분하게, 나의 오랜 분신, 나의 아바타, 나의 정체성, 나의 주둥이를 대신하는 2010년산 국내 짐승 브랜드 노트북[3]의 자판 틈새로 맥주가 하수구 괴물처럼 빨려 들어가는 것을 내려다봤다. 맥주를 정말 쏟았나 싶을 정도로 말끔해진 흔적을 눈으로 좇는데 액정이 꺼져버렸다. 아, 나의 오랜 분신, 나의 아바타, 나의 정체성, 나의 주둥이를 대신하는 님은 갔습니다. 백업조차 하지 못한 나의 정신머리를 끌어안고 함께.

나는 한결같이 차분한 동작으로 다른 쪽 손에 들고 있던 휴대폰으로 유튜브[4]를 실행해 검색창을 바라보며 잠시 생각했다. 뭐였더라? 프랑스어니까 La 뭐시기……. 기억을 더듬어 La 다음에 들어갈 낱말의 첫 글자 P를 쳤고, 그 뒤로 구글 신이 나를 인도하셨다. 그가 내려주신 첫 번째 계명을 따르니 애타게 찾아 마지않던 라이브 영상이 나왔다.[5] 다행히 아직 끝나지 않았다. 트위터로 넘어가 보니

---

2 개똥 가튼 작자가 신봉하능, 마라자면 이교도으 신과 가튼 존재로서, 작자와 동갑내기 배우. 실명을 거론하면 작자가 계약 위반이니 머니 또 성가시게 굴 테니 이쯤함.
3 작자능 자시늘 문단계으 거물쯔므로 생가카는 게 틀림옵씀. 그냥 쓰라고. 늑대와여우!
4 이거슨 그대로 적혀 있능 것만 바도 압서 내가 한 마리 증명댐. 각주 1) 참조.

실시간 트렌드도 조용했다. 좋아, 이대로 마지막까지 가는 거야.

신께서 마음을 고쳐먹기라도 한 듯이 때마침 현관문 두드리는 소리가 들렸다. 의자에 엉덩이를 의탁하려던 나는 몸을 크게 휘청이고는 현관문으로 갔다.

밖에서 문을 쿵쿵쿵 두드려댔다. 아니, 자기가 늦은 건 생각도 안 하고 성질도 급하네. 심지어 더럽기까지. 초인종은 됐다 뭐 하고 이 야심한 시각에 문을 두드리는 거야? 나는 네, 하고 대답하려다 멈칫했다. 갑자기 맥주가 당겨서 길게 한 모금 마시려 했지만 얼마 남아 있지 않았다. 그보다도, 왜 초인종을 누르지 않지? 마치 그런 내 생각에 대꾸라도 하듯 밖에서 또 쾅쾅쾅, 아까보다 세게, 누가 들어도 감정을 실어서 문을 '찼'다. 그 기세에 놀라 맥주 캔을 떨어뜨렸지만, 다행히 빈 캔이라 안도하며 옛날에 유행했던 만화책을 떠올렸다. 제목이 뭐였더라. 아주 아주 무서운 이야기였나? 너무너무 무서운 이야기? 아니면 진짜진짜 무서운 이야기? 어쨌든 무서운 이야기를 엮은 공포 만화책이었다. 거기엔 아마도 일본에서 유래했을, 20세기 말에 초등학교에 다닌 사람이면 모를 수 없는 이야기를 포함해 50가지인지 100가지인지 꽤 많은 이야

---

5 La Palme d'Or, 작자네 말로 황금종려상. 각주 2)의 배우가 출연한 영화 〈기생충〉이 이때 제72회 칸 국제영화제에서 최고상인 황금종려상을 수상해씀. 우습게도, 정작 각주 2)의 배우능 이때 작자로부터 20마일도 떠러지지 안은 고세서 자고 이써씀.

기가 수록돼 있었는데, 하필이면 그중 하나가 현관문이 걷어차이는 지금의 상황과 매우 유사했다. 이야기의 골자는 이랬다.

해외여행을 하던 어느 부부가 길거리에서 소원을 들어준다는 가면을 기념품 삼아 산다. 그런데 무사히 여행을 마치고 집으로 돌아온 부부에게 비보가 전해진다. 하나뿐인 자식이 사고로 목숨을 잃은 것이다. 실의에 빠진 부부는 신께 기도하듯 해외에서 사 온 소원을 들어주는 가면에 대고 빈다. 제발 자식을 살려달라고. 살려만 달라고. 공포와 반전의 방점이 '만'자에 찍히는 이 이야기는 결국……[6)]

"도대체 몰 하고 자빠져 있능 고야?"

추억 여행 중이던 나는 기묘한 목소리에 뒷덜미가 잡혀 내 보금자리, 전용면적이 하필이면 '13'제곱미터인 내 방으로 돌아갔다. 뭐지, 방금 들린 그 맥 빠지는 말투의 목소리는? 나는 특유의 짧고 굵은 집중력을 최대로 발휘해 귀를 기울였다. 내가 잘못 들었나 싶을 즈음 그 맥 빠지는 말투가 다시 들려왔다.

"이바, 손생, 당장 이 문 열지 모태?"

그러고는 그 돼먹지 못한 자가 악의에 찬 발길질로 현

---

6 이 정신 나간 작자 때무네 호비한 시가니 올만지. 작자가 말하능 괴담이 실린 만하책은 2001년 계림에서 발행한 이동규의 《으악! 너무너무 무섭다!》인 걸로 파악대고 이따. 심지어 16가지 이야기가 수록대 이따. 정마 리지 차믈 수 웁따.

관문을 쾅쾅쾅 걷어찼다. 정신이 번쩍 들었다(그때까지 정신이 약간 흐릿한 상태였음을 겸허히 인정하는 바이다). 저대로 저 미친놈을 내버려 뒀다간 세입자들의 민원으로 나의 보금자리에서 쫓겨날지도 몰랐다. 어떻게 구한 방인데. 앱에 속고 매물에 기만당한 숱한 좌절의 순간들을 어떻게 극복하고 얻어낸 방 한 칸인데, 웬 막돼먹은 미친놈이 술 처먹고 부리는 난동으로 내 귀한 방을 날릴 수는 없었다. 나는 결의에 찬 발걸음을 내디뎠다. 그렇게 덜컥 문을 열려는 순간 나의 빛나는 기민함이 발휘되었다. 나는 멈칫하고서, 미친놈의 낯짝과 미친 정도를 파악하기 위해 현관문 외시경에 얼굴을 들이밀었다.

뭔가가 보였다. 저건…… 빛이 아닌가. 비가 내리치는 야심한 시각에는 도저히 보기 힘든 환한 빛에 나는 잠시 빛의 근원을 찾기 위해 멍하니 얼굴을 이리 옮겼다 저리 옮겼다. 아무래도 낯익은 것이, 꼭 디스플레이 액정에서 비치는 빛 같았다. 아닌 게 아니라 그림판에 마우스로 대충 휘갈긴 듯한 까만 구멍이 빛 속에서 깜빡거렸다.

"손생, 보고 있능 고 아러." 미친놈이 말했다. "조은 말로 할 때 이 문 여러, 손생."

나는 까닭 모를 희망에 차서 문에 대고 물었다.

"치킨인가요?"

"치킨!"[7] 문 너머에서 몹시도 위험하게 들리는 격앙된

7 치킨이라니!

외침이 들렸다. "손생, 지금 솔마 치킨이라고 한 고야?"

나는 뭐가 잘못된 건지 알 수가 없어 다시 물었다.

"치킨을 배달하러 온 것이 아니라는 건가요? 그렇다면 그대는 필시 술에 취해 난동을 부리는 자가 틀림없으니 어서 돌아가 발 닦고 잠이나 주무시지요. 그대에게, 돌아가 몸 누일 장소가 있다면 말이에요."

나는 지금 이 상황의 미천함에도 불구하고 이성적이고 차분할 뿐만 아니라 교양 있게 대처한 나 자신에게 놀라 몸을 비 맞은 개처럼 부르르 떨었다. 말투가 다소 딱딱한 것 같았지만 크게 신경 쓰진 않았다. 내 태도에 놀란 건 저쪽도 마찬가지인지, 웃는 건지 우는 건지 모를 소리가 짧게 들렸다. 호기심에 다시 외시경을 들여다보자 환한 빛 속의 까만 구멍이 아까와 달리, 명백히 비웃고 있었다. 나는 화가 나서 소리쳤다.

"이 막돼먹은 미치광이 같으니라고. 내가 시킨 치킨을 내놓을 게 아니라면 당장 썩 꺼질지어다. 그렇지 않으면 신께서 그대를 용서치 않으리."

그러나 문밖의 미친놈은 콧방귀를 뀔 뿐이었다.

"손생, 무교자나."

엄밀히 말하면 무교가 아니라 무신론자였지만, 어쨌든 종교가 없는 것은 분명 사실이었다. 하지만 저 미친놈이 그런 사적이고 영적인 정보를 어떻게 알았는지 도무지 짐작할 길이 없었다. 나는 당황하기보다는 호기심이 발동해 다시 침착하게 대화를 시도했다.

"당신이 그걸 어떻게 알죠?"

"손생, 트위터에서 바찌."

그건 미처 예상치 못한 창구였다. 트위터에서의 나는 철저한 글쟁이로서의 인격체로 일상의 나와는 유리된 존재였기 때문에 가끔은 나조차도 내 트위터 계정의 존재를 잊어버릴 정도였다.[8] 그럼에도 과학을 신봉하고 과학적 사고를 충실히 수행하려 애쓴다는 부분을 공유하고 있기는 했다. 고로, 저자의 주장은 사실이 아닐 수 없다. 과학적이고 논리적인 추론을 마친 나는 이제 흥미마저 느끼며 문에 몸을 바짝 밀착시켰다.

"그렇다면 당신은 아직 정식으로 데뷔도 하지 않은 미천한 습작생의 열렬한 팬이 틀림없군요. 이런 사생팬 같은 태도는 물론 지양해야 마땅합니다만, 당신이나 저나 이런 상황은 처음이니까 좋게 좋게 넘어가는 편이 좋을 듯합니다. 그 애끓는 심정, 나 역시 애끓는 자로서 이해 못 하는 바는 아닙니다. 아니, 누구보다 잘 안다고 해도 과언은 아닐 테지요.[9] 그럼에도 이것이 선을 넘는 행위임은 달라지지 않아요. 자, 돌아가세요. 돌아가서 잠자리에 몸을 누이면 깨닫게 될 겁니다. 그대가 한 행동의 부끄러움을."

나는 덧붙이지 않을 수 없었다.

8 이 고위초럼 몽총한 작자능 자신으 트위터 계정이 삭제댄 고슬 아능지 모르게따.
9 각주 2) 참조.

"가기 전에 내 작품 어느 것의 어느 부분이 그대를 그토록 위험의 낭떠러지로 밀어 넣었는지 말한다면 들어보기는 하죠. 자, 어서."

"이거, 완존 미쳐 도랐네."

내 기억에 그런 제목의 글을 쓴 적은 없었다.[10]

"손생, 도대체 수를 얼마나 처마싱 고야? 완저니 마시가써. 손생, 듣꼬는 있능 고야? 손생, 문 여러. 아무래도 손생 위허매."

나는 수치심과 모멸감을 견딜 수 없어 그대로 현관문을 열고 미친놈의 면상을 향해 손가락을 뻗었다. 그리고 한껏 쏘아붙이려 입을 벌린 채로 돌처럼 굳어서 내 앞에 있는 존재를 바라만 볼 수밖에 없었다. 신이시여, 이 꼴은 대관절 무어란 말입니까? 과학의 선지자들이시여, 기존의 관념을 조롱하는 현상 앞에서 당신들의 추종자는 어떠한 태도를 견지해야 한단 말입니까? 문이 다시 서서히 닫히려 하자 무언가 기다란 것이 스윽 미끄러져 들어와 문고리를 휘감고 붙들었다. 내가 잘못 보고 있는 게 아니라면 저것은 마우스였다. 현실적으로 저 생명체가 마우스일 리는 없으므로 마우스처럼 생긴 꼬리일 터였다. 그 기묘하기 짝이 없는 것을 홀린 듯이 바라보는 나의 시선이 그것의 움직임을 따라 위로 올라갔고, 그러자 그 미친놈의 전체적인 꼴이 뒤늦게 눈에 들어왔다. 다리가 짝짝이인지

10 이고슨 사실이다.

삐딱하게 서 있는 놈은 방금까지 행사 아르바이트라도 뛰고 온 듯 맨정신으로는 도저히 감당할 수 없는 행색이었는데, 공기 중에 오랜 시간 노출되어 색이 바랜 피딱지 같은 색감의 쫄쫄이 타이츠와 망토 차림도 가관이었지만, 기묘함의 끝을 보여주는 것은 따로 있었다. 1990년대 학교 컴퓨터실에서나 볼 수 있을 법한 커다란 음극선관 모니터가 놈의 어깨 위에 얹어져 있었던 것이다. 놀랍게도 내가 본 빛과 건성으로 그린 듯한 표정은 다름 아닌 그 모니터가 비추어 보여주는 것이었다.

"기묘하군."

나도 모르게 상투적인 감상을 토해냈다가 그것이 부끄러워서 얼굴을 붉히고 얼른 화제를 돌렸다.

"하긴 무한 경쟁이 배달업이라고 비껴가지는 않겠지. 그대가 어디 소속인지는 모르겠지만, 훌륭한 코스튬이 아닐 수 없군요. 특히 자연스러운 움직임을 자랑하는 그 꼬리는 마음 같아선 해체해서 작동 원리를 규명하고 싶을 지경이니. 자, 이제 치킨을 줘요. 그것으로 다소 번잡했던 우리의 만남을 깔끔하게 정리하도록 합시다, 어서."

미처 인지하지도 못할 만큼 빠르게 마우스 꼴의 꼬리가 내 머리통을 갈겼다. 아픔보다는 놀라움, 놀라움보다는 창피함 때문에 머리를 감싸 쥔 채 뒷걸음치고 말았다. 그러자 미친놈이 기다렸다는 듯이 안으로 들어와 문을 닫았다. 그제야 분명하게 알 수 있었다. 저 미친놈에게 치킨은 없다는 사실을. 순간 낭패감에 눈물을 흘리고 말았는데, 나조차도 그런 내 반응에 내심 놀라지 않을 수 없었다. 온몸을 휘감는 듯한 패배감에 몸서리치며, 의자에 온몸을 맡기듯 자연스럽게 주저앉았다.

"손생, 종말 종상이 아닝 모양이네."

"시끄러워, 이 치킨 도둑놈아."

"그노므 치킨 타령은 언제까지 할 곤데? 아하, 아라따. 손생은 지금 날 놀리능 게 붕명해. 그로치 안코서야 잉간이 이로케 몽총하게 굴 수 업쏘. 내 마리 마찌?"

"난 당신처럼 파렴치한 사람이 아니야. 날 조롱하고 있는 건 그쪽이라고."

겨우 마음을 추스르고 의자를 박차고 일어나자 또다시 꼬리가 내 머리통을 갈겼다. 결국 포기하고 다시 의자에 앉아 두 손 두 발을 다 들었다. 완전한 나의 패배였다. 인정하지 않을 수 없었다. 다만 부끄러움을 숨길 수는 없던 터라 얼굴이 화끈거리는 건 어떻게 막을 도리가 없었다.

"날 그만 내버려 두고 그쪽 갈 길 가요. 안 그래도 글이 풀리지 않아서 뜬눈으로 밤을 지새우고 있는……" 나는 주머니를 뒤지다가 깜짝 놀랐다. 손에 닿는 게 아무것도 없었다. 미친놈의 짝짝이 다리 너머에 떨어져 있는 내 휴대폰을 발견하고 나는 분노에 치를 떨었다.

"극악무도한 자 같으니라고. 언제 내 휴대폰을 빼앗아 갔지? 당장 돌려줘. 그러지 않으면 경찰을 부르겠어."

"돼지초럼 취해따는 게 무슨 소링지 이제야 알 거또 가꾼. 기묘천사놈들, 비유만크믄 쓸데업시 신라라지. 고게 고놈드리 가진 유일한 장쩌미지만."

나는 뜻밖의 낱말에 귀가 솔깃해 묻지 않을 수 없었다.

"지금 천사라고 했나요?"

"그러타. 정학키는 기묘천사지. 비둘기망도 모탄 쓸모 없는 거뜰."

지극히 논리적으로 생겨나는 궁금증을 나는 밝혔다.

"그렇다면 그쪽은 뭐죠?"

"나?" 미친놈이 뒤집어쓴 음극선관 모니터 속 표정이 빠르게, 그리고 그만큼이나 형편없는 모습으로 바뀌었다. 꼭 레고 인형 같은 꼴의 미친놈이 어느 때보다 선명한 발음으로 말했다.

"나는 **기묘악마**다."

나는 팔짱을 끼고 턱을 어루만지며 그 미친놈의 몸 곳곳을 무례할 만큼 빤히 살폈다.

"기묘하군. 악마는 정말 날개가 없나?"

"날개라니." 기묘한 미친놈이 흥분해서 소리쳤다. "그딴 고 가꼬 몰 하능데? 맙소사! 아직또 그노므 치킨 타령을 하능 고야? 이 손생 종말로 구제 불능 몽총이고만? 기묘천사들 말마따나 고위보다 몽총해."

"그건 너무 심하잖아."

화가 난 나머지 아까의 수모를 잊고 자리에서 일어난 내게 또다시 마우스 꼴의 꼬리가 날아왔다.

"이 몽총한 손생아, 가마니 앙자 이써. 자꼬 그로케 뻴 짓 하몬 그 몽총한 모리통이 나마나질 아늘 테니까."

나는 그 말대로 순순히 의자에 앉았다.

"그렇다면 그쪽이 원하는 게 도대체 뭐란 말입니까?"

"가미 대들지도 마, 똥개 가튼 손생아. 아, 그냥 천사 것들항테 넘기고 잠이나 자능 곤데. 오쩌게쏘, 선태글 해쓰니 채김을 죠야지. 그로기로 용감탱이랑 약소글 해쓰니. 아이고, 내 싱세야."

그렇게 기묘한 푸념을 기묘하게 늘어놓기 시작한 기묘악마의 이야기를 다소 기묘할 정도로 짧게 요약하면 다음과 같다. '기묘악마'라는 기묘한 이름의 이 악마는 종종 이렇게 할 일을 찾아 자발적으로 세계를 헤매고 다닌다고 했다. 물론 의무 같은 건 없지만, 기묘천사만큼이나 지루한 것을 끔찍이도 싫어하기 때문이었다. 할 일이라는 것은 그때그때 다르지만 나를 찾아온 순간, 이 자의 목적은 그 자체로 기묘하기 이루 말할 수 없었다. 바로 방황하는 영혼의 우울하기 짝이 없는 음적인 에너지를 회수하는 것이었다. 그 말인즉, 소위 '작가의 벽(癖)'이라 불리는 슬럼프에 빠져 허우적대는 나의 영혼을 거두어 가겠다는 뜻이었다.[11] 나는 즉시 항의했다. 나의 슬럼프는 창작을 하는 사람에게는 감기만큼이나 흔하고 사소하며 이번이 처음도 아닌데 이제 와서 졸속으로 행정 절차를 밟는 것은 자기모순에, 합당하지도 않을뿐더러 무엇보다도 나는 아직

11 반명, 기묘천사드른 잉간으 불행을 관장하며 회의론자드를 계소캐서 놀라게 하능 기묘한 사건드를 이르키고 다닐 뿐닌 그야말로 비둘기망도 모탄 쓸모읍능 거뜰이다.

죽을 수 없다고 말이다. 완벽하게 논리적이고 합리적인 내 이야기를 듣는 둥 마는 둥 하던 기묘악마는 또다시 꼬리를 휘둘러 내 입을 닫게 했다.

"말 징짜 만네. 좀 닥쳐, 손생. 누가 손생 주긴데? 톡까노코 말해소 손생의 고 빙곤한 영호니 나 가튼 위대한 몸을 조금이라도 망족시켜 줄 고라고 생가카는 고야? 오디소 교마니야?"

나는 차라리 꼬리로 머리를 얻어맞는 편이 낫겠다 싶어 악마 앞에 무릎을 꿇었다.

"적어도 양시믄 잇는 모양이지? 조아, 피차 바쁜데 구롬 이제 개야글 시자카자고. 이러나, 손생."

"계약이라니. 다소 번거로운 구석이 없잖아 있는데 적당히 생략하고 넘어가도 되지 않을까요? 당신이 정말로 위대한 존재라면 말이지요."

내 말의 어디가 어떻게 악마의 심기를 거슬렀는지 악마가 길길이 날뛰었고, 마구잡이로 휘두른 악마의 꼬리에 좁디좁은 내 방 곳곳이 말 그대로 난장판이 되었다. 나는 두 팔로 머리를 감싸고 몸을 잔뜩 웅크린 채 이 태풍이 지나가기를 기다렸다. 잠시 뒤, 악마의 꼬리가 붕붕대는 소리가 멎었다. 나는 한쪽 눈을 조금 떠 악마가 날 내려다보고 있는 것을 확인하고 재빨리 악마의 두 다리 중 조금 더 짧은 쪽을 붙들었다.

"당장 하시지요, 그 계약이라는 것을. 어느 손가락을 자를까요."

"머래. 송까라글 짤라소 모 하려고? 구런 곤 케르베로스도 쳐다도 안 봉다고." 악마가 더할 나위 없이 건성으로 지은 듯한 경멸 어린 표정으로 다리를 흔들어 날 쳐냈다.

"그 꼬리를 잡꼬 약과네 동이항다능 카네 체크 표시해."

내가 악마의 꼬리를 향해 손을 뻗자 악마는 꼬리를 휙 잡아당겼다.

"손생, 용광잉 줄 아라. 이렁 기해 홍하지 안어. 손생도 잘 알지?"

"여부가 있겠어요." 나는 진심으로 고개를 주억거렸다. 왠지 심장이 두근거렸다. 아직 계약을 하기도 전인데 벌써부터 뭔가를 내려놓은 듯 마음이 초연하면서도 개운했다. 나는 깨달음에 전율했다.

"이제야 당신의 큰 그림을 이해한 듯싶습니다. 저는 슬럼프에 빠져서 우울했던 것이 아닙니다. 우울해서 슬럼프에 빠졌던 것이지요. 그런데 그 우울함을 당신께서 친히 거두어주시니 저는 슬럼프를 극복하고 다시 글을 쓸 수 있을 것입니다."

"아모래도 잘몽 찾아옹 고 가찌만 낙짱부리비지."

"그렇지요. 모든 것에는 더는 돌이킬 수 없는 임계점이 존재하는 법이지요."

그렇지만 악마라는 존재의 타고난 본성에 약간의 의심이 없지는 않아서 나는 눈앞의 악마가 딴소리를 하기 전에 얼른 악마의 꼬리를 낚아챘다. 악마는 움찔하더니 기운을 빼앗긴 것처럼 스르륵 주저앉았다. 기묘하게도 악

160

마의 머리가 내 눈높이에서 빛을 깜빡이더니 잠깐 쳐다보는 것만으로도 현기증을 불러일으키는 길고도 긴 약관이 나타났다.

"약관은 동서고금뿐만 아니라 이승과 저승을 막론하고도 악마적이군."

그러자 쥐고 있던 악마의 꼬리가 사정없이 꿈틀거리는 통에 나는 그것을 두 손으로 움켜쥐고 소리쳐 사죄했다. 그리고 얼른 약관의 끝을 찾아 스크롤을 내려 동의했다. 그와 동시에 빛이 사라졌다. 나는 훅 꺼져버린 땅바닥 어딘가로 끝없이 추락했다.

연옥 편

우박까지는 아니지만 빗방울보다는 묵직한 뭔가가 얼굴을 때리는 걸 느끼며 내가 깨어난 곳은 어느 다리의 입구였다. 기묘악마는 음적인 에너지로 가득한 영혼이라면 중력에 이끌리듯 이곳에 모이게 되어 있다고 말했다. 그곳은 눈에 보이는 거의 모든 것이 보라색의 스펙트럼으로 보였는데, 마치 이곳 전체가 편광필터를 통해 파장이 380나노미터에서 450나노미터 사이의 빛에만 반응하거나 그게 아니면 내가 보라색 안경을 쓰고 있는 것 같았다. 후자의 가능성이 보다 현실적이었기 때문에 나는 쓰고 있는 (줄 알았던) 안경을 손으로 더듬어 찾았다. 손이 허공을 가르는 순간 느낀 인지부조화는 음식을 먹다가 혀를 씹었을 때보다도 더 큰 충격과 공포를 선사했는데, 내가 안경을 쓰지 않고 있다는 진실을 깨닫자마자 시야가 뿌예진 탓에 심지어 일종의 체념마저 느껴졌기 때문이었다. 한동안 멍하니 서서 우박까지는 아니지만 빗방울보다는 묵직한 뭔가를 맞으며 서 있는데, 어느 순간 정신이 들었다. 더는 뭔가가 떨어져 내리지 않았다. 고개를 들어보니 연보라색 하늘을 피자두색의 둥그런 뭔가가 가리고 있었다. 흐릿했지만 그것은 필시 우산이었고, 그것을 들고 있는 것은 마우스임이 분명한 것이 달린 기다란 줄, 즉 기묘악마의 꼬리였다. 나는 반가운 마음에 돌아서서 무릎을 꿇고 짝짝이 다리 중 보다 짧은 쪽을 거의 껴안다시피 하며 소리쳤다.

"당신이 악마이길 바랍니다. 당신은 악마여야 합니다. 당신은 악마일 수밖에 없으니 그렇지 않으면 내게 더는 희망이 없기 때문이지요. 오, 악마여."

"묘하궁." 나를 벌레 퉁겨내듯 다리를 흔들며 악마는 말했다. "주접 고망 떨고 이러나, 손생. 그리고 이고 바더."

나는 무릎을 꿇고 나서야 이곳이 온통 판석으로 포장된 돌바닥임을 고통으로써 깨달았던 터라 악마의 간절한 청을 외면하지 않고 서둘러 일어났다. 그리고 악마가 건네는 것을 받아 들었는데 한눈에 그것의 정체를 파악할 수는 없었다. 내가 알 수 있는 거라곤 이심률이 적지 않은, 기다란 타원 끝에 달린 손잡이를 잡고 있다는 사실뿐이었다. 타원의 안쪽은 뭔가가 계속해서 바뀌고 있어서 흐릿한 나의 시야로는 당최 이것이 뭔지 알아보기가 불가능했다.

"이것이 무엇인가요?"

"거우리자나, 몽총한 손생."

악마의 지적은 실로 지당하다고 느껴졌다. 그의 말을 듣고 나니 내가 들고 있는 것이 당장에 거울로 보였다. 그것이 한순간에 모습을 바꿀 수 있는 게 아니라면 나는 거위보다 멍청한 것이 틀림없었다. 나는 거울을 통해 내 얼굴이 자줏빛을 띠지는 않나 확인하려 했지만 허사였다. 거울을 통해서 보이는 거라곤 내 앞에 서 있는 악마의…… 선명한 모습뿐이었다. 나는 거울 속 악마를 노려보며 외쳤다.

"아니! 정말이지 기묘하군. 분명히 나는 안경을 쓰지 않았고, 게다가 거울 너머의 것이 보이다니. 하지만 그렇다면 이것의 이름이 거울일 수는 없지 않은가. 그렇지 않나요?"

내가 거울을 통해 악마에게 묻자 악마는 다만 코웃음 칠 뿐이었다. 매우 효율적인 답변이 아닐 수 없었다. 결국 나는 내가 원하는 류의 답변을 듣기를 단념했다. 하지만 친절하게도 악마는 그 거울일 수 없는 거울이 왜 필요한지, 그 거울일 수 없는 거울을 어떻게 사용하는지를 설명해 주었고 나는 어렵지 않게 숙지하여 그 거울일 수 없는 거울을 통해 내가 있는 세상을 보다 선명히 조망할 수 있었다. 처음 안경을 썼던 초등학교 1학년 때처럼 동심으로 돌아가 세상을 구경하던 중, 낯익은 얼굴을 발견하고 너무 놀라 그만 거울을 놓치고 말았다. 악마의 비할 데 없는 순발력이 아니었으면 그 거울일 수 없는 거울을 깨먹고 내 머리통 역시 깨먹을 뻔했기에 나는 몸을 부르르 떨었다.

"조시마능 게 신상에 조아, 손생. 이고 깨모그몀 손생을 노아놈의 방주에 가득 채어도 모자라니까 마리야."

"그 방주는 전용면적이 두 자리를 넘지 않나 봅니다."

"장나니 나와?"

나는 애써 모른 척하고 그 거울일 수 없는 거울을 빼앗아 다시 들여다봤다. 악마를 피해 오른쪽으로 거울을 비추자 아까 본 얼굴이 보였다.

"틀림없어. 그분이야."

내 말에 악마도 내가 보는 쪽을 돌아보았다. 악마는 거울을 통하지 않고도 내가 보는 것을 볼 수 있는 듯했다. 악마의 오래된 음극선관 모니터가 한층 더 환하게 빛을 발했다. 그러더니 놀랍게도 악마가 손을 흔들었다. 그러자 앞만 보고 달려오던 그분이 이쪽을 돌아보고 달리는 속도를 늦추더니 우리 앞에 멈추어 섰다. 악마가 나에게는 보이지 않았던 교양 있는 태도로 조금은 익살스럽게 허리를 숙여 인사했다.

"오늘도 어김업시 수고가 마느십니다, 손생."

나는 약간 서운한 마음이 들어 고개를 갸웃했다. 그러

나 그보다는 눈앞에 서 있는 존재 때문에 드는, 글로 옮기기엔 아직 정리되지 않은 감정을 어찌할 수가 없었던 터라 나는 조심스럽게 악마의 뒤로 몸을 숨겼다. 다행히 나의 존재는 그분에게 있어 먼지와도 같아 그분은 목에 두른 수건으로 얼굴을 닦을 뿐이었다.

"웬일이야?"

"웽이른, 일하능 고지."

그분은 농담이라도 들은 것처럼 웃었다.

"그럼 수고."

다시 달리기를 시작하려는 그분을 악마가 불러 세웠다.

"온제라도 조으니 부루기망 해, 손생. 모니 모니 해도 손생만 한 잉가늘 차즐 수가 이쏘야지. 하나가치 시시해. 애송이야."

"글쎄."

"난 아러, 손생은 날 다시 차즐 고야. 내 꼬리를 골지."[12]

그분은 어딘가 씁쓸해 보이는 미소를 짓고는 돌아서서 달리기 시작했다. 멀어져 가는 뒷모습은 왠지 서글퍼 보였지만, 한편으로는 멋있어 보이기도 했다. 그 뒷모습을 바라보는 내게 악마가 말했다.

"잉사라도 해보지 구래써? 항때 패니어짜나."

---

12 빼기려는 게 아니라 이 손생은 결국 다시 나를 차잣다. 그리고 또 하나으 골작을 토해내따.

"팬이었던 게 아니라 팬입니다. 그런데 당신은 대체 나에 대해서 모르는 게 없군요. 내가 저분에 대한 내용도 트위터에 썼던가요?"

"구굴링. 쿠키 부스러기가 산처럼 싸여 이쏘."

"하여간에 악마적인 기업 같으니라고."

뭔가가 내 어깨를 두르길래 얼른 쳐냈다. 나는 나지막하게 이렇게 말했다.

"사람의 마음은 양자의 춤사위와 같아라. 좌로 스핀, 우로 스핀. 하나이면서 둘 다이기도 하지요. 내 마음, 양자역학의 지배 아래 놓인 악마의 이름 무수히 많기에 희망은 관찰할 수 없답니다."

"주접 고만 떨고 어서 오기나 해, 손생."

어느새 악마는 커다란 구조물로 가로막힌 곳에 가 있었다. 가면서 거울을 통해 그 구조물을 관찰해 보니 그것은 단순한 형태의 문이었다. 특기할 만한 것이 있다면 다른 보라색에 비해 유난히 선명하다는 점이었는데, 내 미적 감각이 신뢰할 만하다는 가정하에 그 색깔은 #ff0090이라는 코드명을 가진 색이었다. 그 문 앞에는 문의 색깔보다 한층 톤 다운된 색깔의 전신 타이츠를 입은 사람이 서 있었는데, 아무리 낙관적인 관점에서 접근해도 저 문을 통과하기가 만만치 않을 것 같았다. 하지만 의외로 그 문지기는 아무것도 하지 않고 길을 비켜주었다. 그렇게 들어선 문 너머를 글로 묘사하기란 여간 어려운 것이 아니기 때문에, 어쭙잖은 글솜씨로 그 기묘함을 해치기보다는 차라리 무(無)가 갖는 무한한 가능성에 도움을 청하는 편이 낫지 않을까 싶어 독자에게 양해를 구하는 바이다. 나는 내 글솜씨는 못 믿어도 독자의 상상력은 신뢰해 마지않기 때문이다. 물론 이것이 직무 유기이며 얼마나 태만한 행위인지는 충분히 알고 있지만, 변변찮은 내 능력에 도박을 걸기보다는 독자가 이 마땅한 즐거움을 느끼는 게 우선이다. 이런 핑계를 변명 삼아 나의 부족함을 고백하는 바이다.[13]

그러나 그 기묘하기 이를 데 없는 곳에 발을 들이며 느낀, 느낄 수밖에 없었던 감정을 글로 옮겨보는 건 그리 분별없는 짓은 아닐 것이다. 자신의 감정은, 간혹 그 자신도 미처 알지 못하거나 오독할 가능성이 아주 없지는 않지만, 그럼에도 그 감정을 느끼는 자기 자신보다 분명하고 적확하며 섬세하게 헤아릴 수 있는 이는 없기 때문이다(단, 그 대상을 탄소 기반 유기적 생물체로 한해야 할 것이다. 이조차도 매우 임시적인 제한 조치라는 점은 최신 기술 동향에 관심이 많은 이라면 충분히 동의할 것이다).

기묘악마가 설명한 바에 따르면, 방금 통과한 #ff0090의 문은 내가 처음 눈을 뜬 곳에서 뒤로 곧장 뻗어나가는 다리의 문으로, 그 존재 의의는 오직 하나뿐이었다. 원하

---

13   나 또한, 이 개똥 가튼 작자를 대신해 심시만 유가믈 표하며, 이 작자으 징무유기에 대해 조그미라도 보상하능 차언에서 이곳과 유사한 환경을 갖춘 고슬 소개하게따. 간심 있능 사람드른 다으므 링크를 참조. https://britg.kr

지 않는 전진을 방지하기 위함이다. 이 말에 나는 묻지 않을 수 없었다. '뒤'라는 건 지극히 주관적인 표현이며 설사 그것이 화자의 뒤쪽을 가리킨다고 하더라도 도대체 저 문의 입장에서 '뒤'가 어느 쪽인지 어떻게 알 수 있고, 심지어 방향을 지시할 수 있는지 따져 물었던 것이다. 웬일로 기묘악마는 내 머리통을 건드리지 않고 끝까지 듣고 난 후 내게 기묘한 이야기를 해주었다. 그에 대해 이렇게 길게 글로 옮기는 것은 읽는 이를 성가시게 하려는 것이 아니다. 내가 그곳에 관해 느꼈던 가장 핵심이 되는 감정을 최대한 고스란히 담아 전달하기 위해 일종의 밑밥을 깔아 놓는 것이다.

기묘악마는 이렇게 말했다.

"손생으 지족은 타당해. 개미 똥꾸몽만큼. 손생은 지금부토 항 시강 '뒤'라능 마를 오또케 이해하지?"

나는 개미 똥구멍만큼 상처 입은 심정을 애써 감추고 이성적으로 내꾸했다.

"개미 똥구멍만 한 나의 지성으로는 그 말이 당최 이해되지 않는군요. 시간에 어떻게 앞뒤가 있을 수 있습니까. 그럼 시간이라는 개념에 왼쪽과 오른쪽, 위와 아래 또한 있다는 뜻일진대, 마치 시간이 3차원에 실존하는 물질처럼 들리지 않습니까."

악마는 바로 내 머리통을 갈겼고 나는 심심한 사죄를 표했다.

"시강응 흘러. 오직 항쪽 방향으로망. 보통응 흘러가

능 쪼글 앞이라고 부르지. 하지망 잉간드른 좀초롬 순리를 따르는 봅이 옵기 때뭉에 시강으 경우 흘러가능 쪼기 '뒤'가 되능 고야. 이 정도몬 손생으 그 개미 똥꾸몽만 한 지송으로도 이해가 되게찌."

"더할 나위 없이 쉬운 설명입니다만, 시간의 흐름과 이 다리의 방향에 어떤 연관성이 있는지는 여전히 오리무중이군요."

거기까지 대화가 진행되었을 때 우리는 문 근처에 빽빽이 들어찬 사람들을 제치고 겨우 그곳을 빠져나올 수 있었다. 그들은 기묘악마의 표현을 빌리자면 '똥파리 떼'였는데, 그렇게 칭하는 이유를 듣고 나니 악마의 커다란 머리통을 후려치고 싶어 견딜 수가 없었다. 그들은 '욕망하는 자'들이었다. 무엇을 욕망하는가 하면 자기표현이다. '똥파리 떼'란 달리 말하면 쓰고자 하는 자들이었다. 무엇을 쓰는지와 무관하게 쓰는 행위로 자기를 표현할 수만 있다면 그것으로 스스로를 인정하는 부류, 즉 써서 표현하지 않으면 자신을 인정할 수 없는, 결국 공허한 좀비가 되어버리는 자들이었다. 내가 그들 중 한 사람이었기 때문에 잘 안다. 최근에 작은 상을 수상하며 좀비 상태에서 벗어날 수 있었지만, 그다음에야 깨달은 것이 있었다. 영구적인 탈(脫)좀비란 없다. 한시적인 인간화가 가능할 뿐. 나는 다시 좀비가 되어가고 있었다. 그러니 기묘악마가 별것 아니라는 듯 그들을 배설물과 곤충의 무리로 싸잡아 불렀을 때 내 심정이 어땠을지 굳이 설명하는 건 잘

해야 그들과 나 자신을 두 번 죽이는 것밖에 되지 않을 것이다.

"손생은 운 조은 줄 아러. 나 아니어쓰면 저기 껴소 평생을 탕소 붕자나 머그며 사라야 해쓸 테니."

실제로 까만 얼룩으로 제 모습을 알아보기 힘든 내 뒤의 사람들을 힐끔 보고는, 그 앞에서 유독 반짝이는 몇몇 사람을 부러운 시선으로 바라보지 않을 수 없었다. '탄소 지옥'이라는 말이 저절로 떠오르는 저곳을 마침내 뚫고 다이아몬드처럼 반짝이는, 단단해진 극소수의 사람들. 그들은 문자 그대로 신진 스타 작가였다. 그중 몇은 나 또한 아는 얼굴이었는데, 이렇게 기묘한 곳에서 다시 보니 감회가 새로웠다. 같은 시험을 치르며 트위터에서 미친 사람처럼 웃고 즐겼던 시절이 엊그제 같은데…….

그때, 무리 중에서 유독 도드라져 보이는 사람이 날 발견하곤 이쪽으로 걸어오기 시작했다. 그가 특히 도드라져 보인 까닭은 키가 컸기 때문이었는데, 그냥 큰 정도가 아니라 내 쪽으로 걸어오는 동안에도 계속해서 키가 자라는 게 아닌가 싶을 정도였다. 나는 거울을 든 손을 끊임없이 쳐들어 그의 얼굴을 확인했지만, 광대처럼 눈물을 흘리며 웃고 있는 그자를 알진 못했다. 혹시 다른 용무가 있어서 이쪽으로 오는 건 아닐까 해 주변을 돌아보는 내게 그 광대가 말했다.

"왔군요! 올 줄 알았다니깐!"

"저, 저요?"

광대가 상큼발랄하게 네, 했다.

"내가 말했죠, 우리 꼭 이곳에서 보자고."

"음, 사람을 잘못 보신 듯한데, 아무래도 거울 하나 맞추시는 게……."

내 말이 무슨 대단한 농담이라도 되는 양 광대가 깔깔 깔 웃었다.

"또 철벽 치는 거 봐."

나는 악마를 돌아봤지만 팔짱을 낀 채 지켜보기만 할 뿐이었다. 나에게 구원의 손길을 내민 것은 다름 아닌 광대의 일원 중 하나였다. 광대를 부르는 그를 어렴풋이 알아보았으나 알은체하지 않고 키 큰 광대가 무리로 돌아가는 것을 가만히 바라만 보았다.[14]

나는 결국 고개를 돌리고 악마의 꼬리만 쳐다보며 걸었다. 내가 원한 건 그저 내 마음이 느끼는 것, 난 그것을 표현해 보려 했을 뿐이었다. 그게 왜 그리 힘이 드는 걸까?

"그래서 나는 결국 악마와 계약을 맺게 되었지. 그로써 타락했지. 악마처럼. 아니, 그들에게는 선택권이 없었지만, 나는 내 의지로 타락을 선택했으니 어쩌면 나의 타락이 더 나쁘다. 나는 대악마일지 몰라."

뒤통수가 불에 덴 듯 뜨거웠다. 두 눈에 별이 보였다.

---

14   이 작자가 고위보다 몽총하다는 고슬 증명하능 또 다른 긍거다. 이 작자와 키 큰 광대 손생은 이때 초음 대하하능 거시 아닝데, 광대 손생은 이 일화를 죽을 때까지 우려먹겠노라 서넌한 바 이따. 그리고 실제로 우릴 대로 우려져 지그믄 주변 사람들 중 이 일화에 대해 모르능 사라미 고이 옵따.

기묘악마가 날 보고 서 있었는데, 알고 보니 그의 머리통 음극선관 모니터에서 별이 빛나는 도트 gif 영상이 재생되고 있었다.

"가미 대악마 루키페르 니믈 욕뽀이다니. 손생은 주거서도 주금을 워나게 될 고야. 손생은 어지간한 지옥 뿔로앙 대. 시가느 뚱꾸몽을 통해 저 몬 뒤로 나라가 핵융합 원자로 가마에 드러가게 될 고야."

그 즉시 온몸의 피가 얼어붙어 세포 하나하나의 핵이 터지는 듯한 극도의 고통과 공포가 느껴졌다. 나는 통곡을 하며 내 의도는 그것이 아니었다고, 비록 의도와 상관없이 결과가 중요하다고 해도, 정말이지 내 말은 그분을 모욕할 의도가 아니었음을, 그 음극선관 안 어딘가에 이성이 조금이라도 존재한다면 악마 당신도 자연의 이치만큼이나 자연히 알 수 있을 거라고 사정사정했다. 내 간곡한 말에 악마의 심장마저 주무르는 재주가 있었는지는 몰라도 아무튼 기묘악마는 참극과 같은 저주를 퍼붓는 짓거리는 더 이상 하지 않았다. 그러나 이미 뱉은 저주가 쉬이 무위로 돌아갈지는 알 길이 없었고 지금까지도 마찬가지다. 그저 내가 죽기 전까지 저들의—극악무도하고 비이성적인 그들에게 과연 과학이라는 것이 성립 가능한지는 비트겐슈타인의 언어를 도입해도 아무런 실마리를 좇기 힘들겠지만 튜링처럼 목적 지향적인 방법을 동원해 일단 그것이 가능하다고 전제해 버리고, 즉 있다 치고—과학자들이 시간의 뒤로, 다시 말해 핵융합 원자로가 존재하는 먼

미래로의 시간 여행을 위한 초광속 내지는 아광속 운동법을 발견하지 않기만을 바랄 따름이다.[15]

그렇게 해서 겨우겨우 악마의 심기를 가라앉히는 데 성공한 내가 안도의 숨을 내쉬려는 찰나, 뒤에서 또렷한 목소리가 소리쳤다.

"여러분, 힘을 내여, 투쟁."

나는 돌아서서 다시금 지옥 같은 광경을 응시했다. 투쟁을 부르짖는 목소리는 어디선가 계속해서 누군가를 북돋웠고 그만큼 자주 투쟁을 외쳤다. 좀비 같은 사람들이 그 외침을 알아들었는지 일순 군중에 변화의 물결이 이는 것이 확연히 보였다. 거울을 쳐들고 목소리의 근원을 찾아 이리저리 두리번거리던 나는, 소름이 돋고 눈시울이 붉어져 몸을 부들부들 떨면서도 한시라도 빨리 저 목소리의 주인을 보고 싶어서 거울을 쥔 손을 더 꽉 움켜쥐었다.

어디지? 도대체 어디야? 그분이 틀림없어.

하지만 새카만 군중 속에서 무언가를 찾기란 애서가의 서재에서 숨어 있는 명작을 찾는 것만큼 지난한 일 같았다. 다시 생각해도 기묘하지만, 그 순간 나도 모르게 눈물이 그렁그렁한 눈으로 방금 전까지 나에게 극단의 저주를 퍼부었던 기묘악마를 쳐다보았다. 사실 내 입으로 말하기는 뭣하지만 내가 짓는 불쌍한 표정을 보고 나를 딱

---

15 나, 기묘악마으 이르믈 걸고 기필코 이 작자를 핵융합 원자로 가마에 처노키 위해 내가 할 수 있능 채서늘 다할 고슬 맹세한다.

173

하게 여겨 손을 내밀지 않는 사람을 여태껏 만나본 적이 없다. 절대 계획적으로 지은 것도 아닐뿐더러 그럴 수도 없는 나의 순수한 슬픈 표정을 본 악마 역시 움찔했지만 그래도 악마라고 팔짱을 끼고 시치미를 떼는가 싶더니, 아닌 척 꼬리로 거울의 방향을 잡아주었다. 바로 그곳에 있었다. 목소리의 주인. 나의 영웅.

투쟁, 하는 외침이 그대로 폭발하듯 새카만 탄소 분자 속에서 불꽃을 뿜어냈다(네온 컬러의 보랏빛 불꽃은 오랜 옛날 처음으로 필살기를 성공시킨 그때 그 시절에 느꼈던 벅차오름을 고스란히 부활시켰다. 그랬기 때문일 것이다. 나도 모르게 "도시타!"[16] 하고 소리 질렀던 것은. 옆에서 악마가 한숨짓던 게 기억난다). 그 열기로 대기가 물결처럼 일렁였는데, 어느 순간 돌풍이 불며 불꽃 속에서 역시나 보랏빛 불길에 휩싸인 뭔가가 하늘로 치솟았다. 무언가는 폭죽이 터지듯 확 커졌는데 마치 새가 날개를 팍하고 펼친 것 같았다. 아니, 정말이었다. 나는 하늘 높이 쳐든 거울을 들여다보며 입을 다물지 못하고 그저 이게 다 무엇이냐고 묻듯 다시 한번 악마를 쳐다볼 수밖에 없었다. 왜 안 그러겠는가. 사람이 불꽃을 내뿜는 새가 되어서 하늘에 떠 있는

---

16 "どうした(도시타)"능 작자가 어려쓸 때 유행해떤 〈킹 오브 파이터즈〉 시리즈으 등장인물 야가미 이오리(やがみ いおり)가 자시느 필살기 '108식 어둠쫓기'를 시전할 때 외치능 대사다(코맨드능 다음가 가따: ↓↘→ + A or C). 일종으 장풍으로, 보라색 불꼬츨 쏘아 저글 공겨칸다. 근데 내가 이런 거까지 차자 각주를 다라야 하다니 자개감이 이루 마랄 수 웁따. 내 기필코 이 작자를 핵융합 원자로 가마에 처노으리라. 도시타!

데. 아무리 봐도 저분은 천사가 아니라 내가 아는 그분이 맞는데.

"고게 거우리 보여주능 참모스비지."

그러니까 악마의 말인즉슨, 내가 알던 그분의 실체가 조류였다는 뜻이었다. 그것도 불꽃을 내뿜는. 나는 불사조의 이미지를 떠올리고는 그렇다면 나의 실체는 어떤 모습일지 궁금해져서 내 모습을 거울에 비춰보려고 갖은 동작을 다 취해보았다. 그러나 거울 본연의 이용이 불가능한 이것으로 자기 자신을 비춰본다는 것은 어지간한 신체적 능력 없이는 불가능할 성싶었다. 아쉬운 대로 손과 다리를 비춰봤지만 그냥 평범한 손과 다리였다. 내가 용쓰는 것을 한심하다는 듯 보며 악마는 말했다.

"아무나 참모스블 갖는 곤 아니야. 특히 손생초롬 한낱 습작생에 불과한 사람응 참모스블 가질 수 옵지. 왜냐하면 필요 옵쓰니까."

"하지만 아까 본 무리는 조금 이상하기는 해도 사람이었는데요. 게다가 분명히 아는 얼굴도 있었습니다."

"그들도 좀좀 도 마니 바뀌오갈 고야. 필요하다명 마리지망. 초음 만나몐 손생 가튼 경우에능 고의 그대로지. 그 손생한텡 참모스비 필요 옵쓰니까."

그렇다면 악마가 말하는 '참모습'이란 사회적 가면 또는 제2의 정체성 같은 게 아닐까 싶었는데, 용어에 대해서는 악마와 논쟁을 벌이는 게 별 의미 없음을 뼈저리게 깨달았던 터라 나는 그만 입을 닫았다. 다만, 이런 생각은

들었는데, 어쩌면 나는 특별한 실체가 따로 없는 보통의
존재에 지나지 않을지도 모른다는, 썩 유쾌하지 않은 자
기 인식이었다. 나는 그것을 잊기 위해서라도 다시 나의
영웅의 자태를 올려다보는 데 집중했다.

"부조리한 등단 제도를 철폐하라, 투쟁."

보랏빛 불새는 사람들 위를 배회하며 불똥을 튀기고
끊임없이 투쟁을 외치면서 그들을 고양시켰다. 아까 감지
했던 군중 속 변화는 서서히 크고 분명해져서 그 자체가
생명력을 지닌 것처럼 보이기에 이르렀다. 그들은 불새의
투쟁 소리에 맞추어 꿈틀꿈틀 움직였다. 불새가 최종적으
로 "돌격 앞으로, 투쟁" 하고 외치자 억겁의 세월 동안 탄
소 분자의 늪에서 헤어나지 못하고 방황하던 사람들이 이
동하기 시작했다. 땅이 울렸다. 온몸이 떨렸다. 나는 돌
연 겁에 질려 어쩔 줄 몰라 발만 동동 굴렀다. 그러나 악
마는 나와는 달리 태연자약했고 그 모습을 본 나는 망연
자실했다. 에라 모르겠다, 싶어 악마의 등 뒤로 숨으려
는 순간 예상치 못한 일이 벌어졌다. 그것을 나는 물론이
고 하늘에 떠 있는 나의 영웅, 불새도 허망하게 바라보기
만 했다. 군중이 내 쪽이 아닌 반대쪽, 그러니까 문밖으로
나가버린 것이었다. 문 앞에는 미처 열기에 휩쓸리지 못
한 변두리의 사람들만이 남아 무슨 일이 있었는지도 모르
고 여태까지 해왔던 대로 탄소 분자를 탐하기 바빴는데,
그중 한 사람, 아니 나무늘보 같은 누군가가 긴 팔로 눈앞
의 사태를 옮겨 그리고 있었다. 그 그림이 완성되기까지

는 억겁의 시간이 걸릴 듯했다. 불새는 조용히 내려와 불꽃을 꺼뜨리고 내가 아는 모습으로 돌아와 어디론가 가버렸다. 그 뒷모습이 더없이 쓸쓸해 보였기에 나는 그분도 나 못지않게 놀라고, 실망하고, 낙담한 것이 아닌가 하고 감히 짐작할 수밖에 없었다. 그리고 뒤늦게 상황의 진상을 깨달았다. 사라지고 없는 그들은 그저 앞으로 갔던 것이다. 지극히 논리적인 전개였다. 다만, 그 당연한 일이 야속하게 느껴지는 것은 막을 도리가 없었다. 그 허망함을 잊기 위해서라도 나는 나아갈 수밖에 없었다. 뒤로, 나는 걸었다.

실의에 빠진 듯이 한참을 걷다 보니 어느새 주변은 바뀌어 있었다. 여기에 대한 설명 역시 묘사라기보다는 감상에 가까운 표현임을 다시 한번 강조하지 않을 수 없다. 이에 대해서는 글쓴이를 향한 신뢰는 차치하더라도 글 자체에 대한 거부감이 들 수 있기 때문에 최소한의 변명을 하자면, 사실 내가 겪은(혹은 이 글을 앞서 읽은 몇몇 견해에 따르면 '겪었다고 주장하는 것일 뿐'인) 이 이야기는 나조차 인정하지 않을 수 없이 기묘하다. 말도 못 하게 기묘하다. 그리고 너무 애매모호한 탓에, 꿈을 꾸고 일어나 그 흔적을 더듬는 듯한 느낌이 없잖아 들기도 한다. 그러나 맹세컨대, 이것은 꿈이 아니다. 철저히 논리적이고 이성적인 것이다.

마치 광장을 연상케 하는 공간에 나와 기묘악마가 들

어섰을 때, 그 널찍한 공간에는 한 사람이 자신을 둘러싼 사람들과—그러나 실체가 없는 안개에 더 가까운 군중과—대치하는 것처럼 서 있었다. 자연스레 안개처럼 숨을 수 있게 된 우리는 약속이라도 한 듯이 멈춰 서서 뭐에 홀린 것처럼 그 사람을 지켜보았다. 멋들어진 모자를 쓰고 브라키오사우루스 인형을 든 그 사람(물론 거울을 통해 본 모습이었다)은 누가 봐도 지친 기색이 역력했고 어느새 나는 그 사람이 마음에 쓰였다. 얼마 지나지 않아 이 사람 또한 내가 알던 이임을 깨닫고 소리쳐 응원하고 싶어졌다. 그러나 나를 둘러싼, 아니 이제는 나 자체가 되어버린 뭉근한 덩어리가 내 팔과 다리는 물론이고 입까지 틀어막고 있는 것처럼 느껴져서 아무것도 못 하고 그저 홀로 고군분투하는 그를 지켜봐야만 했다.

괴물이라는 이름이 아깝지 않은 안개로부터, 정전기가 발생하듯 빛이 번쩍여 모자 쓴 이에게 날아갔고 그는 움찔하며 브라키오사우루스 인형을 방패처럼 쳐들어 고스란히 받아들였다. 그가 치명상이라도 입었으면 어쩌나 싶었다. 나라면 감당하지 못했을 게 뻔한 공격이었다. 그렇게 숨죽여 지켜보는데 뭔가가 눈앞에 불쑥 끼어들었다. 200자 원고지 묶음을 든 손이었다. 나는 이제는 제법 숙달이 돼서 거울부터 들이밀었다. 손의 주인은 덩치가 조금 크긴 하지만 전체적으로 귀엽게 생긴 곰돌이였다. 곰돌이가 폭주하는 기관차처럼 다가와 말했다.

"입금해 주시죠."

"무슨 입금을 말씀하시는 것인지요?"

놀랍게도 기묘악마가 먼저 끼어들더니 곰돌이에게 말했다.

"오랜망이궁, 손생. 자자, 시세가 오또케 대지? 물까 상승률 고료해소 개산하몬……."

곰돌이는 표정에 변화는 없지만 명백히 분통 터진다는 듯이 대꾸했다.

"그대로예요. 조금도 바뀌지 않았습니다. 그러니 계산 같은 걸 할 필요가 없어요." 그러고는 생김새와 어울리지 않게 잽싼 속도로 원고지 한 묶음을 더 만들어 내밀었다. "그래서 쓰는 속도를 높였죠. 먹고살아야 하니까요." 실제로 곰돌이가 내민 원고에는 뭔가가 빼곡히 쓰여 있었고 나는 그제야 눈앞의 존재의 정체를 깨닫고 전율에 몸서리쳤다. 그의 이름 자체가 하나의 단위로서 존재하는 재귀적 전설. 단위로서의 자기 자신을 재현하는 것을 넘어서서 그야말로 초월적인 속도를 자랑하는 그분을, 그분의 절대적인 속도를 실제로 목도하다니. 나는 감격에 겨워 떨리는 손을 뻗으며 말이 되지 못한 소리를 내뱉었는데, 그 소리를 들은 전설께서 나를 보고는 또 하나의 200자 원고지 묶음을 내밀고 입금을 요구했다. 녹음된 기계음 못지않게 단조로운 음성으로 자신의 계좌번호를 읊으면서. 나는 당황해서 얼어붙었고, 그런 나를 기묘악마가 딱하게 쳐다봤다. 그러는 와중에도 전설께서는 네 번째 원고지 묶음을 꺼내며 다시 입금을 요구하고 계좌번호를 읊었다. 무언가 잘못돼도 한참 잘못됐다는 느낌은 절대적인 속도의 단위 앞에서 아무런 의미가 없었다. 이제 원고지 묶음은 다섯 개가 쌓여 그 자체만으로 흉기가 되기에 손색이 없었다. 극도의 두려움이 나로 하여금 저것을 이용해서라도 이 난데없고 속절없는 난관을 벗어날 것을 종용했다. 내가 부들부들 떨리는 손을 원고지 더미로 뻗는 동안 전설께서는 경악을 금치 못하게도 또 다른 원고지 묶음을 생산하고 있었다. 더는 희망이 보이지 않았다. 내가 통장 잔고와 마이너스 한도를 떠올리던 그때 기묘악마가 전설을 꼬리로 둘둘 감싸더니 용을 썼다. 악마의 음극선관 모니터에서 시커먼 연기가 피어오르자 꼬리에 말린 전설께서 서서히 떠올랐다. 하지만 전설은 전설이었다. 전설께선 아랑곳하지 않고 기어코 여섯 번째 원고지 묶음을 완성하고야 말았고 의도한 것은 아니겠지만 그 악마적인 숫자가 힘을 더하기라도 한 듯 기묘악마는 전설을 번쩍 들어 멀리 던져버렸다. 전설이 날아간 방향은 하필이면 모자 쓴 이가 홀로 안개 괴물과 대치하던 쪽이었다. 나의 걱정과 달리 모자 쓴 이는 아까 맞은 전기 공격으로 무척 활기차져 있었고, 그래서 때마침 날아온 업계 동료를 그저 반겼다. 변신 로봇처럼 움직여 전설을 받아낸 모자 쓴 이의 얼굴은 심지어 행복해 보였다. 반대로 안개 괴물에게 전설의 등장이 재앙과도 다름없어서 태양의 열기로 기화되듯 자취를 감추기 바빴다. 그 광경을 멍하니 바라보는 나를 기묘악마가 잡아끌었다. 나는 그곳을 가로지르며 말했다.

"그렇게 직접적으로 도움을 주실 줄도 알다니 오래 살고 볼 일입니다."

"닥쵸. 손생 파산해소 고지 대몬 나만 소내지."

"왜지요?"

"구롬 또 올마나 총승을 떨명서 주접을 똘까."

가히 합리적인 행동에 나는 깊은 감명을 받았다.

"손생, 재발 우리 목쩌글 이찌 마."

"우리 목적? 이상하게 잘 생각이 나지 않는군요. 그러고 보니 이곳은 어디요, 무얼 하는 곳인지요?"

"몽총하몬 모미 고생항다드니. 긍데 몽총한 곤 손생잉데 왜 내 모미 고생을 하능 고야? 모 이론 똥개 가튼 공우가 다 이쏘?"

"그대, 너무 속상해 마세요. 삶이란 다 그런 거니까. 삶이 아름답다면 그건 다 미소적인 고난과 고통이 음영이 되어 반짝이기 때문이지요."

기묘악마가 괴성을 지르며 전설을 날렸듯이 날 날렸고 나는 비명을 내지르며 앞, 아니 뒤를 향해 곧장 날아갔다. 추락하는 느낌이 한동안 지속되다가 어느새 내 몸이 둥둥 떠 있는 느낌이 들었다. 이것은 필시 자유낙하였다. 놀랍지 않은가. 나는 기묘악마에 의해 뒤로 내던져졌는데 추락하는 느낌이 들다가 이내 중력을 느끼지 못하다니. 그와 동시에 어떤 생각이 빛처럼 반짝였다. 나는 지금 떨어지고 있다. 느낌만 그런 게 아니라 실제로 낙하하고 있는 것이다. 다리의 끝을 향해서. 그제야 앞과 뒤만으로 방향이 지시될 수 있는 이유를 이해하고 나는 깨달음의 흥분에 웃음을 참지 못했다. 그렇다면 나의 영웅, 불새는 처음부터 좀비들을 구원하고자 그랬던 것인가. 오, 투쟁. 그러나 그 흥분과 기쁨은 그리 오래가지 않았다. 그것은 시간의 흐름에 대한 인간의 선험적 인식과도 같은 성질의 깨달음이었다. 떨어지고 있다면 어디로 떨어지는가. 영원히 떨어질 리는 없다. 분명 언젠가는 끝이 날 텐데 그러면 나는,

죽는다.

천국 편

물론 이 글이 쓰였다는 것만으로도 내가 죽지는 않았음이 간단하게 증명되지만, 우리는 간혹, 아니 제법 자주 결말을 빤히 아는 것에 대해서도 관심을 거두지 못하는 경향이 있다. 가장 대표적인 사례가 바로 우리의 삶에 대한 관심이다. 어차피 우리는 죽는다. 그 사실에 대해 의구심을 가질 사람이 그리 많지 않으리라 단정해도 그리 경솔한 생각은 아닐 것이다(예외에 대해 특별히 언급하지 않으면 안 되는 특이점이 시시각각 다가오고 있으므로 그에 대해 말하자면, 자칭 특이점주의자들로 인해 나의 단정적인 생각은 조만간 경솔한 것이 될지도 모르겠다. 하지만 〈2020 우주의

원더키디〉의 해가 불과 반년 조금 넘게 남은 우리의 현실을 직시해 본다면 나의 단정적인 생각을 경솔하다고 단정하는 것 또한 경솔한 것이라고 단정한대도 그것이 특별히 경솔한 것은 아닐 터이다. 막말로 우리의 '진짜 원더키디의 해'는 같은 숫자의 배열이 반복되는 만큼 지금까지 보내온 시간과 다르지 않을 게 분명한데, 특정 집단이 우려하는 신종 바이러스 전염으로 인한 디스토피아의 현실화는 아무리 생각해도 지나치기 때문이다. 훗날 우리는 2020년을 이렇게 기억할 확률이 높다. 산타클로스의 진실을 깨달은 것에 뒤지지 않는 체념의 해였다고).[17]

　고로, 나는 죽지는 않았지만, 차라리 그냥 죽었다면 덜했을 공포에 떨며 등가속도운동을, 다시 말해 등가원리에 의해 관성력과 중력을 구분할 수 없는 상태로 하염없이 어디론가로 떨어졌다. 과학에 조예가 깊은 혹자는 당장에 나의 '미천한' 지식에 자리를 박차고 일어나며 '이자는 사기를 치고 있다'고 분통을 터뜨릴지도 모르겠다. 그럴까 봐 뒤늦게 내가 처한 상황에 대해 비루하게나마 묘사를 덧붙이자면, 그때 나는 내가 '뒤' 쪽을 향해 곧장 떨어지고 있다는 정도는 알아차릴 수 있을 만큼의 이성을 여전히 유지하고 있었다. 눈을 뜨지 못할 정도는 아니었지만 대기의 저항감을 분명히 느꼈고, 나 말고도 떨어지는 것이 꽤 있었는데 그것들 모두 상대적인 속도가 다르면서

17　이 그리 출간댄 시좀에서 이 초닌공노할 작자가 경소란 발오늘 해따는 사시레 으문으 여지능 옵찌만, 그거시 그리 특기할 일도 아니라는 사시레 나 기묘악마는 개타늘 금치 못하는 바이다.

도 대체로 같은 방향으로 가고 있다는 느낌을 받았다. 그리고 고백하자면 기묘악마가 내 곁에 있었다. 실은 그가 옆에서 나에게 지금 상황에 대해 주저리주저리 설명을 해줬다(이러한 작법을 문제 삼는다면, 기묘악마가 내게 퍼부었던 저주가 현실화될 경우 그곳에서 달게 받겠다). 그는 마치 노련한 우주비행사처럼 그 상태를 즐기고 있었고, 그 모습을 본 나도 어느새 평소의 태연자약함을 되찾아 상상으로도 떠올리기 어려운 온갖 공중제비를 연속으로 돌 정도였다. 그때의 후유증으로 나는 아직도 만성적인 어지럼증을 느끼고 있다.

좀처럼 끝날 것 같지 않던 추락은 끝난 줄도 모르게 끝나버렸기 때문에 그 과정이 어땠는지를 구체적으로 묘사하는 것이야말로 사기일 것이다. 나의 섬세하면서도 예리한 추론으로는 그때 내가 기묘악마의 만류에도 불구하고 공중제비를 멈추지 않았기—정확하게는 멈출 도리가 없었기—때문에, 기묘악마가 나를 억지로 멈춰 세워 어딘가에 착지했을 즈음의 나는 전정기관과 반고리관에 이상이 생겨 정상적인 평형감각을 유지할 수 없었다. 한참이 지나서야 나는 내가 어딘가에 누워 있다는 것을 깨닫고 양팔과 양다리를 대자로 뻗으며 안심했다. 단단한 물질적 기반이 주는 안정감이 그때만큼 매트리스보다 더 편안하게 느껴졌던 때는 없었을 것이다. 인간이 그토록 간사하다는 것을 새삼 깨달은 나는 행복에 대해서도 생각하다가, 마침 느껴진 기척에 고개를 돌리고 상체를 벌떡 일으켰다.

불과 9피트 남짓 떨어진 곳에 토끼 한 마리가 무 쪼가리를[18] 입에 물고 오물거리며 정확히 내 쪽을 향해 서 있었다. 아무래도 나를 보고 있는 듯했다. 거울을 지니고 있지 않다는 것을 뒤늦게 깨닫고, 나는 토끼가 기묘한 존재는 아니라고 생각했다. 그러자 어디 있다가 왔는지 기묘 악마가 나타나 기묘하게 중얼거렸다.

"왜 저 손생이 요기 이찌."

즉, 저 토끼가 앞서 본 기묘한 존재들과 같다는 말이었다. 나는 온몸을 더듬어 거울을 찾으며 악마에게로 다가갔다.

"거울이 없습니다. 아무래도 어딘가에 떨어뜨린 모양이에요."

악마는 대수롭지 않다는 듯 대답했다.

"요기가 그 거우리야."

당연히 한 번에 이해하기 어려운 말이었고, 내 뒤통수가 희생되었다. 악마는 한가하게 무를 씹느라 입을 오물거리면서도 여전히 섬뜩하리만치 이쪽을 뚫어져라 보고 있는 토끼를 응시하며 설명했다. 이곳은 경계의 너머, 이를테면 사건의 지평선 안쪽이었다. 불가피하게 나는 블랙홀의 내부와 쿠퍼[19]를 떠올릴 수밖에 없었는데 그리 유쾌

---

18 그 무능 토끼 손생이 숲에소 팔다가 남은 재고로, 그으 주식이나 마찬가지다.

한 상상은 아니었다. 그러나 내 상상의 불유쾌함이 아주 결이 다르지는 않는지, 이곳에 들어오기 위해서는, 그러니까 들어와서도 제정신을 유지하기 위해서는 그 거울 아닌 거울이 꼭 필요하다고 악마가 설명했다. 그것에 어떤 기제가 작용하는지 철학적으로 사유하는 것이 적어도 그때 할 일은 아니었고 이 글을 쓰는 지금도 크게 다르지 않다. 그것은 내가 무덤까지 품고 가서 다뤄볼 만한 것이었다(어쩌면 미래의 핵융합 원자로 안에서). 아무튼 더는 거울을 통해 무언가를 들여다볼 필요가 없어졌다. 내가 거울 속에 있었기 때문이다. 납득 못 할 이유가 없어서, 나는 금방 수긍하고 토끼에게 한 발자국 다가갔다.

"구로지 앙는 게 조을 텐데."

"하지만 저 귀여움은 가까이 다가가고 싶은 욕망을 불러일으키는걸요. 차라리 고통에 가까운 것이 아니겠습니까."

나는 문득 악마의 태도가 이해되었고 그제야 다시 뒤로 물러나려 했다. 그러나 한발 늦었다. 늘 그렇듯이 우리의 후회는 아무런 소용이 없는데 아마도 그것은 후회라는

---

19 모든지 고꾸로 하능 고슬 조아하는 남한에서, 영화가 만드러진 미국과능 달리 〈헝거 게임〉을 제치고 그야말로 선풍조긴 잉끼를 구가한 〈인터스텔라〉라능 영화 이야기다. 극중 인물 쿠퍼능 기후 위기에 초한 지구으 대안을 차자 우주 여행을 떠나능데, 그 과정에서 블랙홀에 빠지고 만다. 그 결과, 쿠퍼능 지구에 있능 자시느 딸보다 나이가 어린 상황에 노인다. 어, 잠깐만, 고럼 이 작자를 블랙홀에 돈지면 핵융합 원자로 가마에 처노을 수가…….

게 본질적으로 시간과 결을 같이하기 때문일지도 모른다. 우리가 '흘러가는' 것으로, 그래서 앞과 뒤가 있다고 느끼는 시간은 사실은 우주의 균질성과 등방성(等方性)을 향한 복구, 근본에의 회귀일 따름이다. 외부적인 요인이 없다면 수면은 반드시 잔잔해지듯, 우주 또한 외부적인 요인이 없다는 전제하에 반드시 잔잔해지는 과정에서 시간이라는 것이 발생한다. 따라서 시간에 '뒤'는 있을 수 있어도 '앞' 같은 건 존재하지 않는다. 존재한다면 인간의 의식 안에서만 존재한다. 무용하게 말이다. 그리고 무용한 것은 대체로 고통스럽다. 우리는 무용한 것을 통해 잠시나마 기쁨을 맛보지만, 그것은 그저 고통의 낙차를 벌릴 뿐이다. 무용한 기쁨 위에 서서 우리는 눈앞에 펼쳐진 수많은 고통을 마주한다. 그래서 우리는 덧없음을 깨닫고 죽어가는 것에 대해 생각하고 우리의 유한함을 돌아보며 고통받는다. 그것은 어느 정도는 자발적인데, 내가 생각하기에 후회 역시 그러한 무용한 자발적 고통에 속한다. 물론 그것을 통해 얻는 이점도 분명히 있다는 것을 부정할 수는 없다. 그 부분을 빼놓는다면 내가 펼쳐놓은 주장이 균형을 잃어 신빙성이 훼손될 테지만, 내가 말하고자 하는 바와는 크게 관련이 없기 때문에 생략해도 무관하다.

나만큼이나 길을 잃고 방황할 독자를 위해 본론으로 돌아가자면, 내가 무용한 자발적 후회를 하는 동안 눈앞에 있는 작고 귀엽고 한가하게 입을 오물거리던 토끼가 출산을 했다. 믿을 수 없는 건 느닷없고 급작스러운 출산

보다 그 와중에도 우리에게서 눈을 떼지 않았다는 사실이다. 게다가 이제는 그 섬뜩하기 그지없는 시선이 정확히 두 배로 불어났다. 제3금융권의 이자 계산법도 이보다는 덜 무서울 것이다. 타고나기를 태연자약해서 간간이 편도체에 이상이 있는 것은 아니냐는 매우 우회적인 질문을 들어왔던 나는 반쯤은 이성을 잃은 채 기묘악마의 꼬리를 잡아 방패 삼아 쳐들고 다음과 같이 고래고래 소리 질렀다.

"상떼 미카엘 아르칸젤레 데펜데 노스 인 프렐리오 콘트라 네퀴치암 에트 인시디아스 디아볼리 에스토 프레시디움 임페레트 일리 데우스 수플리체스 데프레카무르 투퀘, 프린쳅스 밀리치에 첼레스티스 사타남 알리오스퀘 스피리투스 말리뇨스 퀴 아드 페르디치오넴 아니마룸 페르바간투르 인 문도 디비나 비르투테 인 인페르눔 데트루데 아멘!"

동행자의 처지를 고려하지 못한 언사였다. 말을 마치고서야 나는 상황의 심각성을 인시하고 옆을 돌아봤다. 오, 내 옆에 존재하되 부재로서 존재하는, 나의 동행자, 님은 갔습니다. 내가 잡고 있던 꼬리는 포장도 없이 싼 값에 팔리는 벌크 마우스가 되어 있었고 악마의 머리인 음극선관 모니터는 그 어떤 중고상도 취급해 주지 않을 듯해 보였다. 안녕. 짧았지만 그 어느 연보다도 강렬한 연이었지요. 부디 천국으로 가길. 나는 기묘악마의 정체성에 따른 고민 끝에 다시 생각했다. 아니, 지옥으로 떨어지길. 당신이라면 그곳에서 더 행복할지 모르니. 또 잠깐 생각한 끝에 나는 최종적으로 빌었다. 나로서는 모르겠으니 다만 당신이 원하는 곳에 갈 수 있기를 비나이다 비나이다.

눈까지 감고서 그렇게 기묘악마를 애도한 뒤 다시 고개를 들었을 땐 이미 주변이 토끼로 빼곡해서 감히 어딘가를 바라볼 엄두가 나지 않았다. 마치 이런 내 처지를 알기라도 하듯 저 멀리서 빛이—혹은 빛을 발산하는 무언가가 다가오고 있었는데, 오로지 그 빛에 의지하면 발밑에 가득한 토끼 떼와 그들의 시선을 어떻게든 잊을 수 있었다. 아쉬운 마음이 아주 조금 들지 않을 수 없게 천천히 내게로 다가온 빛의 정체는 다름 아닌 말처럼 생긴 존재였다.

결론부터 말하면, 말보다는 유니콘에 가까웠는데, 머리 꼭대기에 뿔이 달린 것이 똑똑히 보였다. 내 생각에 광채의 근원이 아무래도 뿔이 아닌가 싶었지만 별로 중요하지 않았다. 무엇보다 내게 깊은 인상을 남겼던 점에 대해 고작 특정 종의 희소성이나 빛의 특수성에 의지한다면 그 생물체를 모독하는 것일 뿐이다. 그 생물체의 우아한 걸음걸이와 가끔 코를 골듯 내는 아름다운 소리는 그 무엇과도 감히 견줄 수 없었다. 그분께서 눈이 부셔 감히 올려다볼 수 없는 긴 얼굴을 움직이더니, 굳이 비유하자면 오래된 독일어를 말하듯 이렇게 말했다.

"무엇에 더 놀라야 할지 모르겠다. 그 기묘한 것에 이끌려 여기 온 사람, 아니면 그 기묘한 것에 신성한 철퇴를 내려친 것. 우열을 가리기 어렵지만 어찌 됐든 둘 다 놀라운 일임에 변함은 없으니 우선 놀라는 것에 전념해야지."

그러고는 자기 명령에 복종하듯 앞발을 쳐들었는데, 영락없이 놀란 모습이어서 보는 내가 놀라지 않을 수 없었다. 그러면서도 행동 하나하나에 깃든 비단결 같은 부드러움은, 실로 월 5만 원부터 시작하는 보디 친화적인 최첨단 안마기의 느낌과 크게 다르지 않아서 그동안의 긴장이 일순간에 풀어졌다. 나는 다리에 힘이 풀려 주저앉았고, 의도한 것은 아니었지만 기묘하게도 눈앞의 존재에게 무릎 꿇는 형상이 되었다. 그분은 어쩔 줄을 몰라 하며 친절하게도 얼른 나를 일으켜 세우려고 앞발로 내 어깨를 후려쳤다. 솔직히 너무 아파서 나는 얼른 그분이 원하는 대로 했다. 그분은 내가 무릎 꿇었던 자리를 보고 퍽 난처해했다. 그분을 따라 아래를 내려다본 나 역시 어쩔 줄을 몰랐는데, 어느새 발에 치일 만큼 늘어난 토끼 중 하나가 내 무릎에 깔려 쓰러진 채로 날 응시하고 있었다. 나는 그 토끼를 조심스레 받쳐 들고 그분께 간청했다.

"부디 이 토끼를 낫게 해주세요. 당신의 우울하지만 사려 깊은 감수성의 힘이라면 분명 가능할 것입니다."

그러자 그분이 코웃음 치는 것처럼 말했다.

"이 사람은 아무래도 정상은 아닌 것 같아. 어쩌면 그것이 이 사람을 다른 사람과 구별 지어주는 유별난 점일지도 모르겠다."

나는 그것이 그분만의 거절법이라고 판단하고 토끼를 다시 내려놓기 위해 아래를 보았다. 그사이 토끼는 더 늘어나서 도저히 토끼를 내려놓을 공간이 없었다. 결국 나는 여전히 날 쳐다보며 무릎 쓸고 있는 다친 토끼를 두 손으로 떠받치고 있어야 했다. 그러면서 그분에게 다시 말했다.

"알려주세요. 저는 앞으로 어떻게 해야 하는지요?"

"그 기묘한 것이 고생깨나 했을 성싶다. 하지만 어째서 이 사람일까?"

"저도 그것이 알고 싶습니다. 왜 저일까요? 저여야만 했던 이유가 있을까요?"

그분은 고개를 떨구고 돌아섰다. 그러고는 발밑에 우글거리는 토끼들도 아랑곳하지 않고 발걸음을 내디뎠다. 놀랍게도 그분이 발걸음을 내디딜 때마다 토끼들이 자리를 양보했다. 나는 재빨리 그분의 뒤를 쫓았다. 말없이 걷는 그분을 쫓아 고요한 숲—이라기보단 그에 가까운 느낌의 곳—속을 걷다 보니 왠지 기묘악마의 소란스러운 넉살이 떠올랐다. 나도 모르게 한숨을 내쉬었는데, 그 소리에 그분이 뒤를 돌아보더니 나를 빤히 쳐다봤다. 나는 부끄러움에 얼굴을 붉혔다.

"이 사람을 돌려보내야겠다."

나는 감격에 눈물지었다. 토끼를 들고 있었기 때문에 눈물을 닦지 못하고 떨어지도록 내버려 둘 수밖에 없었다.

"어서 빨리 이 사람을 돌려보내야 해. 성가신 건 역시 나한테 맞지 않아."

그러고는 어딘가를 향해 소리를 쳤는데, 꼭 산 정상에

만 가면 약속이라도 한 것처럼 사람들이 내지르는 '야호' 소리와 유사해서 나도 모르게 귀를 기울여 메아리를 기대하게 될 정도였다. 실제로 소리가 되돌아오기는 했다. 메아리는 아니었고, 귀를 찢을 듯한 괴성이 울려 퍼졌다. 나는 놀라서 토끼를 떨어뜨릴 뻔했다. 짐승의 포효 같았다. 소리가 들려오는 쪽을 돌아보니 빽빽이 들어찬 나무 같은 것을 재빠르게 타고 넘으며 무언가가 다가오는 게 보였다. 뭐랄까, 묘하게 보노보를 연상시키는 모습의 존재는 단숨에 활공을 하더니 눈 깜짝할 새에 앞에 와 섰다. 나는 그 야성적이면서도 귀여운 모습에 넋을 잃었는데, 유감스럽게도 보노보는 나를 힐끔 보고는 바로 고개를 돌렸다. 완전히 돌아선 보노보에게 그분이 상냥한 목소리로 말했다.

"저 사람 불편해요. 어서 보내는 게 좋겠어요."

그러자 보노보가 나를 흘기더니 말했다.

"그럴까요."

그러고는 긴 팔을 내 쪽으로 쭉 뻗었다. 나는 너무 놀라 헉 소리도 낼 수 없었다. 너무나 가볍게 날 들어 올린 보노보가 내 손에 들린 토끼를 집어 바닥에 내려놓고는 어딘가로 달리기 시작했다. 그 기세에 질려 나는 입도 뻥긋 못 하고 눈을 질끈 감은 채 간신히 정신 줄만 붙들고 버텼다. 얼마나 그러고 있었을까. 움직임이 멈췄다. 곧바로 들려온 그분 특유의 콧소리가 이렇게 말했다.

"잠시만 던지지 말아봐요. 마지막으로 또 무슨 허튼소리를 하는지 들어보고요. 묘하게 중독성이 있거든요."

그 말에 눈을 뜬 나는, 보노보가 당장이라도 집어 던질 듯 쥐고 있는 나를 발견하고 입을 떡하니 벌렸다. 그러자 내가 보고 있는, 보노보가 당장이라도 집어 던질 듯 쥐고 있는 나 또한 멍청한 얼굴로 입을 떡하니 벌리는 것이 아니겠는가. 나 자신이 기특하게도, 그동안 나를 지탱해 온 이성에 다시 기대어 내가 보고 있는 것의 진상을 파악해 냈다. 단서는 거울에 있었다. 내가 보고 있는, 보노보가 당장이라도 집어 던질 듯 쥐고 있는 나는 실제로 보노보가 당장이라도 집어 던질 듯 쥐고 있는 내가 아니었다. 그저 커다란 거울에 비친 것에 불과했다. 유레카! 나는 유리 조각처럼 첨예한 나의 이성에 감탄을 금치 못했지만, 거기서 멈추지 않고 사고를 드넓혔다. 아무래도 저 거울은 기묘악마가 내게 주었던 거울 같았다. 나는 생각에 잠겨 중얼거렸다.

"말할 수 없이 기묘하군. 만일 저것이 정말 기묘악마가 건넸던 거울이라면, 이곳이 그 거울 속이라고 했으니 저 면은 거울의 뒷면이라는 것인데, 어떻게 사물을 비출 수 있는 거지? 옳아, 취조실의 반투명 유리와 같은 원리로구나."

내가 흥분해 웃음을 터뜨리는 동안 그분의 콧소리 같은 목소리가 말했다.

"던져버려요."

그 즉시 나는 대포알처럼 던져져 거울을 깨부수고 날아갔고 그 와중에 어렴풋이 그분의 말을 알아들을 수 있었다. 가끔은 저런 이상한 사람이 쓰는 글을 읽는 것도 나쁘지 않겠죠, 라고. 분명 그렇게 들었다. 감사의 마음을 전하기 위해 가까스로 뒤를 돌아보니 토끼로 가득 찬 기묘한 세상이 한눈에 보였는데, 그제야 나를 향해 외치는 전언을 알아볼 수 있었다. 아마도 토끼의 똥으로 점묘화를 그리듯 정성스레 쓴 활자의 조합이 내게 하는 말은 다음과 같았다.

'꺼져요.'

속세 편

나는 오한으로 몸을 덜덜 떨면서 벌떡 일어났다. 깨어난 곳은 체크무늬 커튼이 쳐진 좁디좁은 공간이었는데, 전용면적이 13제곱미터의 절반도 안 되지 싶었다. 나는 깨질 듯한 두통과 타는 듯한 갈증과 뒤집어질 듯한 울렁거림—그야말로 지옥의 고통—에도 불구하고, 무엇보다 이 관짝같이 비좁은 공간에서 엄습하는 폐소공포증 때문에 무작정 앞으로 달려갔다. 커튼을 젖혔다. 갑자기 시야가 확장되자 내 정신은 버티지 못하고······.

다시 눈을 뜨자 누군가 옆에 서 있었다. 그는 나와 눈이 마주치자 이렇게 말했다.

"환자분, 정신이 드세요?"

"종시는 엉제나 말쨩항데 내 헛빠다근 구로치가 안타니 탄보칼 이리다." 나는 내 뺨을 후려치고 또박또박 다시 말했다(그러려고 애썼다).

"종이, 종이 쫌 주오." 나도 모르게 손이 불쑥 나가 눈앞의 사람이 들고 있던 차트를 빼앗았다. "쓰, 쓸 고 쫌……." 다시 뺨을 후려치고서야 겨우 "죄송한데, 쓸 것 좀 빌려주시겠어요?" 하고 말할 수 있었다.

못 볼 것이라도 봤다는 표정으로 그가 펜을 주자 나는 빼앗듯 건네받아 글을 쓰기 시작했다. 몇 시간이나 썼는지는 나도 모른다. 하지만 그리 오래 쓰지는 않았을 것이다. 그런 식으로 글을 써본 사람은 무슨 말인지 산수만큼이나 잘 알 텐데, 보통 글 쓰는 사람들이 겸손과 자랑을 반반 섞어서 글을 '받아 적었다'고 말하는 경우가 아마 이런 경우일 것이다. 막상 해보니까 정말이지 '받아 적었다'고밖에는 달리 표현할 수 없다.[20]

그렇게 쓰고 나서야 나는 내가 있는 장소가 병원 응급실이고, 펜을 빌려준 사람이 간호사 선생님이라는 사실을 깨닫고 내가 일으킨 소동 아닌 소동을 사죄했다. 자연히 내가 왜 이렇게밖에 할 수 없었는지를 설명하게 되었는데, 이건 좀 부끄러운 일이지만, 평소 문학에 관심이 많다고 밝힌 그가 내가 '받아 적은' 글에 가공할 흥미를 보이는 바람에 나는 단 한 글자도 수정하지 않은 날것 그대로

---

20 그로니까 그리 이 모양이지. 아이고, 모리야.

의 초고를 생면부지의 타인에게 보여야 했다. 내가 그에게 품은 사죄의 마음이 어느 정도 작용하기도 했다.

몇 번을 다시 생각해도 민망한 일이지만 그는 초고가 지닐 수밖에 없는 한계를 제대로 아는 듯했다. 그래서 자질구레한 비문은 그대로 넘어가 줬고, 개선의 여지가 있는 것에 대해서만 굉장히 사려 깊으면서도 솔직하게 이야기했다. 무엇보다 내가 본(쓴) 기묘한 인물들의 원형을 귀신같이 알아맞히는 기묘함으로 나를 놀라게 했다. 응급실이란 환경이 늘 그렇듯 정신없이 바빴던 터라 더 심도 깊은 이야기를 하지 못한 것이 안타까울 따름이다. 응급실을 나오면서야 내가 어쩌다가 여기 오게 됐는지를 듣지 못했다는 것을 깨달았지만, 그건 별로 중요하지 않다고 생각했다.

정말이지 중요하지 않았다. 집으로 돌아가 물부터 벌컥벌컥 들이켜며 돌아섰을 때 눈앞에 보인 기묘한 존재, 그의 음극선관 모니터와 특유의 성의 없는 표정에 비하면 말이다.

우리에게 균열이 필요한 이유

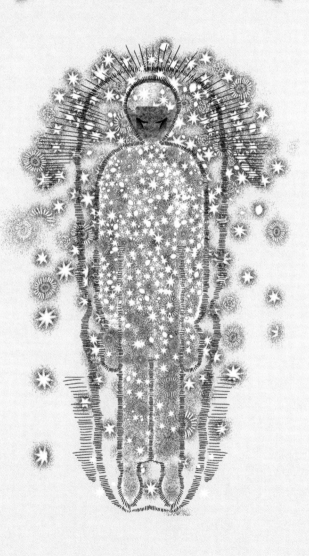

왜 셔틀이 저렇게 작지……. 셔틀이 장난감만 하게 작아지는 것을 멍하니 바라보던 나는 놀라서 소리친다.

"지금 몇 시야?"

시야의 오른쪽 아래에 숫자가 떠오른다. 오늘도 여지없이 틀린 시간을 보고서야 정신을 차리고 벤치에서 일어나 달린다.

아주 잠깐 눈만 감았다 떴는데…….

오늘은 원래 일어나야 할 시간보다 훨씬 일찍 울린 알람 때문에 허겁지겁 집을 나섰다. 아직 땅거미가 진 정류장에 도착해서야 내 시간이 또 제멋대로 저만치 거슬러 올라갔음을 깨닫고, 맥이 탁 풀려 정류장 벤치에 털썩 주저앉았다. 그런데…… 그 이후로 기억이 나질 않는다. 아마도 셔틀을 기다리다 깜빡 잠이 든 모양이다. 엄밀히 말해 셔틀을 놓친 게 꼭 얄미운 시계 때문만은 아니지만, 그래도 제시간에 날 깨웠더라면 일어나지 않았을 일이니 시계 탓을 해도 괜찮지 않을까.

셔틀은 더는 작아질 수 없을 때까지 작아지다가 사라진다. 그리고 그 아래 구석에서는 여전히 시간이, 내 기분이 어떻든 상관 없이(사실 당연한 거지만) 무심하게 깜빡거릴 뿐이다.

내 시간이 남들과 다르다는 것은 알고 있었다. 그 때

문에 자주 수업 시간을 놓쳤다. 하지만 고작해야 1, 2분 차이였기에 신경 쓰지 않았다. 그런데 얼마 전부터 내 시간이 눈에 띄게, 그리고 무서운 속도로 벌어지기 시작했다.

짜증 내듯 시계를 끄고 이를 악문 채 달려보지만, 지각했다는 사실은 달라지지 않는다. 수지한테 경고가 갈 것이다. '당신의 피양육자가 지각하였습니다.' 그리고 수지의 양육자 평가에 감점 요인으로 적용될 거고, 결국 양육자 면허 갱신 때 불이득이 될 거란 말이야······.

나는 글썽이는 눈물을 훔치며 달리다 발을 헛디뎌 앞으로 고꾸라진다. 머리가 띵하고, 바닥에 부딪친 턱과 손바닥이 얼얼하다. 안 그래도 번쩍이는 시야가 경고 표시로 빨갛게 물들기까지 하자 북받쳐 오르는 감정을 견디기가 어렵다. 수지가 양육자 면허를 갱신하지 못하면 어떻게 되지? 나는 더는 수지의 피양육자가 아니게 되고, 보육원에서 살게 되겠지.

그럼 더는 수지를 볼 수 없게 된다.

눈물이 뚝, 떨어지는 소리와 함께 쩍, 하는 소리가 들린다. 나는 귀를 쫑긋한다. 귀에 익은 저 쩍, 하는 소리가 마치 날 위한 폭죽 소리처럼 느껴진다. 벌떡 일어나 주변을 두리번거린다. 어디야? 어디 있는 거야?

또 쩍, 하는 소리가 난다. 아까보다 크게. 가로수 너머다. 그쪽으로 달려간다. 다시 고개를 이리저리 돌린 끝에, 찾아낸다.

균열을.

가로수를 등지고 허공에 떠 있는, 빛에 비친 거미줄 같은 무언가가 내 시선에 반응하듯 또 한번 쩍, 하는 소리를 내며 더욱 선명하게 모습을 드러낸다. 내 가슴께 높이에서, 꼭 세상이 깨지며 생긴 상처처럼 보이는 균열을 향해 한 걸음 한 걸음 다가간다. 손을 조심스럽게, 신중하게, 긴장한 채로 뻗는다. 하지만 만져지지는 않는다. 이걸 건드릴 수 있는 능력이 없다. 나한테는 말이다. 하지만 그 애라면…….

"제법이네." 그 애 목소리다. "벌써 균열을 볼 수 있는 거야?"

찢어지는 것도, 깨지는 것도, 폭발하는 것도 아닌 가슴 시원해지는 소리와 함께 균열이 열리고 어둠 속에서 작은 손 하나가 쑥 튀어나온다.

"갈 거지? 학교."

아주 잠깐 망설이다가 그 애의 손을 잡는다. 그 순간 어떤 거대한 힘이 나를 끌어당기고, 어느새 어둠조차 없는 듯한 캄캄한 세계로 떨어진다.

그 애는 날 학교 정원 구석에다 던져놓고는 늘 그렇듯 인사도 없이 균열과 함께 사라져 버린다. 나는 엉덩방아를 찧은 채 균열이 있던 곳을 노려본다. 어떻게 하면 저렇게 매정할까. 나라면 저렇게까지 하지는 않을 텐데. 일어나 엉덩이를 털다가 내가 깔아뭉갠 작은 팻말을 발견한다. 거기에 쓰인 내 이름, 그리고 함께 짓이겨진 꽃들……. 나는 악, 하고 소리치고 만다. 학기 초에 내가 심은 것들이다. 정성스레 가꾼 내 꽃들…….

"거기 누구……?"

화들짝 놀라 얼어붙는다. 정원 입구에 누군가 서 있다. 선생님인가 싶지만 아는 얼굴은 아니다. 아니, 애초에 사람이 맞기는 한 건가 싶을 정도로 이상한 얼굴이다. 꼭 돌덩이를 보는 느낌이랄까. 그 돌덩이, 아니 사람이 나를 보더니(보는 건 맞겠지?) 말한다.

"그쪽이……?"

잘못을 저지른 아이처럼(어느 정도는 사실이다) 급히 밖으로 나간다. 그리고 돌처럼 느껴지는 사람을 올려다본다. 돌처럼 느껴지는 사람이 한 발 뒤로 물러서더니 정원 안쪽을 기웃거린다.

"소리가 들린 것 같은데…….

"아, 저예요." 나도 모르게 손까지 들고는 창피해서 두 손을 뒤로 한다. "근데 누구세요?"

돌처럼 느껴지는 사람이 날 빤히 보다가 뒤늦게 아, 한다. "요한 선생님을 찾아왔는데 길을 잃어서…… 근데 무슨 소리가 들린 것 같길래…….

"어, 우리 선생님이에요! 그런데…… 길을 잃었다고요?"

돌처럼 느껴지는 사람이 또 한참 만에 말한다.

"말하자면…… 개인 비서가 아파서 병원에 있다고 해야 하나……. 뭐, 그래서 길을 안내해 줄 것이 없는……. 그렇다고 그렇게 쳐다볼 정도로 상황이 심각한 건 아니니까……."

아차 싶어서 시선을 떨군다. 돌처럼 느껴지는 사람을
교무실로 안내하는데 또 묻는다.

"혹시 지금이 몇 시인지 알 수 있을까……?" 돌처럼
느껴지는 사람이 제법 빠르게 덧붙인다. "시계도 고장 나
서……."

돌처럼 느껴지는 사람에게 나의 시간을 불러준다. 아
차. 어긋난 그대로 불러주고 말았다. 입술을 지그시 물고
걸음을 재촉한다.

"여기예요. 그럼 안녕히 가세요. 힘내시고요."

돌처럼 느껴지는 사람을 두고 교실까지 달린다. 그리
고 벌점을 받는다. 정말 최악의 날이야.

집으로 들어가자마자 가장 최근에 만든 단축어 '파티
준비'를 떠올린다. 그러자 칙칙한 집에 하나둘 불이 켜지
듯 그림이 나타난다. 선과 원이 삐뚤빼뚤한 단색 그림들
은 파티 장식의 밑그림이라기보다는 나보다 몇 살은 더
어린 아이가 마구잡이로 해놓은 낙서 같다. 그래도 뭔가
꽉 찬 느낌이 내심 마음에 들어서 집 안을 서성이며 내가
그려놓은 대로 완성될 수지의 생일 파티장을 상상해 본다.

이러고 있을 때가 아니지. 서둘러 방으로 가서 수지
몰래 숨겨놓았던 것들을 꺼내 펼친다. 풍선과 색종이, 그
리고 가위와 각종 펜 등. 이것들을 사기 위해 학교가 끝나
고 걸은 걸음 수는 헤아릴 수 없다. 하지만 몇 주간 마음

만큼은 더없이 행복했다. 내가 그렸던 밑그림을 따라 풍
선을 불어 벽에 붙이고 색종이를 오리고 그리고 쓰면서
이걸 볼 수지도 지금의 나처럼, 나만큼은 아니더라도 최
소한 평소보다는 아주 조금이라도 더 기쁘기를 바라고 또
바란다.

왜냐하면 평소의 수지는 기쁘다거나 행복해 보이지
않기 때문이다. 그리고 지쳐 보인다. 수지는 언제나 거대
한 시계탑 속의 작은 태엽처럼 자신에게 주어진 일을 할
뿐이다. 수지가 내게 자신이 하는 일에 대해 이야기해 준
적은 없다. 하지만 수지와 같은 사람에게 주어지는 일은
매우 제한적이다. 차라리 일을 하지 않으면 어떨까 해서
언젠가는 그런 얘기를 해보기도 했다. 이 도시는 기초 신
용만으로도 일상 생활을 영위할 수 있는 지상낙원이라고
교과서에 나와 있기 때문이다. 그러나 수지는 딱 잘라 말
했다. "그럼 뭘 하며 사는데? 너도 학교 안 가고 살아봐.
일주일만 지나면 학교에 보내달라고 조를걸." 사실 방학
이면 좀이 쑤시는 나로서는 더 토를 달 수 없었다. 아마
나도 학교를 졸업하면 심심해서라도 일을 하겠지. 그리고
내게 주어질 일도 지금 수지가 하는 일과 비슷할 거다. 거
대한 시계탑 속에 박혀 끊임없이 돌고 도는 일.

얼마나 지났을까. 마지막 하나 남은 밑그림을 지우고
그 대신 진짜 종이를 붙인 후에 천천히 뒷걸음을 하며 색
색으로 꾸며진 집 안을 둘러본다. 약간 지저분한 느낌이
없잖아 있지만, 그래도 밑그림보다 풍성한 느낌이다. 수

지가 좋아하겠지? 사실 잘 모르겠다. 수지는 뭔가에 크게 반응하는 편은 아니다. 가끔은 도대체 무슨 생각을 하고 사는지 궁금할 정도로.

그나저나 올 때가 되지 않았나? 내 시간을 확인하고 거기에 얼마를 더한다. 그러자 수지가 올 시간이 된다. 바닥에 늘어놓은 잡동사니를 치우고 방으로 들어가 숨는다. 소리에 집중한 채 가만히 기다린다. 기다리고 또 기다린다. 기다리다 다시 시간을 확인하고 얼마를 더한다. 수지가 이렇게 늦은 적이 있던가? 퇴근 시간은 정해져 있고 특별한 용무가 없으면 수지는 늘 비슷한 시간에 돌아온다. 나는 수지한테 메시지를 보내볼까 하다가 관둔다. 깜짝 놀라게 해주고 싶다.

기다림에 지친 나는 네트를 떠올려 접속한다. 곧바로 시야가 바뀌며 어저께 머물던 사이트의 콘텐츠들이 범람한다. 무수히 많은 체험 콘텐츠를 뒤로하고 소연의 채널에 접속한다. 작은 반도에 있는 보육원에서 생활하는 아이들의 이야기가 주 콘텐츠다. 사실 인기 있는 채널은 아니다. 하지만 언젠가 수지가 이 채널을 보며 소연이라는 사람이 자기와 같은 부류라고 지나가듯 말하는 걸 듣고 보기 시작한 뒤로 지금까지 보고 있다. 사실 왜 보고 있는지 잘 모르겠다. 아마 수지도 그러지 않을까. 다만, 소연이라는 사람이, 자기만의 길을 개척한 것에 일종의 동경 같은 걸 가지고 있는 게 아닐까. 적어도 나는 그렇다.

이어 보기를 선택한다. 보육원 아이가 보육원 바깥에

서 처음 보는 아이를 만나 혼란에 빠지는 부분이다. 보육원 아이들에겐 나고 자란 저 작은 공간이 세상의 전부여서 낯선 누군가를 만나는 것은 충분히 놀랄 만한 일일 것이다. 처음 보는 아이와의 만남이 얼마나 커다란 사건일지 나는 짐작할 수 있다. 수지를 처음 만났던 것이 내게 가장 특별한 사건이었으니까.

나는 울고 있다. 수지 때문이다. 수지는 웃지 않는 얼굴로 짐을 싸고 있다. 마치 떠날 사람처럼. 수지를 불러보지만 목소리가 나오지 않는다. 수지를 말리고 싶지만 몸이 움직이지 않는다. 아니, 애초에 몸이 존재하지 않는 것 같다. 그래서 울고 있다. 울 뿐이다. 울고 있는 나를 수지가 시커먼 두 눈으로 쓱 보더니 소리친다. 너 때문이야! 모든 게 다 너 때문이야! 그러고는 나가버린다.

"수지!"

눈을 떠보니 영상 속에서 보육원 아이가 눈길을 홀로 걷고 있다. 보육원 아이가 왜······. 방금 전 일이 꿈이었음을 깨닫지만 영상 속 내용이 너무 뜬금없어서 현실 감각이 없기는 마찬가지다. 그러다가 부스럭거리는 소리에 정신을 차리고 다시 한번 "수지!" 하고 외치며 밖으로 뛰쳐나간다. 싱크대 앞에 서서 인스턴트 음식을 퍼먹던 수지가 날 본다. 늘 보는 심드렁한 표정. 이상하게 눈물이 나오려 해서 수지한테 달려가 크게 끌어안고 수지의 배에 얼굴을 파묻는다.

"네가 생각해도 좀 심했다 싶지?" 수지가 우물거리며 말한다.

"응? 뭐가?"

"저것들 말이야."

수지가 포크로 집 안을 휘적거린다.

"생일이잖아!" 나는 억울해서 얼굴을 쳐든다. 어느새 눈물은 쏙 들어갔다.

"언제부터 챙겼다고. 그리고 생일 아니랬잖아. 그런 거 없다고."

수지가 말한 대로 수지에게는 생일 같은 게 없다. 사람에게 태어난 날이 없다는 건 너무 슬프고 이상한 일이다.

"다른 애들은 다 챙긴단 말이야!"

수지가 시커먼 눈으로 날 내려다본다. 나는 움찔한다.

"아, 그니깐 네 생일도 챙겨달라?"

내게도 생일은 없다.

"아니야, 그런 거!"

방으로 들어가 버린다. 내가 꾸민 파티 장식을 보고 수지가 어떤 반응을 보일지 궁금하긴 했지만, 이런 반응일 줄은……. 다신 하나 봐라.

수지가 방문을 두드린다.

"들어간다?"

나는 대꾸하지 않는다.

수지가 들어와 내 앞에 앉더니 나를 안는다. 어떻게 해야 할지 몰라 그냥 가만히 있는다. 하지만 수지가 먼저 말문을 열 것 같지는 않아서 결국 내가 말한다.

"왜 이렇게 늦었어?"

"안 늦었는데."

"무슨 소리야, 지금이 몇 신 줄 알아?" 말하고 나서 심장이 벌렁거리는 것을 느낀다. "지금 몇 시야? 그게……내 시계가 고장이 나서……."

"고장?" 수지가 몸을 떼고 날 살피는데 꼭 의아해하는 표정이다. "지금 9시 조금 넘었어."

심장이 목구멍으로 튀어나올 것처럼 요동치는 바람에 마른침을 꼴깍 삼킨다.

"너 괜찮아? 저거 하느라고 너무 신경 써서 그런 거 아니야? 병원에 가봐야 하는 거 아냐?"

두 손을 크게 젓는다. 병원이라니. 그런 델 가면 수지의 양육자 심사에 불이익이 있는 게 아닐까? 그리고 혹시라도 정말 나한테 문제가 있는 거라면? 균열 속 그 애처럼 캄캄한 어둠 속에서 혼자 외롭게 살아야 한다면? 수지와 영영 떨어져서. 절대 안 돼.

"아냐, 그런 거!"

"방금 시계 고장 났다고 했잖아. 너도 학교에서 배웠지? 시간 이상은 심각한 병의 증세일 수 있어. 혹시 모르니까 내일 병원 가보자. 일은 잠깐 뺄 수 있을 거야. 아니, 그러게 왜 저런 걸……."

"수지."

"응?"

"나 자고 싶어."

"응……. 그래. 쉬어."

나가려는 수지의 등에 대고 말한다.

"생일 축하해."

수지가 돌아보더니…… 웃는다. 그러고는 말한다.

"저건 네가 치워라. 잘 자."

아마 그럴 것 같아. 그것도 아주 이른 새벽에. 나는 눈을 감는다.

✳

어제 만든 것들을 모두 정리하고 집을 나섰는데도 세상은 캄캄하다. 나는 정류장까지 걸으며 생각하고 또 생각한다.

시간이 또 어긋났다. 이전과는 비교도 안 될 만큼.

시계를 어떻게 고치지? 학교에서 배운 대로라면 개인용 시계는 (이상하지만) 개인이 건드릴 수가 없다. 시간을 불러오고 시간에 일정이나 알림을 설정할 수는 있지만, 시간 자체를 조작할 수는 없다. 선생님의 말에 한 아이가 손을 번쩍 들었다. 보는 것만으로도 왠지 모를 쑥스러움에 어깨를 움츠리게 하는 이상한 아바타를 입고 다니는 꼬마 괴짜 헨리였다. 헨리가 역시나 얼굴을 찌푸리게 하는 변조된 목소리로 질문했다.

"하지만 전설의 블랙해커인 에이스는 시계를 거꾸로

돌리는 데 성공했는데요."

"그랬을지도 모르지." 선생님이 심드렁하게 말했다. "그래서 그 전설의 해커가 지금 뭘 한다던? 헨리, 전설이 왜 전설인지 생각해 보고 그에 대한 수필을 작성해서 내일까지 제출해라. 그리고 수업 중에라도 아바타는 좀 벗으면 안 될까? 지금 벗으면 방금 내준 숙제는 없던 걸로 할게."

헨리는 의자를 뚫고 내려앉을 듯이 온몸을 늘어뜨렸다. 아바타를 벗은 헨리의 평소 얼굴은 잔뜩 풀이 죽어 있었다. 우스우면서도 왠지 불쌍해 보였다. 꼭 별을 잃은 왜소 행성 같았다.

어쨌거나 시계는 조작할 수 없다. 만에 하나 가능하더라도 전설 속의 해커거나, 아무튼 무척 똑똑해야 할 것이다.

그렇다면 정말 병원에 가야 하는 걸까? 늘 지쳐 있는 수지의 얼굴이 떠오른다. 나까지 짐이 되면 안 된다.

정류장 벤치에서 일어나 학교 쪽으로 걷는다. 걸으며 생각해 보지만 답이 없는 문제만 풀어대는 꼴이다.

학교 근처까지 와서야 어제저녁부터 한 끼도 먹지 않았음을 깨닫고 편의점에 들어가 빵과 우유를 산다. 가까운 공원에 가서 빵을 우적우적 씹고 있는데 웬 돌덩어리가 사람처럼 걸어 다니는 것을 발견하고 홀린 듯이 바라본다. 노골적인 내 시선이 신경 쓰이는지 돌덩이가 이쪽을 힐끔 쳐다본다. 묘하게 낯이 익은 듯하면서도 낯선 그 돌덩어리가 슬금슬금 다가오더니 불쑥 내게 묻는다.

"혹시…… 지금 시간이……?"

사레가 들어 컥컥대며 우유를 벌컥벌컥 마신 뒤에야 외친다.

"어제 그 돌!"

돌처럼 느껴지는 사람이 안절부절못하고 그저 다시 말한다.

"몇 시……."

세상에 헨리보다 이상한 사람이 있을 줄이야. 무심결에 시간을 불러주려다 참고 말한다.

"제 시계도 고장 났어요. 어제 알려드린 시간도 잘못된 거고요."

"상관없는데……."

돌처럼 느껴지는 사람이 미심쩍어서 나는 눈을 가늘게 뜨고 쳐다본다.

"뭐 하는 사람이에요?"

"나…… 그러니까……." 돌처럼 느껴지는 사람이 크게 한숨을 쉬더니 말한다. "실은 해커……."

"해커? 그, 전설의 에이스 같은?"

돌처럼 느껴지는 사람이 흥, 하는 소리를 낸다. 그러면서도 얼굴은 한결같이 돌 같으니까 기분이 묘하다.

"난 그런 범죄자가 아니라 화이트해커……. 말하자면 정부의 요원……."

"경찰 같은 거예요?"

"엄밀히 말하면 다르지만…… 그렇다고 쳐도……."

211

"근데요, 그거 아바타예요?"

손가락으로 가리키자 돌처럼 느껴지는 사람이 자기 모습을 내려다보고 고개를 끄덕인다.

"그거 좀 벗으면 안 돼요? 꼭 물건이랑 얘기하는 것 같아서 기분이 이상하단 말이에요."

"그러라고 입은 건데…… 보안 때문에……."

"벗으면 내 시간을 알려줄게요."

돌처럼 느껴지는 사람은 무척 당황한 듯 제자리걸음을 반복한다. 아바타를 벗자 이내 특유의 돌 같은 느낌이 사라진다. 뭔가 커다란 변화를 기대한 나는 실망하고 만다. 돌처럼 느껴지는 사람은 단지 돌처럼 느껴지지 않는 사람이 되었을 뿐이다. 겉모습은 달라진 것이 없다. 나는 참지 못하고 말한다.

"굳이 아바타 입지 않아도 될 것 같은데……."

그러자 돌처럼 느껴지는 사람, 아니 요원이 칭찬이라도 들은 것처럼 수줍게 웃는다. 덩치는 수지보다 훨씬 큰데 웃는 모습만 보면 나보다 어린 것 같은 이상한 사람이다. 나는 요원에게 내 시간을 불러준다. 마냥 아기 같던 요원의 표정이 사뭇 진지해진다. 괜히 겁이 날 정도로.

"왜요?"

요원이 머리를 긁적인다.

"말하면 안 되는데……."

"이제 와서요? 말해줘요. 내 시계 도대체 왜 이래요?"

"시계는 정상인데……."

"그럼요?"

"시간이……."

난데없이 수학 시간이 된 것 같아서 인상을 찌푸린다.

"시계는 정상인데, 시간이 정상이 아니라는 거예요?"

요원이 화색이 돼서 고개를 끄덕인다.

"오, 혹시 상대성이론에 대해서는……."

"그럼 어떻게 고쳐요?"

말이 가로막힌 요원이 눈에 띄게 안타까워하며 말한다.

"아, 고칠 수는…… 지금 연구 중인데……. 다만, 균열을 통과하지 말아야……."

못 들을 말이라도 들은 것처럼 흠칫 놀란다.

"균열을 알아요?"

요원이 날 지목한다.

"균열 생성자……."

생성자라니. 나는 소리친다.

"난 만들지 않았어요. 그냥…… 그냥 눈앞에 나타나는 게 다예요. 그래요, 찾아내는 거예요, 만드는 게 아니라. 그리고 저 혼자서는 균열을 열지도 못해요. 정말이에요."

요원은 어깨를 으쓱한다.

"아직 정확한 명칭은 아니니까……. 어쨌든, 균열을 통과할 때마다 시간이 어긋나는 것만큼은 확인된 사실……. 그러니까 앞으로는 균열을 찾더라도 통과하지 않는 편이……."

균열 속 아이를 생각하며 의기소침하게 알겠다고 할

뿐이다. 하지만 여전히 심각한 태도로 요원은 덧붙인다.

"자꾸 균열을 통과하다간 시스템으로부터 영원히 단절될 수도……. 그러니까 미아가 될지도……."

✳

요원이 내게 해준 많은 이야기 중에 단 하나가, 균열 틈으로 삐져나온 손을 보고도 나를 주저하게 한다. 영영 미아가 될지도 모른다는……. 균열 틈에서 작은 손이 까딱거린다. 아이가 말한다.

"뭘 꾸물거려? 급한 거 아냐?"

급하다. 그 어느 때보다 더.

점심쯤이었다. 급식실로 향하는데 선생님이 불렀다. 선생님은 무척이나 조심스러운 태도로 나를 교무실로 데려갔다. 선생님의 말을 처음에는 이해하지 못했다.

"엄마가 아파서 지금 병원에 계셔."

저는 엄마가 없는데요, 하마터면 그렇게 말할 뻔했다. 하지만 나에게는 엄마가 있었다. 수지가 공식적인 엄마였다. 수지는 나한테 자신을 '수지'라고 가르쳤다. 나는 엄마라는 개념이 구체적으로 어떤 것인지를 네트를 유영하는 법을 배우고 나서야 알게 되었다. 하지만 그때는 이미 수지가 수지였기 때문에 그냥 그런가 보다 하고 말았다. 그 이후에는 수지가 원하는 바를 이해할 수 있었기 때문에 그냥 그런가 보다 하고 말았다. 무슨 상관인가? 내게 수지는 엄마고 또한 수지인데.

그래서 선생님의 말은 내게 충격이었고, 뒤늦게 의미를 깨닫고 진짜 충격을 받았다. 수지가 아프다. 병원에 있어야 할 정도로. 그때부터 나는 비행 시뮬레이션 속 아바타가 된 듯한 무서운 기분으로 학교를 나섰다. 선생님이 입력해 준 병원에 가기 위해서는 매일 타던 셔틀이 아닌 도시의 중심부로 가는 게이트웨이를 이용해야 했다. 한 번도 이용해 본 적 없는 것이었다. 물론 본 적도 없었고, 그런 게 있다는 사실조차 알지 못했다.

고장 난 비행기처럼 터덜터덜 걷고 있던 내 앞에 균열이 나타났다. 아이가 손을 내밀었다.

"안 갈 거야?"

톡, 하고 쏘아붙이는 아이의 목소리에 정신을 차린다.

"갈 거야!"

하지만 정말 미아가 되면 어쩌지? 까딱거리는 손을 보고 문득 궁금해진다. 저 애는?

"뭐 해? 나 간다?"

"너 말이야!" 나는 마른침을 꼴깍 삼킨다. "너 미아야?"

아이의 손이 축 늘어진다.

"갈 생각 없으면 없다고 말해. 이래 봬도 바쁜 몸이라고."

"갈 거야."

"그럼 얼른 잡아. 쓸데없는 생각하느라 에너지 낭비하지 말고."

결국 아이의 손을 잡고 균열을 통과한다. 그리고 병원

건물이 보이는 공원에서 요원과 마주한다.

요원과 병원 건물을 번갈아 보다 두 주먹을 불끈 쥔다.
"미아 됐어요, 저?"
요원이 숨 막히는 정적 끝에 말한다.
"그랬다면 이렇게 찾아오지 못했을지도……."
"그쪽도 균열을 통과했어요?"
"내 대답은 예……. 하지만 지금은 정식 포털을 타
고……."
무슨 말을 해야 할지 몰라 발만 동동 구른다. 요원이
손으로 병원 정문을 가리킨다.
"일단 면회부터……. 준비해 놨는데……."
그러고는 병원으로 향하는 요원을 조심스레 뒤쫓는다.
요원은 사람들이 오가는 길을 피해 구석진 복도를 통
해 엘리베이터에 오른다. 잠시 후 내려서 본 복도는 병원
이라기보다는 연구실 같다. 요원은 로비에 있던 큰 문틀
같은 것을 통과하고는 그 너머에서 뭔가를 조작한 다음
내게 건너오라고 손짓한다.
비좁은 복도를 한참 가로지르자 탁 트인 공간이 나타
난다. 휴게실 같은 방의 가운데 놓인 소파에 먼저 가서 앉
은 요원이 엉덩이를 옮겨 내 자리를 만든다. 발소리가 나
지 않게 걸어가 역시나 소리 없이 소파에 앉는다. 요원이
또 뭔가를 조작하더니 내게 앞쪽의 나머지 공간을 가리킨
다. 의아함도 잠시, 그곳에 사람이 나타난다. 나는 그 얼

굴을 알아보자마자 앞으로 튀어 나간다. 그리고 어딘가에 정면으로 부딪쳐 넘어진다. 수지가 말한다.

"내가 뭐라고 그랬지?"

얼큰한 코를 찡그리며 겨우 말한다.

"앞을 잘 보고 걸으라고."

그제야 방 한가운데 가로놓인 투명한 벽의 존재를 깨닫는다. 수지는 게임 아바타처럼 딱딱한 자세로 다가온다. 나도 얼른 벽으로 다가간다.

"많이 아파?"

"아니. 사실 아프지는 않아. 아무런 느낌이 없어."

"근데 왜 여기 있어?"

"그래서 여기 있어야 한대."

수지는 내 뒤를 힐끔 본다. 내가 따라서 뒤를 보자 요원이 어깨를 으쓱하더니 말한다.

"이것 또한 연구 중이긴 하지만……."

나는 화를 내듯 말한다.

"말해줘요!"

"일종의 감정적 번아웃 같은 건데, 이건 그것의 돌연변이…… 회복 불능이고 전염성 또한 확인돼서…… 어쩔 수 없이 시스템으로부터 격리 조치가 불가피한……."

"그럼 수지도 미아가 된 거예요?"

요원은 "수지?" 하고는 한 발 늦게 고개를 끄덕인다.

"감정노동을 하는 사람들에게서 다수 발병 중이기 때문에 아마 이른 시일 내로 대안이 마련될 것 같은데……."

감정노동. 그것이 정확히 뭔지는 감이 안 잡히지만 학교에서는 그것을 심각한 해악처럼 얘기했다. 그러면서도 정작 수지 같은 사람들이 그런 일을 하는 것에 대해서는 침묵한다.

"대안을 마련할 게 아니라 그런 일 자체를 없애야 하는 거 아니에요?"

내가 소리치자 요원이 안절부절못해 한다.

"하, 하, 하지만 사람들은 가짜 안내자보단 진짜 사람을 선호하는 경향이…… 수요가 있으면 공급이 따를 수밖에……."

"말도 안 돼!"

"나 봐."

수지가 손을 뻗어 투명한 벽을 짚는다. 나도 손을 뻗으려는데 수지가 말한다.

"당장은 어쩔 수 없어. 그러니까 조금만 기다려. 잘하잖아, 그거."

나는 멈칫하고 입술을 깨문다. 응, 하고 답해야 하나? 수지가 한 말은 사실이고, 또 내가 씩씩한 모습을 보이는 게 수지를 위해서도 좋을 것이다. 하지만 그러고 싶지가 않다. 내가 기다리는 걸 잘하는 이유는 그것밖에 할 수 있는 것이 없기 때문이다. 내가 좋아서 하는 게 아니라고. 그걸 모르는 듯한 수지의 무뚝뚝한 모습에 화가 난다. 그런데도 나는 "알았어" 하고는 방을 나가버린다. 갈 데가 없어서 그냥 복도에 서서 눈물을 삼킨다. 요원이 나오다가 날 보고 움찔하더니 주머니에서 뭔가를 내민다. 사탕이다.

나와 요원은 터덜터덜 걸어 병원 밖으로 나간다. 입구에서 안내자가 우릴 향해 허리를 숙여 인사한다. 혹시 안내자가 아니라 사람이 아닐까? 수지와 같은. 나도 모르게 그런 의문을 품고는 그것이 너무 무겁고 버거워서 길가에서 주저앉고 만다. 그런 내 쪽으로 쭈뼛거리며 다가오는 요원에게 묻는다.

"안내자랑 사람을 어떻게 구별해요? 겉으로 보면 똑같잖아요."

"사실 겉만 똑같은 건 아닌데…… 안내자도 새로운 시민이 생성될 때와 정확히 같은 방식으로 만드니까…… 다만, 안내자에게는 인지적 족쇄라는 걸 채우는데…… 왜냐하면 사람들은 안내자가 자신들과 똑같은 걸 못 견뎌 하니까……."

나는 인상을 쓰지 않을 수 없다.

"그러니까 단순노동을 하는 안내자가 사람처럼 똑똑한 건 싫지만, 진짜 사람을 상대하고 싶다, 이거예요?"

요원이 조용히 손뼉을 친다.

"역시 똑똑한데……. 아마 미아가 돼도 큰 문제는 없을지도……."

"그래서…… 수지는 언제쯤 낫는데요?"

요원은 한숨을 살짝 쉬고는 그냥 고개를 가로젓는다.

나는 묻지 않을 수 없다.

"낫기는 해요?"

"아직 구체적인 건……."

그러고는 손을 흔들고는 그냥 가버린다.

혼자 남은 내게 손을 뻗는 건 균열 속 아이다.

처음으로 아이를 무시하고 혼자서 걷는다. 요원이 한 말은 사실일지도 모른다. '균열 생성자'라는 말. 정말로 균열이 발견되는 거라면 지금처럼 균열이 다섯 걸음에 하나 꼴로 나타날 수는 없을 테니까. 그러니까 날 따라오는 이 균열은 발견되는 것이 아니라 날 찾아다니는 것이다. 어쩌면 내가 균열을 부르고 있는지도 모르고. 그렇다면 이렇게 계속 무시하는 건 이치에 맞지 않는 일일지도 모른다. 균열을 부른 것이 나이기 때문이다.

나는 걸음을 멈춘다. 균열 틈에서 손이 나오더니 까딱거린다. 내가 말한다.

"너 말이야. 좀 친절하게 굴 수는 없어? 어차피 나 때문에 온 거 아니야?"

"웃기시네. 네 말대로 너 때문에 온 거라면 내가 뭐 하러 친절해야 하지? 어차피 아쉬운 쪽은 넌데?"

기가 차서 아이의 손을 쳐버리고 게이트웨이 쪽으로 달린다.

수지는 낫지 않았다.

네트는, 전례가 없는 질병의 출현으로 시끄러웠다. 모두가 질병과 질병의 원인과 대책에 대해, 그리고 감정노동자라는 딱지를 붙여 분류시킨 사람들에 대해 떠들었다. 나는 관심이 없었고, 그래서 얼마 전부터 네트를 끊은 상태였다. 사실은 소식을 챙겨 볼 용기가 나지 않았다.

또한 학교도 가지 않게 됐다. 내 안전 때문이라고 했다. 혼자가 된 나의 안전이 정말로 걱정된다면 학교에 다닐 수 있게 해줘야 하는 게 아닌가 싶었지만, 역시나 관심을 끊었다.

모든 게 다 귀찮아.

혹시 나도 수지처럼 병에 걸린 건 아닐까? 만약 나도 병에 걸린 거라면, 수지와 함께 있을 수 있을까?

초인종이 울려 나도 모르게 소리를 지른다. 얼어붙어서 꼼짝도 못 한다. 초인종이 다시 울리고 목소리가 들려온다. 낯선 목소리가 수지의 이름을 부르고서야 나는 현관문을 연다. 날 향해 웃어 보이는 제복 차림의 두 사람에게서 뒷걸음치다가 넘어진다. 앞의 사람이 얼른 다가온다.

"괜찮니?"

경찰이다.

"수지……."

나도 모르게 말하자 경찰이 말한다.

"그분의 양육 면허가 취소됐어."

"죽었어요?"

내 말에 경찰이 손사래를 친다.

221

"아니야. 단지 양육 면허가 취소됐을 뿐이야. 알겠지만 지금 상황이 그러니까⋯⋯."

나는 얕은 숨을 토하고 일어선다. 현관에 길게 드리워진 그림자들 사이로 집 안을 둘러본다. 그러면서 말한다.

"바로 가야 하나요?"

"꼭 그래야 하는 건 아니지만 그게 좋지 않을까?"

그때, 뒤에 서 있던 경찰이 말한다.

"정리할 시간이 필요하겠지. 그럼 내일 다시 올게. 알겠지?"

집은 다시 깜깜해진다. 그리고 나는 다시 혼자가 된다.

한참을 그러고 있다가 수지의 방으로 들어간다. 수지 냄새가 가득한 방 안에는 수지가 쓰는 몇 안 되는 가구가 전부다. 천천히 둘러보다 수지의 침대 위로 기어 올라간다. 그리고 수지를 느낀다. 내 옆에 수지의 기억을 띄우고 손을 뻗어보지만 허망하게 통과할 뿐이다. 그게 이상하게 서글퍼서 눈물이 터져 나온다. 우는 내 앞에, 균열이 나타난다.

그동안 본 것 중에서 가장 크고 선명한 균열이 열리고 그 안에서 손이 나온다. 손은 늘 그렇듯 가볍게 까딱거릴 뿐이다. 어쩐지 지금은 그런 무심함이 고맙게 느껴져서 나 또한 말없이 손만 뻗는다. 내 손은 분명하게 가 닿고, 아이는 내 손을 힘 있게 잡는다.

그리고 나는 미아가 된다.

저의 아내는 좀비입니다

"그럼 마지막으로, 오늘 새로 온 분의 자기소개로 마무리할까요?"

내 기준으로 12시 방향에 있는 회장이 날 보고 고개를 끄덕인다. 결국 그의 제안을 거절하지 못하고 이 모임에 참석했지만, 사실 여전히 회의적인 마음이 없잖아 있어서 나는 속으로 한숨을 쉰다. 그렇기는 해도 로마에 가면 로마의 법을 따르라고, 이곳에 온 이상 이곳의 룰을 따르는 게 맞을 것이다. 수지도 그렇게 말하겠지.

나는 접이식 철제 의자에서 일어난다. 원형으로 둘러앉은 회원들의 시선이 즉각 내게 향한다. 나이나 성별은 제각각이지만 눈빛만큼은 하나같다. 신입에 대한 호기심. 그러니까, 저 사람은 어쩌다 좀비가 된 가족과 함께 살게 되었는지 궁금한 것이다.

"어……." 나도 모르게 긴장이 됐는지 목소리가 잠겨 있다. 나는 주먹으로 입을 가리고 헛기침을 한다. 그러고는 딱히 누구에게랄 것도 없이 물을 좀 마셔도 되겠는지 눈으로 묻는다. 다들 흔쾌히 그러라는 제스처를 하고 일부는 웃는다. 오른쪽 방향으로 한 자리 건너에 앉은 여자가 큰 눈을 반짝이며 생수병을 건네준다. 나는 "감사합니다" 하고 생수를 한 모금 마신다. 넥타이를 고쳐 매며 작게 목을 가다듬고 이야기를 시작한다.

"음, 안녕하세요. 저는 최도원이라고 합니다. 며칠 전에 저기 회장님 추천으로 이곳에 이사를 왔고, 어느 정도 정리가 돼서 오늘 이 모임에 참석하게 되었습니다. 음, 저의 아내는 좀비입니다." 나는 좌우로 사람들을 죽 둘러본다. "물론 아시겠지만요."

마지막 말이 농담으로 들렸는지 몇몇은 웃고 몇몇은 연민과 공감이 섞인 쌉싸름한 미소를 보인다. 그리고 나한테 생수병을 건넸던 여자는…… 커다란 두 눈에 눈물이 그렁그렁 맺힌 채로 날 보고 있다. 물론 아내가 좀비니까 안돼 보일 수는 있다. 하지만 내 기억이 맞다면 저 여자는 남편이 좀비다. 공감대로 인한 표정이라기엔 뭔가 극적이다. 어쨌든.

"아내분이 어쩌다 그렇게 되셨는지 여쭤봐도 될까요?" 회장인 성전철 씨가 대표로 묻는다.

"수지는…… 아, 그러니까 저의 아내는, 동물을 사랑했어요."

"저런, 좀비견한테 물렸군요!" 생수병을 건넸던 여자가 말한다.

"아니요. 길고양이한테요."

고양이한테 물려 좀비가 됐다는 말에 소란스러워진다. 고양이로 인한 좀비 바이러스의 전염, 그 자체에 대한 놀라움이라기보다는 고양이라는 동물 특유의 신화적 권위 때문인 듯하다. 수지도 그랬다. 병원에서 좀비 바이러스 양성 판정을 받자마자 투입된 질병관리본부 특수차

량을 타고 지정 병원으로 이송되는 동안 수지는 보호복을 입고 있어 우주인처럼 보이는 내게 끊임없이 말했다. 뭔가가 잘못됐다고. 고양이가 그럴 리 없다고. 개는 되고 고양이는 안 된다는 주장은 설득력이 없었지만, 나는 일단 오븐 장갑 못지않게 두꺼운 보호 장갑을 낀 손을 수지의 손 위에 얹다시피 한 채로, 그래, 그럴 거야, 고양이가 그럴 리 없어, 하고 말했다. 하지만 고양이가 그런 게 맞았다.

수지의 동물 사랑, 특히나 길고양이에 대한 사랑은 간혹 유별나 보일 정도여서 나로서는 내심 서운할 때도 있었다. 하지만 감히 질투 따위 할 수 없을 만큼 수지의 사랑은 헌신적이었고 절대적이었다. 수지는 나와 결혼한 것도 그것의 연장선상이라고 했는데, 무릎 위에서 잠이 든 길고양이의 목을 쓰다듬으며 그렇게 말하는 수지는 더없이 사랑스러웠다. 그날 밤, 나는 실제로 수지의 길고양이가 되었다.

"그래서 어떻게 됐는데요?"

생수병을 건넸던 여자의 질문에 나는 나도 모르게 짓고 있던 미소를 지우고 이야기를 이어간다.

"다들 아시겠지만 한동안은 아내와 격리된 채로 살았습니다. 10년 만에 다시 혼자가 되어버린 거죠("저런!" 생수병을 건넸던 여자가 탄식한다). 그제야 제가 수지를, 제 생각보다 훨씬 더 사랑하고 있었다는 걸 깨달았어요. 다행히 때마침 세계 곳곳에서 좀비 바이러스에 대한 여러 변

화가 생겨났고, 우리나라도 조금 늦긴 했지만 그 흐름을
뒤쫓았죠. 결국, 다시 수지와 함께 살 수 있게 됐어요."

우레와 같은 박수 소리가 장내를 가득 메운다. 당황스
러워 사람들을 쳐다보는데, 성전철 씨가 나를 보며 미소
짓고 있다. 이곳에 이사 오고부터 날 이 모임에 합류시키
기 위해 다소 집요하리만큼 애쓰던 그의 모습이 떠오르자
조금 민망해진다. 이사를 오기 직전까지도 겪어야 했던
사회적 소외에 대한 보상을 이제야 받는 것 같아 감사하
다. 나는 모두에게 고개 숙인다.

"감사합니다. 비록 쫓겨나듯 이곳으로 이사 온 감도
없잖아 있지만, 여러분의 환대를 받으니 정말 위로가 되
네요. 정말로 감사드립니다."

또다시 박수갈채가 터져 나온다. 생수병을 건넸던 여
자가 갑자기 대성통곡을 하는 바람에 모임은 갑자기 흐지
부지 마무리된다.

회관을 나서는데 성전철 씨가 뒤따라 나오며 날 부른다.

"어때, 생각보다 별거 없지?"

"사실…… 생각보다 괜찮았어요."

내가 머쓱해서 코끝을 긁적이자 성전철 씨가 웃으며
내 팔을 꼭 잡는다.

"그러게. 사람이 내숭이 좀 있다 싶더라고."

수지라면 이렇게 말해줬을 것이다. 내가 나를 제대로
모르고 있다고. 수지는 내 마음을 들여다보는 창이다. 아

니…… 창이었다.

성전철 씨가 말한다.

"그래, 한창 복잡할 때지."

"네?"

"우리 모두 겪은 일이야. 그래서 만든 모임이고. 어떻게든 살아내기 위해서."

우리는 자연스럽게 모임 장소로 쓰이는 마을회관 건물을 돌아본다. 붉은 벽돌로 지어진 건물은 고풍스러운 느낌이 나야 할 것 같은데 내 눈에는 어쩐지 스산하게 보인다.

"이 모임은 오래됐나요?"

"아니."

그다음 말을 기다리지만 성전철 씨의 입은 더 열리지 않는다. 그때, 건물에서 누군가 나오며 "저기요!" 하고 부른다. 나한테 생수병을 건넸고 마지막에 대성통곡을 한 극적인 여자다. 여자의 커다란 갈색 눈이 흐릿하게 보여서 나는 눈을 문지르고 다시 본다. 여전히 여자의 눈이 뿌옇게 보인다. 내 앞까지 가볍게 뛰어온 여자가 말한다.

"집에 가요?"

"네."

"같이 가요."

여자는 내가 "예?" 하고 말하는 걸 듣기는 했는지 내 팔을 가볍게 잡고는 하나로 묶은 긴 머리를 흔들며 재빠르게 내 차가 있는 곳으로 가버린다. 그러고는 너무나 자연스럽게 조수석에 올라 머리를 풀어 헤치고는 에어컨 바람을 쐰다. 숱 많은 머리가 더워 보이긴 한다. 근데 지금 그게 중요한 게 아니라……. 나는 여자에게 묻는다.

"저희 집엘요?"

겨울 담요처럼 머리채를 돌돌 말아 들고 있던 여자가 멈칫하고는 꽤나 당황한 눈치로 얼굴까지 붉히며 창문 너머로 날 본다. 나는 얼른 "아, 미안합니다" 사과부터 하는데, 이렇게 내 행동에 당황해하는 경우가 제법 많았기 때문이다. 수지는 나더러 사회관계망에 사로잡힌 신이 버린 아기 새라며 놀리곤 했다.

성전철 씨에게 인사한 뒤 차에 오른다.

"댁이 어디시죠?"

아무리 이 동네가 좀비를 가족으로 둔 비좀비들이 모여 사는 곳이라지만, 아무하고나 카풀을 할 정도로 서로가 친하지는 않다.

하지만 여자는 대답이 없다. 아까부터 귀신 몰골로 멍하니 날 바라볼 뿐이다. 성전철 씨가 다가온다.

"참, 같은 방향이지?" 성전철 씨가 내 표정을 보고 어색하게 말을 잇는다. "몰랐구나. 뭐, 그럴 수 있지. 이사 온 지 며칠 안 돼서 정신도 없을 거고."

나도 따라 웃으려는데 옆에서 여자가 버럭 말한다.

"매일 아침저녁으로 인사하는 사이거든요!"

성전철 씨는 허허허, 웃으며 그냥 가버린다. 나는 차를 출발시킨다. 성전철 씨를 지나쳐가며 사이드미러로 힐끔 보니 무척이나 행복해 보이는 웃음을 지으며 옆 남자와 이야기하고 있다. 나는 성전철 씨가 했던 말을 떠올려 본다. 어떻게든 살아내기 위해서.

차 안은 여자가 화장 스펀지로 얼굴을 툭툭 때리는 소리로 가득하다.

"감쪽같아요. 운 티 하나도 안 나요."

여자가 또 얼굴을 붉힌다. 나는 그냥 앞을 본다.

"아무리 정신이 없어도 그렇지, 어떻게 매일 얼굴 보고 인사하는 사람을 기억 못 해요? 좀비도 아니고……."

여자는 입을 다물고 얼른 창밖으로 고개를 돌린다. 숱 많은 긴 머리에 가려 잘 보이지는 않지만 창문으로 여자가 입을 오물거리며 자책하는 모습이 보인다. 사람들은 습관적으로 좀비를 빗대어 말한다. 좀비 가족도 예외는 아니다.

"미안합니다."

꽤나 오랜 정적 후에 여자가 갑작스레 말한다.

"설마…… 모임에서 낯설게 군 것도?"

"미안합니다."

"말도 안 돼! 잠깐만, 그럼 내 이름은…… 됐다."

"미안합니다."

"한 번만 더 미안하다고 하기만 해요!"

나는 고개를 끄덕인다.

드디어 내가 사는…… 옆에 있는 여자도 같이 사는 나

구역 입구가 보인다.

"앞에 내려드릴게요. 정확한 위치가……."

여자가 히스테릭한 웃음을 터뜨린다.

"정확한, 위치는요, 최도원 씨, 집, 바로, 옆이거든요."

"아…… 잘됐네요."

좀비를 가족으로 둔 비좀비들을 위한 마을(인터넷에선 이런 곳을 '좀비좀비'라고 하던데 정확한 뜻은 알 수가 없다)은 해외 교외풍의 마을을 닮았다. 아닌 게 아니라 처음 이곳에 와서 일자로 길게 뻗은 포장도로 양옆으로 드문드문 배치된 단독주택들을 보며 외화의 한 장면을 떠올렸다. 수도권에도 좀비좀비 마을이 있지만, 밀도가 훨씬 높고 대신 집마다 특수 제작된 체임버가 설치되어 있다. 체임버 하나 값이 이곳 주택 두세 채 값이다.

나는 조금이라도 여자의 집에 가깝게 차를 대고 싶지만, 그러려면 여자의 집이 정확히 내 집의 오른쪽인지 왼쪽인지를 또다시 묻지 않을 수 없기에 그냥 내 집 정가운데에 차를 주차한다. 여자는 팔짱을 낀 채 앞만 노려보고 있다.

"다 왔어요."

여자가 웃는다. 수지도 저렇게 웃을 때가 있었다. 대개는 웃음밖에 나오지 않을 정도로 황당하다는 뜻이었다. 나는 일단 악수를 청한다.

"최도원입니다. 황지은 씨?"

여자는 마지못해 내 손을 잡는다. 내 손과는 확연하게

대비되는 가늘고 흰 손에서는 어떤 열의마저 느껴지는 듯하다. 직업이 메이크업 아티스트랬지.

"어떻게 이름은 기억하네요?"

"아까 모임에서 자기소개 했잖아요. 그런데 매주 자기소개를 하나요?"

"새 회원이 들어오면요. 정말 아무것도 모르네요. 회장님이 얘기 안 해줬어요?"

"사실 흘려들었어요."

"왜요?"

"그럴 경황이 없기도 했고, 또 제가 원체 사회 활동에 관심이 없어서요."

"그래 보여요."

내가 고개를 끄덕이자 여자가 묘한 표정을 짓는다.

"제가 또 무슨 실수라도?"

"됐고요. 처음 만난 걸로 치고 차나 한잔할래요? 도원 씨 집, 바로 옆에 있는, 제 집에서."

나는 시간을 확인한다. 곧 수지한테 안정제를 투여할 시간이다. 그러고 보니 아직도 여자와 손을 잡고 있다.

"곧 약 시간이에요."

"지병 있어요?"

"아니요. 수지, 아내 안정제요."

여자는 아 그거, 하듯 반응한다.

"그거 뭐 조금 늦는다고 어떻게 안 되던데."

"그럴지도요. 그래도 용법이 있으니까 지켜야죠. 그러

라고 써놓은 건데."

"그래요, 그럼. 고마웠어요."

여자는 내 손을 놓고 차에서 내려 뒤도 안 돌아보고 오른쪽 집으로 간다. 여자의 허리께에서 흔들리는 머리카락을 보며 나는 생각한다. 정말 어려운 사람이다.

"나 왔어."

나는 부엌으로 가서 싱크대 서랍 안에 있는 안정제 키트를 가지고 수지 방으로 간다. 수지는 언제나 그렇듯 침대에 앉아 창밖을 보고 있다. 사실 안정제 같은 거 쓰고 싶지 않지만, 엄연히 좀비 판정(수지는 암으로 치면 초기에 해당하는 B등급이다)을 받고 지급된 안정제기에 도리가 없다.

"생각보다 괜찮더라. 그 모임 말이야."

안정제 키트를 열고 일회용 주사기와 앰풀을 꺼내며 수지를 힐끔 본다. 보통은 목소리나 움직임에 반응하는데 오늘은 꿈쩍도 하지 않는다. 눈을 뜨고 자나 싶어 수지 얼굴 앞에 고개를 내밀어 보지만, 오히려 날 피해서 밖을 볼 뿐이다. 나도 따라 밖을 보다가 저절로 미소가 번진다. 고양이 한 마리가 우리 집 마당을 거닐고 있다. 내가 수지에게 여전히 의식이 남아 있다고 확신하는 이유다.

"고양이네."

수지가 고양이한테 한눈을 판 틈에 수지의 팔에 꽂혀 있는 튜브를 꺼내 주사기 바늘을 꽂고 피스톤을 부드럽게 누른다. 그러거나 말거나 수지는 고양이만 응시한다. 고양이도 시선을 의식했는지 멈춰 서서 우리 쪽을 바라본다. 그때, 수지의 몸이 살짝 움직인다. 예전이었다면 벌떡 일어나 고양이한테 줄 음식부터 찾았을 텐데.

'나 없을 때 애네 찾아오면 꼭 밥 줘.'

나는 말한다.

"고양이한테 밥 줄까?"

내 말에 수지의 몸이 또 들썩이는 게 느껴진다. 우연의 일치일 수도 있지만, 나는 수지가 내 말에 반응하는 거라고 생각해 버린다.

"잠깐만. 냉장고에 뭐 있나 볼게."

빈 주사기와 앰플을 챙겨 부엌으로 간다. 냉장고를 열어보니 간단하게 끼니를 해결할 인스턴트 음식이 전부다. 전에는 늘 집에 고양이용 사료 포대가 있었지만, 벌써 한참도 더 지난 일이다.

'알았어. 근데 사료 없으면 어떡해?'

'그럼 물이라도 줘. 사료 떨어졌다고 나한테 문자하고.'

그릇을 꺼내 물을 받는다. 물이 차오르는 걸 지켜보다가 나도 모르게 휴대폰을 꺼내 수지 번호로 문자를 보낸다. '사료 떨어졌어.'

물그릇을 들고 방으로 돌아가 수지가 볼 수 있게 비켜서서 창문을 열고 그릇을 마당에 내려놓는다. 창문을 열어놓고 싶지만 멀쩡한 고양이인지 겉으로 봐서는 알 수가 없어 다시 창문을 닫는다. 한 발 물러서서 고양이가 다가오는 것을 지켜본다. 왠지 긴장이 돼 수지의 약간 빳빳한 어깨를 잡아본다.

일단 물에 반응하는 걸 보면 좀비묘는 아닌 모양이다. 그래도 창문은 열지 않는다. 창문 너머를 경계하는 고양이의 눈에서 나 못지않은 긴장이 엿보여서다. 하긴, 고양이 입장에서도 세상은 언제 좀비 짐승이 튀어나와 이빨을 들이밀지 모를 밀림이나 다름없을 거다. 그뿐 아니라 사냥감이 온전한지도 의심해야 할 테니, 군이 나까지 경계심에 무게를 더할 필요는 없다.

나는 침대 끝에 걸터앉아 여전히 고양이만 바라보는 수지한테 말한다.

"나 오늘 사람들한테 박수받았어. 귀가 막 울릴 정도로 격렬하게. 네 덕이야."

수지가 드디어 내 쪽을 돌아본다. 식욕 없이 음식을 볼 때 지을 법한 표정이라 나는 그만 실없이 웃어버린다. 그래도 날 봐준 게 어디야.

그나저나 나야말로 허기가 진다. 다시 부엌으로 가서 인스턴트 음식을 데워 플라스틱 용기째 들고 수지 옆에 앉아 허겁지겁 먹는다. 수지가 또다시 문자 그대로 '밥맛 없는' 표정을 하고 날 쳐다보는 게 은근히 재밌다. 어쩐지 기시감이 들어 생각해 보니 연애 초기 수지와의 식사 시간이 떠오른다. 수지는 (애석하게도) 채식주의자였다. 내가 아무것도 모르고 고기를 권하자 딱 지금 같은 표정으로 거절했다.

아까 그 여자, 황지은 씨도 이런 표정으로 돌아섰지.

"아까 모임에서 어려운 일이 있었어. 황지은이라는 여자가 있는데, 우리 옆집 사는, 남편이 좀비고, 근데 내가 못 알아본 거야. 기억을 안 한 거겠지만. 어쨌든, 그래서 그 사람, 나 때문에 기분이 좀 상한 거 같아. 차 한잔하자고 했는데 약 시간이라고 거절했더니 뒤도 안 돌아보고 가버리더라. 지금 네 표정으로."

수지는 다시 고양이 쪽으로 고개를 돌린다.

"인생은 너무 어려워. 나랑 안 맞아. 네 말대로 차라리 고양이로 태어났으면 좋았을 텐데."

수지가 몸을 들썩인다. 이번에는 긍정의 의미로 해석해 버린다.

그러고 보니 이사 와서 이웃에 인사를 한 적이 없다. 수지라면 떡이든 빵이든 돌렸을 텐데. 거실로 가서 아직 정리가 덜 된 집 안을 둘러보며 쓸 만한 물건을 찾아본다. 한참을 뒤져 발견한 것은 다용도 주머니칼이다. 이것만 있으면 안 되는 게 없을 줄로만 알던 시절이 있었다. 수지 몰래 거금을 들여 사고는 들키지 않으려 숨겼다가 아예 존재를 잊어버린 비운의 물건. 나야 필요 없어졌지만 황지은 씨한텐 필요할 수도 있겠지.

나는 다시 한번 수지의 상태를 확인하고 현관으로 간다. 신발장 안에서 안정제와 함께 지급된 탈취제를 꺼내 몸에 뿌린다. 집을 나서려다 주머니칼을 꺼내 펴서 냄새를 맡아본다. 주머니칼에도 탈취제를 살짝 뿌린다.

왼쪽 집 초인종을 누른 지 꽤 지나서야 문이 벌컥 열린다. 황지은 씨가 안 그래도 큰 눈을 치켜 뜨고 놀라움 반 경계심 반인 얼굴로 마치 해명을 요구하듯 날 본다. 나는 주머니에서 주머니칼을 꺼내 황지은 씨한테 건넨다.

"뭐예요, 이게?"

"주머니칼이요."

황지은 씨가 인상을 쓰며 한 걸음 뒤로 물러난다.

"그냥 오기 뭐해서요. 당장 가져올 만한 게 이거밖에 없더라고요."

"그러니까, 뭐 방문 선물이라고요? 이 칼이?"

"네."

황지은 씨는 크게 하, 하고 웃고는 내 손에서 주머니칼을 낚아챈다. 그러고는 어떻게 할까 고민하듯 주머니칼을 쳐다보다 그냥 신발장 선반에 툭 내려놓는다.

"어쨌거나 고맙네요. 쓸 일이 있을지는 모르겠지만."

"있을 거예요. 비싼 거거든요."

황지은 씨가 안으로 들어가며 말한다.

"어디에 썼는데요?"

"못 썼어요."

황지은 씨가 걸음을 멈추고 날 돌아본다. 나는 설명이 필요하다는 것을 깨닫고 말한다.

"수지 몰래 산 거라. 사자마자 어디 숨겨놓고는 까맣게 잊어버렸거든요."

황지은 씨는 잠깐 멍하니 있다가 웃음을 터트린다. 그

러다가 정색하고 말한다.

"뭐 해요, 들어와요."

당연한 얘기지만 집 구조는 우리 집과 같다. 다른 게 있다면 이 집에는 액자가 굉장히 많다는 건데, 시선이 닿는 곳마다 황지은 씨와 남편일 사람이 서로를 껴안은 채 함박웃음을 짓고 있다. 예전에 수지가 몇 번이고 반복해서 보며 부러워했던 드라마 속 커플 같다. 나는 자연스럽게 안방이 있는 거실 너머를 보지만 문이 닫혀 있다.

"남편분은 어디 계시죠?"

황지은 씨가 팔로 어딘가를 가리키고는 그대로 부엌으로 가버린다. 워낙 순간인 데다 동작이 불분명해서 어디를 가리킨 건지 애매하다. 분명한 건 이 집 어딘가에 있다는 것이다. 그러고 보니 수지 이외의 좀비와 이렇게 가까이 있어본 적이 한 번도 없다. 조금이지만 긴장이 된다.

"왜요, 겁나요?"

황지은 씨가 커피포트에 물을 받으며 도발적으로 묻는다. 아니, 약간 들떠 보인다고 해야 하나. 수지도 저럴 때가 있었는데. 나한테 뭔가를 숨기고 있을 때.

"그런지도요. 수지 외에는 처음이라."

황지은 씨가 웃는다. 겉으로 보이는 것처럼 세련되고 매력적인 웃음이다. 모임이 끝난 이후로 처음 보이는 진짜 웃음이라는 생각에 나도 안도의 미소를 짓는다. 나는 부엌의 아일랜드 식탁 앞에 앉는다. 황지은 씨가 커피포트의 전원을 켜고 찬장 문을 열고 컵과 컵 받침을 꺼내고 함께 곁들일 비스킷과 치즈를 진열하는 모습을 넋 놓고 바라보다 황지은 씨와 눈이 마주쳐 살짝 웃는다.

"어색하네요."

황지은 씨가 커피를 따르며 묻는다.

"뭐가요?"

"그냥…… 이런 거요. 누군가와 부엌에 앉아 여유롭게 커피를 마시다니."

"그거 꽤 위험한 말인 거 알아요?"

"예?"

황지은 씨가 김이 피어오르는 컵을 내 앞에 놓아준다. 나는 잘 마시겠다고 하고 커피를 맛보며 내가 한 말 어디가 위험한 건지 생각해 본다. 한 가지 걸리는 게 있어 컵을 내려놓고 설명한다.

"여유롭다고 한 말은…… 그러니까, 좀비에 대한 경계를 늦추고, 비좀비끼리 편안하게……." 나는 두 손을 들어 보인다. "그만해야겠요. 말을 하면 할수록 이상해져요. 마치 좀비를, 내 가족을 벗어던지고 싶은 짐짝처럼 생각하는 것처럼……."

"그럼 아니에요?"

황지은 씨가 자리에 앉아 커피를 홀짝이며 날 힐끔 쳐다본다. 저 눈빛이 구체적으로 무엇을 의미하는지는 여전히 이해하지 못하지만, 적어도 피해서 손해 볼 일은 없다는 것은 안다. 나는 얼른 시선을 컵 쪽에 두고 기계적으로 말한다.

"아니죠, 당연히. 전 수지를 사랑해요."

"나도 내 남편 사랑해요. 이 동네 사는 모두가 자기 가족을 사랑한다고요. 당연한 거 아니에요? 안 그럼 왜 이런 오지에서 살겠어요? 혼자만 고결한 척 유세 부리지 마요."

"미안합니다. 그런 뜻은 아니었어요."

"됐으니까 이거나 먹어요. 모를 것 같아서 해주는 말인데 어디 가서 쉽게 못 구하는 것들이에요. 아무한테나 내놓는 거 아니라고요."

"아, 감사합니다."

황지은 씨가 비스킷과 치즈 조각이 가지런히 담긴 쟁반을 내 쪽으로 밀어준다. 나는 비스킷 하나를 입에 넣고 우물거린다. 편의점에서 파는 것과 다른 점을 찾아보려 애써본다. 내가 신중하게 비스킷을 우물거리는 동안 황지은 씨는 일어나서 거실로 간다. 그러고는 작은 공구 상자 같은 것을 가져와 아일랜드 식탁 위에 척 내려놓고 내 손을 휙 잡아당긴다. 내가 비스킷으로 가득 찬 입으로 읍, 하고 소리 내자 황지은 씨가 주의를 주듯 큰 눈을 부릅뜬다.

"가만히 있어요. 나 간병인이에요, 하고 광고하는 것도 아니고."

황지은 씨가 공구 가방 같은 것에서 꺼낸 것은 다름 아닌 화장품이다. 로션을 짜 내 손에 바르며 황지은 씨가 혼잣말하듯 말한다.

"사랑하는 건 사랑하는 거고, 아무리 사랑해도 아닌 건 아닌 거 아니에요? 적어도 이런 여유 정도는 누려야 하는 거 아니냐고요. 내 말은. 그래야 지치지 않고 계속 케어할 수 있을 테니까. 막말로 우리가 좀비 전담 간병인도 아니고(그 사람들은 돈이라도 벌지), 언제고 이렇게만 살 수는 없잖아요. 내 말 틀려요? 저기요, 언제까지 그 과자만 씹고 있을 거예요? 미치겠네."

나는 커피로 입 안의 비스킷 반죽을 삼켜버린다.

"예, 뭐, 그럴 수 있죠."

황지은 씨가 아일랜드 식탁이 무너져 내려라 한숨을 쉬더니 내 손을 던지듯 내 쪽으로 밀치고 자리로 돌아가 커피를 마신다.

"말이 나왔으니 말인데, 이 마을 자체가 문제예요. '마을'이라는 이름부터가 사기라고요. 마치 우리가 개척 정신 투철한 운동단체라도 되는 것 같잖아요."

"아닌가요?"

"이거 봐. 정말로 그렇게 생각해요? 그렇게 생각하고 싶은 건 아니고?"

잘 모르겠다. 그게 중요한 건지도 모르겠다. 그래서 그냥 커피를 마신다.

"다 눈 가리고 아웅이지. 아닌 척, 모르는 척. 나라에서 방관하고 전가한 걸 온몸으로 떠받치고는 그깟 모임이나 결성해서 최신 의학 동향이 어떠니, 사회적 흐름이 저떠니. 웃기지 않아요?"

누구보다 극적이던 황지은 씨를 떠올려 본다. 정말로 극적인 것에 불과했던 걸까? 그저 마을 주민 2를 연기했을 뿐일까?

"저는 황지은 씨가 누구보다 열심인 줄 알았어요."

"맞아요. 그 우스꽝스럽기 짝이 없는 역할에 충실한 동안에는 현실을 잊을 수 있으니까. 그게 나한테 주어진 유일한 선택지니까." 내 뒤쪽을 흘겨보는 눈빛이 촉촉하다. "모든 게 감옥이고 족쇄야. 너, 나 할 것 없이 서로가 서로를 얽매는."

황지은 씨가 손으로 얼굴을 훔치길래 공구 가방을 뒤져 티슈를 찾아 건넨다. 황지은 씨는 왜인지 놀란 얼굴로 티슈를 든 내 손과 날 쳐다본다. 음, 이게 아닌가? 하지만 황지은 씨는 티슈를 받아 눈가를 두드린다. 그러고는 쓴웃음을 짓는다.

"회장님한텐 이런 얘기 하지 마요. 누굴 탓하려고 한 말은 아니니까. 하고 싶어도 그럴 수 없고. 이게 어디 누구 하날 탓할 문제예요?"

"결국은 사회 쪽으로 흐르는군요."

내 말이 대단한 농담이라도 된다는 듯 박장대소를 한 황지은 씨가 다시 마을 주민 2를 연기하는가 싶더니 티슈를 든 손으로 아일랜드 식탁 상판을 짚고 일어난 뒤 티슈를 천천히 접으며 내 쪽으로 온다.

"왜 그러시죠?"

황지은 씨가 아일랜드 식탁에 비스듬히 기대 나와 눈높이를 맞추고 마치 내 머릿속을 들여다볼 작정인 듯 내 눈을 빤히 본다.

"그쪽 정말 이상한 거 알아요? 궁금해서 그러는데, 내가 여태까지 한 말, 무슨 뜻인지 알고나 말하는 거예요?"

내가 당연하다는 듯 "그럼요" 하고 답하자 황지은 씨가 예쁘게 접힌 티슈를 들어 보이며 확인하듯 말한다.

"지금 그럼요, 하고 말했어요."

황지은 씨가 돌연 얼굴을 들이민다. 입술과 입술이 닿는 느낌에 나는 감전이라도 된 듯 놀라 자리를 박차고 일어난다. 그러자 되려 황지은 씨가 놀란 얼굴을 한다. 황지은 씨가 티슈를 꽉 움켜쥔 채 묻는다.

"왜요?"

"아니, 그러니까, 이게……." 나는 할 말을 고르다 결국 말한다. "가보겠습니다."

"뭐라고요?"

"가보겠습니다."

황지은 씨가 뺨이라도 맞은 얼굴로 입을 떡 벌린다.

"도대체 그쪽이 했다는 이해가 뭔지 심히 궁금해지네요."

"그건……."

황지은 씨가 완고한 표정으로 티슈를 움켜쥔 손을 쳐든다. "안녕히 가세요."

나는 인사하고 황지은 씨를 지나쳐 현관으로 가서 신발을 신는다. 황지은 씨가 날 따라오더니 내 손에 주머니칼을 쥐여준다.

"이건 가져가야죠. 와이프한테, 깨지지, 않으려면."

그때, 황지은 씨 너머 바닥으로 기다란 그림자가 드리

운다. 해가 벌써 떨어졌나 하는 멍청한 생각은 이내 산산이 부서진다. 사람이 복도 끝에서 빠른 걸음으로 다가오고 있다. 정확히 말하면 좀비지만.

"어딜 보는 거예요?"

뒤를 돌아보려는 황지은 씨의 팔을 잡아 휙 당긴다. 황지은 씨가 "뭐 하는……" 하며 내 쪽으로 딸려온다. 그런 걸 일일이 설명할 여유가 없다. 황지은 씨를 거의 안다시피 해서 현관문을 열고 밖으로 뛰쳐나간다. 균형을 잡지 못한 황지은 씨가 넘어지지만 일단 현관문부터 닫고본다. 도어록만 잠기면……. 하지만 현관문이 쿵 닫히고곧이어 들려오는 소리는 '닫혔습니다' 하는 녹음된 목소리가 아니다. 더 큰 쿵 소리와 함께 현관문이 내 쪽으로 폭발하듯 튕겨져 나온다. 손목이 탁 꺾인다. 현관문에 맞아 뒤로 붕 날아가 땅바닥에 처박힌다.

당장 통증은 느끼지 못한다. 그저 어지러울 뿐이다. 어떻게든 균형을 잡으려 애쓰며 현관문 쪽을 확인한다. 덩치가 커다란 남자가 모처럼의 탈출에 낯설어하는 유인원처럼 이곳저곳을 둘러보고 있다. 기회라면 기회다. 달려가서 황지은 씨를 부축해 내 집 쪽으로 간다. 황지은 씨가 온몸을 덜덜 떨며 중얼댄다.

"안정제…… 안정제……."

"언제 마지막으로 투여했어요?"

"그게…… 몰라요…… 모르겠어요……. 하지만 괜찮았는데……."

"일단 수지 거라도 써보죠."

뒤에서 꽥, 하는 소리가 들려와 우리는 몸을 움찔한다. 나는 뒤를 돌아본다. 황지은 씨 남편은 잔뜩 난 화를 어디에 풀어야 할지 갈피를 못 잡는 것처럼 하늘에 대고 소리를 쳐댈 뿐이다. 하지만 그것도 잠깐이다. 나는 휴대폰과 차 키를 황지은 씨의 덜덜 떠는 손에 쥐여준다.

"어쩌라고요?"

"차에 타서 질병관리본부에 신고해요."

"안정제는요?"

"집에 있어요. 가지고 올게요."

"지금 혼자서 집에 들어가겠다는 거예요?"

또 꽥!

"이대로 둘 다 집까지 가다간 늦어요. 한 명이 차에서 유인을 하고 있어야……."

"그쪽이 해요!"

"안정제 찾을 수 있겠어요? 차에 타요."

황지은 씨를 차에 욱여넣다시피 하고 곧장 집으로 달린다. 다행히 황지은 씨 남편은 차 안에 있는 황지은 씨를 보고 그쪽으로 이동한다.

집 안으로 들어가 현관문이 닫히는 걸 확인한 뒤에야 부엌으로 달려간다. 안방을 힐끔 보니 수지는 고개를 옆으로 떨군 채 눈을 감고 있다. 안정제 탓이다. 뭔지 모를 슬픔에 고개를 돌린다. 싱크대 서랍을 열어 키트를 챙긴다.

현관문을 거의 들이받다시피 열어서 나가보니 황지

246

은 씨의 남편이 내 차의 보닛을 약에 취한 드러머처럼 두들겨대고 있다. 느닷없이 떠오른 연상은 역시나 수지와의 추억이다.

수지는 온라인 커뮤니티에서 웬만한 인디밴드보다 유명한 록 마니아였다. 주기적으로 새로 나온 음반에 대한 평을 소신 있게 기록했는데, 이름이 언급된 밴드 치고 음원 순위 상위권을 석권하지 못한 그룹이 없을 정도였다. 아예 새로 출시한 음반을 직접 수지한테 보내는 밴드도 있었다.

하루는 수지가 날 록 콘서트에 데려갔다. 나한테 음악이란 스트리밍 앱에서 그때그때 인공지능이 추천해 주는 대로 흘려듣는 것이었다. 직접 눈으로 본 음악은 충격 그 자체였다. 무대 위에서 약에 취한 것처럼 몸을 흐느적거리며 악을 쓰는 건 내가 알던 음악과는 거리가 멀었다.

콘서트 내내 수지는 조용했다. 꼭 뭔가를 필사적으로 견뎌내는 듯 보였다. 처음에는 남들처럼 악을 쓰고 싶은데 참는 건가 했지만 아니었다. 수지는 콘서트 도중 기절했다.

의사한테 콘서트 얘기를 했더니 의사는 어이 없다는 얼굴로 수지가 선천적인 면역력 결핍이 있다고 설명했다. 병명을 붙일 만큼은 아니어도 각별한 주의가 필요한데, 도대체 무슨 생각으로 그런 곳엘 갔느냐고 따져 묻는 듯했다. 나는 잠이 든 수지를 지켜보며 생각에 잠겼다. 수지는 그 밴드를 정말 좋아하는구나. 조용히 병실을 나가 다시 콘서트장으로 갔다. 그 일대를 한참을 돌아다니다 뒤풀이 중인 밴드를 발견하고 사정을 설명했다. 그들은 흔쾌히 부탁을 들어줬다. 아침이 되어 개운한 듯이 눈을 뜬 수지가 말똥말똥한 눈으로 날 쳐다봤다. 나는 수지한테 전날 받은 사인 앨범을 줬다. 수지는 어리둥절한 얼굴로 앨범 위에 적힌 사인과 응원 메시지를 보더니 날 와락 껴안아 줬다.

그때, 황지은 씨의 남편이 내 차의 보닛 위로 올라가려다 발을 헛딛고 넘어진다. 나는 주사기에 적정량보다 많은 약을 담아 바닥에 쓰러져 허우적거리는 황지은 씨 남편한테 다가간 다음 튜브를 찾아 주입한다. 이제 다 끝났다 싶은 순간 황지은 씨의 남편이 내 팔을 턱 붙잡는다. 안 그래도 현관문에 맞아 부어오르기 시작한 손목이 불에 덴 것처럼 뜨겁다. 악, 소리가 튀어나온다. 황지은 씨 남편이 최후의 저항이라도 하듯 감겨가는 눈으로 날 보며 한 손을 뻗어 내 목을 움켜쥔다.

나는 켁켁대며 주머니에서 주머니칼을 꺼낸다. 칼날이 튀어나오는 반동을 느끼며 그대로 황지은 씨 남편의 얼굴에 꽂는다.

차에 오르자 이불을 뒤집어쓴 것처럼 머리카락 속에 숨어 울던 황지은 씨의 어깨가 움찔한다.

"미안합니다."

황지은 씨는 울음을 삼키느라 끅끅댈 뿐 고개를 들지

않는다.

"언제 온대요?"

여전히 대답이 없다. 나는 주변을 살펴 내 휴대폰을
찾아낸 후 질병관리본부에 전화해 상황을 설명한다.

통화를 마치자 황지은 씨가 중얼거린다.

"그쪽이 죽었어……."

"죽이진 않았어요. 그냥 잠든 거지."

황지은 씨가 드디어 고개를 든다.

"칼로 찔렀잖아!"

"미안합니다. 하지만 죽진 않아요. 아시다시피 좀비
니까."

황지은 씨가 '좀비'라는 말에 스위치가 눌리기라도
한 양 느닷없이 악에 받친 고함을 쏟아낸다. 나는 놀라서
할 말을 잃고 멍청하게 황지은 씨를 쳐다본다. 황지은 씨
의 악은 멈출 줄 모르고 끝없이 이어진다. 결국 나는 차에
서 내린다. 닫힌 차 문 너머로 들려오는 황지은 씨의 고함
은 차츰 대성통곡으로, 흐느낌으로 바뀐다. 마침내 소리
가 들리지 않아 확인해 보니 움직임이 없다. 그제야 나도
다리에 힘이 풀려서 차체에 등을 기대고 그대로 주저앉아
버린다.

고개를 뒤로 젖히자 하늘이 보인다. 날씨가 좋다. 수
지가 좋아하는 날씨야…… 마지막으로 같이 산책한 게 대
체 언제지 하고 생각하다가 그냥 웃어버린다.

시간역행자들

거대한 조각 케이크 같은 우주선이 하늘의 적지 않은 부분을 가리고 있어 다행히 캠프의 시작은 최소한 선선한 느낌이다. 캠프에 참여한 당사자이자 캠프 내부의 이런저런 잡무를 도맡아 하는 나는 일단 스태프 신분증을 목에 걸고 광화문 광장을 빙 둘러싼 바리케이드 밖으로 나간다. 제2출입구 쪽으로 때맞춰 대형 버스가 다가오고 있다. 앞 유리에 붙은 명패의 이름을 휴대폰으로 대조해 보는데 누군가가 내 어깨를 톡톡 두드린다. 돌아보자 스태프 신분증을 목에 건 현대 씨가 손을 흔들어 인사한다.

"그쪽도 여기예요?"

현대 씨가 자신의 한쪽 겨드랑이 밑에 끼워진 것을 가리킨다. 현수막 같다. 현대 씨가 그것을 펼치자 '외계인과의'란 글자가 보인다. 현대 씨는 한쪽을 내게 건네곤 반대쪽을 잡고 출입구의 저쪽으로 간다. 그러자 캠프의 이름이 천천히 출입구를 장식한다.

'외계인과의 특별한 장애인 캠프'

괜히 또 픽 웃음을 흘린다. 회사의 작명이 촌스럽기는 유서가 깊으니 특기할 일은 아니다.

다시 길가로 나가 줄줄이 들어오는 버스들을 체크한다. 아름다운장애인보호시설 체크, 꿈같은장애인보호센터 체크, 우리모두의장애인작업센터 체크, 체크, 체크, 체크……. 끝없이 이어지는 버스의 행렬에 내심 놀라움을 느낀다. 이 많은 사람들은 도대체 어디에서 무엇을 하고 살아왔을까.

옆으로 다가온 현대 씨가 말하는 것이 보인다.

"드디어 오늘이네요."

나도 현대 씨한테 말한다. 손으로.

"그러게요."

오늘로써 이 지구에는 장애인이 사라질 것이다. 더 나아가서는 장애라는 개념 자체도 사라질 것이다. 물론 100 퍼센트는 아니다. 하지만 경우에 따라서는 그럴 수도 있다. 전적으로 우리의 선택에 달려 있다.

"마음은 굳혔어요?"

현대 씨의 물음에 나는 괜히 한번 광장 바깥을 보고는 다시 안쪽으로 고개를 돌린다. 여러 병명으로 불릴 뿐인 사람들이 버스에서 내리고 있다.

"그러고 보니 우리가 처음 만난 지도 1년이네요. 저기였죠?"

"이곳이 그리울 거예요. 특히 맥주가."

나는 웃는다.

"그거라면 어디에나 있지 않아요?"

"그건 그렇죠. 갈까요?"

현대 씨는 내가 처음 만난 외계인이다. 현대 씨는 뭐랄까, 문학적인 사람, 아니 문학적인 외계인이었다.

현대 씨가 탄 우주선이 서울 상공에 나타났을 때 아무도 그것을 외계의 침공이라거나 미지와의 조우 같은 것과 연결하는 사람은 없었다. 당시의 상황이 찍힌 영상을 봐도 그런 스펙터클과는 거리가 한참은 멀었다. 마치 두 개의 영상을 이어 붙인 것처럼 우주선은 없었다가, 생겨났다. 프레임 단위로 돌려봐도 마찬가지였다. 없다가, 있다가, 다시 없다가, 있다가. 그래서 사람들은 그것이 광화문광장의 홀로그램 장치를 이용한 이벤트 같은 거라고 생각했다. 공교롭게도, 현대코인이 그런 일을 잘하기로 역사가 깊었는데(얼마나 깊은가 하면 옛날에 현대카드일 때부터 그런 일을 했다), 개인적으로는 그런 걸 할 돈과 에너지로 포인트나 많이 줬으면 싶기는 했다. 현대코인이 또 허튼짓 한번 제대로 하는구나 싶었던 사람들은 그래도 재밌어 하며 상황을 SNS에 공유했다. 그런데 캐나다와 호주, 폴란드 같은 나라에서도 유사한 내용의 피드들이 공유되었고 점점 더 많은 나라의 사람들이 비슷한 사진과 영상을 온라인에 올렸다. 사실 비슷한 정도가 아니었다. 배경에 이순신 장군 동상이 보이는지 아닌지의 차이가 있을 뿐 하늘에 조각 케이크처럼 보이는 거대한 물체가 떠 있는 것은 완전히 똑같았다. 돈은 많고 할 일은 없는 누군가의(혹은 현대코인의) 거대한 사기극이 아니라면, 인간적으로 내릴 수 있는 합리적인 추론은 하나밖에 없었다.

외계인이 나타난 것이었다.

얼마 안 가 광화문 광장은 긴급 출동한 경찰과 군에

의해 봉쇄 조치되었다. 사람들은 그제야 그것이 현대코인의 이벤트가 아니라는 것을 깨닫고 패닉에 빠졌다. 회사에서 멍하니 SNS를 모니터링하고 있던 나는 사람들의 반응을 갈무리해 이것이 좌파의 선동과 관련이 있을지도 모른다는 견해를 달아 위에다 보고했다. 사실 그렇게 생각하는 건 아니었지만 주어진 일이 그런 거였다.

막 할 일을 마쳤을 때였다. 칸막이 너머에서 따가운 시선이 내게 집중되고 있다는 것을 뒤늦게 깨닫고 자리에서 벌떡 일어났다. 팀장이 어느새 내 옆에 서서 날 마치 감당하기 어려운 뭔가를 보듯이 쳐다보고 있었다. 팀장의 뒤에서 이 주임이 고개를 절레절레 흔드는 것이 보였다. 나는 그냥 기다렸다. 사람들은 소리가 들리지 않으면 자연히 초능력 수준의 눈치가 생길 거라고 지레짐작하는 경향이 있는데, 물론 그런 사람이 없는 건 아니지만 적어도 나는 아니었다. 나로서도 안타까운 일이 아닐 수 없었다.

팀장이 마침내 말했다. 팀장의 입이 말하길.

"아성 씨, 부장실로 가봐요."

설마 인턴더러 부장실에 가보라고 할 리는 없었지만 달리 떠올릴 만한 것도 없어서 나는 "부장실이요?" 하고 구화로 물었다. 내 구화는 완벽한 편은 아니었다. 팀장이 뭐라 말하려다 말고 그냥 고개를 끄덕였다.

부장실로 가는 길에 보이는 사람들은 하나같이 불안해 보였다. 물론 외계인이 서울 상공에 떠 있으니 그럴 만도 했다. 하지만 이 와중에 내가 왜 부장실로 호출되는 건지 도무지 이해가 안 됐다. 가보면 알겠지, 하고 느긋이 걸어갔다.

부장은 내가 말을 제대로 이해할 수 있게 입을 큼지막하게 움직여 말했다. 그래서 나는 부장의 말을 제대로 이해할 수 없었다. 물론 나의 구화 실력이 부족한 탓이었다. 내가 몇 번을 다시 물어보자 부장은 애써 사람 좋은 미소를 지으며 키보드 자판을 두들겼다. 모니터를 보니 이런 말이 쓰여 있었다.

'외계인 만나러 가 지금 당장.'

그렇게 된 거다. 나는 회사를 대표해, 대한민국을 대표해 외계인과 대면했다. 현대라는 이름의 외계인을. 물론 그 역할이 나에게 주어진 데에는 다 그럴 만한 이유가 있었지만.

우리가 처음 대화를 나눈 장소는 바리케이드를 세운 광화문 광장 가운데에 설치한 가건물의 회의실이었다. 놀랍게도 인간의 통신에 밝았던 외계인 측의 요청에 따라 나는 혼자서 회의실로 들어갔다. 어차피 각종 기능이 딸린 카메라가 회의실에 도배되어 있었고, 우리만 그런 것도 아니었다. 내가 알아볼 수 있는 최신형 기기들 옆에는 21세기 초 영화에서나 볼 법한 각지고 커다란 폐쇄회로 카메라가 달려 있었는데, 실제로 작동은 하는지 의심스러운 모양새였다. 그리고 문이 열리고 키가 큰…… 사람이 들어왔다. 그는 내가 앉은 테이블 맞은편에 앉더니 부자연스러운 동작으로 다리를 꼬며 말했다. 손으로 말이다.

"안녕하세요, 내 이름은 현대예요."

타인이 하는 수화를 보는 것은 정말이지 오랜만이어서 나는 입을 떡하니 벌리고 말았다. 외계인이 청각장애인도 쓸 일이 거의 없는 수화를 한다고? 심지어 현대라고? 나는 틀림없이 현대코인이 우리 회사를 이용해 역사에 남을 허튼짓을 하는 거라고 생각했다. 막말로 외계인과 처음 만나는 자리에 인턴을 내보낸다는 게 가당키나한가? 그것도 어중간한 구화 실력의 청각장애인을? 장난도 이런 장난이 없다. 하지만 부장까지 나서서 마련한 장난이라면 장단을 맞추는 것이 사회생활 아닐까? 입사했다고 덜컥 질러버린 최신형 완전 몰입 가상현실 캡슐의 할부가 58개월 남았는데. 내가 이런 생각을 하는 사이 현대라는 외계인이 한 손을 들어 뱅글뱅글 돌렸다. 나는 그 반짝이듯 도는 손에 주의를 빼앗겼다. 나도 모르게 양손을 들어 따라 하다가 불쑥 수화로 말했다.

"수화를 하시네요?"

현대 씨의 수화는 그의 큰 키만큼이나 시원시원했는데, 정상인 부모님 밑에서 자라며 거의 구화만을 쓰는 나보다 더 잘했다. 현대 씨는 말했다.

"수어요? 나도 놀랐어요. 우리 중에도 농인이 많아서 수어는 제2언어거든요. 나도 농인이고요."

"농인?"

현대 씨는 의아해했다.

"몰라요?"

"청각장애인을 말하는 건가요?"

"예……."

현대 씨는 어딘가 석연치 않다는 얼굴로 말을 이었다.

"아무튼, 정말 놀라운 일이에요. 사실 지금 이 모습은 진짜 모습이 아니고, 당연히 말하는 방식도 달라요. 그런데 우리가 수집한 지구의 정보에서 수어를 보는 순간 딱 느낌이 왔죠. 지구에도 농인이 있구나. 그러니까, 청각……장애인이요."

나는 신기하다는 반응을 했다. 그러면서 속으로는 이런 생각을 했다. 지금쯤 이 장면을 보고 있는 회사 사람들은 아주 뒤집어졌겠군. 갑자기 수화를 할 줄 아는 사람을 어떻게 섭외할 거야? 나 또한 수화를 잘한다고는 할 수 없었다. 문득 이 만남이 끝나면 영락없이 통역 일도 하겠구나 싶어서 조금 귀찮아졌다. 그리고 그제야 내가 지금 여기 있는 이유를 깨달았다. 현대 씨는 대뜸 이름을 물었다. 그래서 나는 답했다.

"아성."

그러자 현대 씨가 "아서" 하더니 말했다.

"아무래도 이건 운명인 것 같네요. 현대와 아서엉."

"아성. 아서엉이 아니라."

현대 씨는 약간 실망한 듯이 말했다.

"역시 현대는 조금 많이 갔나요? 포드는 어때요?"

내가 좀처럼 이해하지 못하자 이번에는 현대 씨가 어

깨를 툭 떨궜다.

"몰라요?《은하수를 여행하는 히치하이커를 위한 안내서》? 지구에서는 관련 기념일도 있을 정도로 인기라고 되어 있던데."

"어디에요?"

"은하대백과사전."

이대로 계속 끌려다니다간 정신이 어떻게 될 것 같아서 단호하게 말했다.

"지구에는 왜 왔나요?"

"아, 그거요. 별건 아니에요. 우리는 초광속으로 시간을 역행하며 은하의 생태계를 연구하는 중이에요. 그러다 지구가 멀쩡한 시간선이 있길래 찾아왔어요. 우리로선 정말 뜻밖의 발견이었죠."

"멀쩡한?"

"아, 별 뜻 아니니깐 신경 쓰지 마요. 아무튼, 그런 이유로 찾아온 거니 협조를 요청하는 거죠, 뭐."

"무슨 협조를 말하는 건지……."

"아, 간단한 것들이에요. 일단 주민등록번호부터 부여해 주시고요. 그리고 또……."

나는 말을 끊지 않을 수 없었다.

"무슨 번호요?"

현대 씨는 완전히 맥이 풀린 듯한 모습으로 물었다.

"저기…… 지금이 지구력으로 몇 년도죠?"

내가 대답하자 현대 씨가 한숨을 내뱉었다. 그러고는

혼잣말하듯 말했다.

"너무 빨리 왔네요. 아니, 너무 늦게 왔어요."

나는 그 말뜻을 너무 늦게 깨달았다. 아니, 어쩌면 너무 빨리 깨달았는지도.

사설이 길기는 했지만 그 후로는 거의 빛의 속도로 일이 진행되었다. 그리고 이러한 일이 세계 각국에서 동시다발로 일어났는데 확실히 우리나라의 경우가 해외 언론들에 곧잘 다뤄지곤 했다. 내가 기념 삼아 중고 거래를 통해 입수한 〈뉴요커〉지의 '외계인의 좌파 성향—그들은 왜 제3세계만을 찾았는가'라는 재미없는 1면을 넘기면 환경단체들의 만행을 규탄하는 광고 아래에 내가 했던 인터뷰 요약본이 실려 있다. 사실 영어를 기막히게 잘하지도 못하고 주목받는 것을 좋아하지 않아 거절하고 싶었지만, 회사의 압박에 못 이겨 결국 서면 인터뷰에 응했었다. 모르는 부분은 번역기를 돌려 답변했는데, 이렇게 요약본이 올라올 줄 알았다면 좀 더 대충해도 됐을 텐데 하는 아쉬움이 들기는 하다. 물론 중요한 건 아니다.

나는 외계인과의 조우 이후에 SNS나 들여다보는 예전의 한가한 생활로 돌아갈 수 없었다. 왜냐하면 계속 현대 씨와 곳곳을 돌아다니며 협조해야 했기 때문이다. 첫 외근 준비를 하며 나는 생태 관광 명소로 유명한 곳들을 알아두었다. 그것이 외계인들이 말한 연구에 도움이 되지 않을까 했던 것이다. 그러나 현대 씨는 날 보자마자 대뜸

261

호프집부터 가자고 했다. 결국 낮에도 여는 작은 호프집으로 가서 대낮부터 술을 마셨다. 나는 말했다.

"이것도 그 백과사전에 나오는 건가요?"

500cc 맥주잔을 들고 벌컥벌컥 들이켜던 현대 씨가 역시나 실망한 기색으로 말했다.

"아직 안 봤어요?"

첫 만남을 마무리할 때, 현대 씨가 간청이라도 하듯 《은하수를 여행하는 히치하이커를 위한 안내서》를 읽어보라고 했던 것이 떠올랐다. 찾아보기는 했다. 안내서라고 해서 소책자 같은 것을 상상했던 나는 그 분량에 질려 결국 읽기를 포기하고 말았다. 나는 사과했다.

"아니에요. 내가 이상하죠. 외계의 가상 인물 흉내나 내고. 신경 쓰지 마요."

"하지만 중요해 보이는걸요."

"그래요?"

"조금이라도 읽어볼게요."

"그래요. 도움이 될 거예요."

내가 무슨 도움? 하듯 쳐다봤지만 현대 씨는 이미 맥주잔을 기울이고 있었다. 그대로 잔을 비워버린 현대 씨의 맥주잔을 보고 내가 얼른 구화로 맥주를 시키고는 말했다.

"전달받은 목록 저도 봤어요. 그런데……."

"그런데?"

"그런 사람들을 보고 싶은 이유가 있을까요?"

외계인 측에서 요청한 협조에 우리는 순순히 응했다. 물론 주민등록번호라고 하는 오래된 증명서도 만들어주었다. 그러한 위변조는 우리 회사의 소관이나 마찬가지여서 특별히 어렵지도 않았다. 특별히 어려운 일은 따로 있었다. 어렵다기보단 이해하기가 쉽지 않다고 해야 할 것이다. 외계인 측에서는 은하의 생태계를 조사하는 일의 일환으로 지구에 사는 생물의 표본 집단을 직접 만나 인터뷰하기를 원했는데, 그 목록에 조금 특이한 구석이 있었다. 동식물이 포함된 것도 희한했지만(뭐 의사소통이 가능한 기술이 있겠거니 하고 넘어갈 수 있는 문제였다) 사람 목록을 보고선 다들 고개를 갸웃거렸다.

농인(청각장애인), 맹인(시각장애인), 아인(언어장애인)…… 친절하게 괄호까지 쳐서 지목한 부류들은 모두 장애인이었다. 물론 생태계 전반을 조사해야 하니 예외적인 개체를 포함할 수는 있었다. 하지만 목록 전체를 봐도 그 비중이 예외적이라고 보기는 어려웠다. 비중으로만 치면 장애가 없는 사람이야말로 예외적으로 다루어졌다. 장애인인 내가 봐도 그렇게 느껴졌다. 과연 이 목록이 의미하는 바가 무엇인지가 현재 회사에서 가장 뜨거운 감자였다.

내 말을 보면서도 현대 씨는 맥주를 마시느라 여념이 없었다. 낮술이 꼭 해야만 하는 일처럼 보였다. 부디 외계인이 알코올에 강하기를 바라며 말을 끝맺었다.

"그래서 위에서는 지금 머리가 조금 아픈 모양이에요."

현대 씨가 느닷없이 콧방귀 같은 것을 뀌어서 약간 불안했다. 이제는 심지어 술에 취한 외계인 뒤치다꺼리까지 해야 하나? 나는 괜히 맥주를 벌컥벌컥 들이켰다. 그리고 맥주잔을 탁 울리게 내려놓았을 때 현대 씨가 해주는 말을 보면서 나는 다른 사람들이 우리가 하는 말을 보지 못한다는 사실에 안도할 수밖에 없었다.

나는 인터넷에서 다시 《은하수를 여행하는 히치하이커를 위한 안내서》를 찾아보았다. 줄거리 요약을 찾아볼까 하다가 왠지 오기가 생겨 책을 다운받아 그 자리에서 읽기 시작했다. 포드 프리펙트라는 외계인이 인간 친구인 아서 덴트를 데리고 대낮부터 술집에 가서 맥주를 마시는 장면을 읽고 있자니 기분이 묘했다. 소설 속 포드는 아서에게 진실을 털어놓았다. 얼마 후 지구가 흔적도 없이 사라질 거라고. 은하계 차원에서 우주에 고속도로 같은 것을 만들어야 하는데 하필이면 지구가 예상 경로 내에 있었다. 결국 지구는 사라지고 아서는 포드의 도움으로 근처를 지나가는 우주선에 히치하이크한다.

나는 책을 껐다. 어쩌면 지금쯤 지구 곳곳에서 그 나라의 자동차 브랜드명을 이름으로 삼은 외계인들이 나 같은 사람들에게 오래된 코미디 소설을 가지고 장난을 치고 있을 거라 생각하니 머리가 지끈거렸다. 숙취가 꽤 심했다. 그래서 휴대폰을 내려놓고 잠을 청했는데, 꿈속에서 현대 씨가 내게 하는 말이 보였다.

"지구는 곧 사라질 거예요. 물론 흔적은 남겠지만 그걸 알 수 있는 생물은 없을 테니 흔적도 없이 사라지는 거나 마찬가지예요. 안 그래요?"

아서엉. 현대 씨가 날 부르며 쫓아다녔는데 눈을 감아도 소용없이 그의 말이 보였다. 결국 밤새도록 외계인한테 시달리다가 초췌한 몰골로 회사에 출근했다. 불행하게도 외계인 전담 팀 회의가 첫 스케줄이었다. 사람들은 현대 씨의 말이 도대체 어떤 의미인지를 두고 설왕설래했다. 반쯤은 여전히 꿈나라에 있는 정신으로 어떻게든 회의 내용을 따라가기 위해 시선을 이 입에서 저 입으로 옮겼다. 눈알이 빠질 것 같았다. 눈물을 찔끔찔끔 흘리고 있는 내게 부장이 말했다.

"저 친구 아주 눈에서 불꽃이 튀는군. 다들 저 친구 좀 보고 배워. 저런 친구도 저렇게 열심인데, 다들 사지육신 멀쩡해서 한다는 소리가 겨우 그거야? 부끄러운 줄 알아야지."

감사한 말이었지만 왜인지 부장은 내 의견은 묻지 않았다. 회의는 흐지부지하다가 점심으로 뭘 먹을지를 이야기하며 끝났다. 나는 요 앞에 새로 생긴 이탈리안 레스토랑을 추천하고 싶었지만 역시나 나에게 발언권은 없었다. 물론 특이한 일은 아니었다.

그날 내게 오래된 소설에 대해 이야기할 기회가 있었다면 이후의 상황이 조금은 달라졌을까?

모를 일이다.

현대 씨는 내가 조사한 생태관광 명소에는 별 관심이 없었다. 그래서 우리는 또 호프집으로 가서 대낮부터 맥주를 마셨다. 이제는 어느 정도 익숙해진 내가 농담하듯 말했다.

"그래서 우주 고속도로라도 생겨요?"

현대 씨가 처음 보는 환한 얼굴로 날 보았다. 지금 이 모습은 분명 외교용 가면일 테고, 진짜 모습도 지금 저렇게 환하게 웃을까 하고 잠깐 궁금해졌다.

"에이, 그런 걸 뭐 하려요."

"그럼요? 시간을 역행한다고 했죠. 그럼 지구의 미래에 대해 알아요? 제3차 세계대전이라도 일어나요? 그래서 싹 다 죽어 없어지기 전에 표본이나마 수집하려고 온 거예요? 그러고 보니까 '멀쩡한' 지구를 발견했다고 했잖아요."

현대 씨는 대답 대신 맥주만 길게 마셨다. 다 마시고 나면 또 엄청난 얘기를 하지 않을까 해서 나도 긴장한 채 오랫동안 맥주를 들이켰다. 현대 씨가 꺼낸 말은 엄청났다. 그러나 내가 생각한 방향은 아니었다.

"그 소설은 잊어버려요. 술이 과해서 헛소리했다고 치고. 사실은 없애주려고 그래요."

"뭘요?"

현대 씨는 어딘가 굉장히 불편해 보였다.

"······장애요."

현대 씨가 주저리주저리 늘어놓은 이야기는 매우 충격적이었다. 은하계 차원의 유전자 데이터베이스를 구축

한 그들은 유성 생식에 따른 유전자 풀의 다채로운 발현과 돌연변이의 발생을 구분하는 방법을 찾아냈다. 그래서 이론적으로는 장애를 예방할 수 있다고 했다. 다만, 어디까지나 방법론이고, 지구의 생명체를 대상으로 기술을 적용하기 위해서는 지구의 생명체에 맞는 고유의 연산자를 먼저 찾아야 하는데, 그걸 위해 최대한 다양한 유형의 생물체, 특히 돌연변이 유전자를 보유한 대조군을 확보하는 것이 필요하다는 것이었다.

중간중간 이해하기 어려운 개념이나 말이 섞여 있다 보니 조금 헤매기는 했지만 결론은 명확했다. 외계의 기술로 장애를 없앨 수 있다는 것. 그걸 위한 목록이었다니 이제 납득이 갔다. 현대 씨의 말에 의아한 구석이 없지는 않았지만 내가 수화, 아니 현대 씨가 강조하는 대로 수어를 제대로 이해하지 못한 탓이라고 생각했다. 어느 정도는 습관적인 생각이었지만 사실이 그랬다.

나는 조금 들떠서 말했다.

"그걸 왜 이제 말해요."

"그래야겠더라고요."

"그럼 혹시 예방이 아닌 치료도 가능한가요?"

"치료……하고 싶어요?"

"생각해 본 적은 없지만 아마 그렇지 않을까요?"

"왜 그렇게 생각하는데요?"

"글쎄요. 그게 맞으니까?"

내 말을 본 현대 씨가 옅게 미소 지었다. 어쩐지 씁쓸해 보이는 미소였다.

나는 뿌듯한 마음으로 현대 씨의 말을 회사에 보고했
다. 당연히 뜨거운 반응이 쏟아졌다. 회사의 보고를 받은
정부는 최초로 그 사실을 발표하기를 원했다. 긴급 성명이
발표되었고, 시민들은 환호했다. 일부 장애인 단체에서는
자신들의 존재를 부정하는 일이라며 반대 성명을 내기도
했지만 나처럼 관련 사항을 찾아보지 않는 한은 모를 만
큼 관심받지 못했고, 대체로 모든 것이 순조롭게 흘러갔
다. 나에게도 사원들의 이목이 쏠렸는데 그리 새로운 일
은 아니었다.

현대 씨가 말한 대로, 지구의 생물체를 위한 고유의
연산자를 찾기 위해 각양각색의 동식물과 사람들이 외계
인의 요청으로 지어진 임시 시설에 찾아와 일련의 과정을
거쳤다. 나도 예외는 아니었다. 현대 씨는 하루 종일 내
곁에서 떨어질 줄을 몰랐다.

"그쪽은 일 안 해요?"

내가 장난스레 묻자 현대 씨는 웃었다.

"이게 내 일이에요."

우리는 어김없이 근처 호프집으로 갔다.

"근데요." 내가 말했다. "그쪽도 청각…… 그러니까 농
인이라고 하지 않았어요?"

현대 씨가 당황한 기색을 보였다. 진짜 사람 같았다.
하지만 그가 당황할 일이 뭘까.

268

"그랬……지요."

"근데 왜 치료하지 않았어요?"

현대 씨는 잠시 날 빤히 보더니 말했다.

"내가 알고 있는 지구는 말이죠, 지금 우리가 있는 이 지구와는 조금 달라요."

"《은하수를 여행하는 히치하이커를 위한 안내서》가 유명한 옛날이죠."

현대 씨가 풋 하고 웃었다.

"그것도 그렇지만, 그곳에서는 장애를 조금 다른 관점에서 봐요." 현대 씨가 어떻게 설명하면 좋을지 고민하다가 말을 이었다. "아성 씨는 본인을 왜 청각장애인이라고 생각해요?"

"듣지 못하니까."

"그래서요?"

나는 생각했다.

"사람들과 소통하는 데 어려움이 있어서?"

"그럼 그 어려움이 없어지면요? 듣게 되지 않더라도. 그러면 더는 장애인이 아닌 게 되나요?"

"그렇게…… 되려나요?"

"그럼 이미 아성 씨는 장애인이 아니지 않나요? 구화를 써서 사람들과 소통하니까요."

할 말이 없었다. 생각해 보면 당연한데, 그냥 나는 이 세상이 내게 부여한 대로 '장애인'이라는 꼬리표를 단 채 살아왔다.

하지만 현대 씨 말대로 내가 더는 장애인이 아니라고 치자. 뭐가 어떻게 달라지는 걸까? 여전히 나는 소리를 듣지 못한다. 어설픈 구화를 사용한다. 나는 여전히 나다. 달라질 것은 없다고 생각했다. 현대 씨가 그런 내 얼굴을 가리켰다.

"바로 그거예요. 사회적으로 장애인이건 아니건, 아성 씨라는 사람은 달라지지 않아요. 다른 청인, 그러니까 소리가 들리는 사람들과 달리 소리와는 관계가 없지만, 그렇다고 우리처럼 수어를 쓰지 않는 아성 씨는 그저 농인이라는 말로는 설명이 부족한 유일한, 아성 씨 그 자체로 존재하는 거죠. 그렇게 생각하면 구태여 장애라는 개념이 필요 없지 않나요?"

"하지만 그건 너무 뜬구름 잡는 소리 같은데요. 저야 그렇다 치고, 당장 하루하루가 고통인 장애인과 그 주변인들은요? 그 사람들한테도 똑같이 말할 수 있어요? 당신들은 그냥 당신들일 뿐이다?"

"그 고통을 없애줄 수 있다면요. 그 사람들이 살아온 인생 자체를 잘못된 것으로 만들어버리는 식이 아니라."

"그건 일부 장애인 단체의 의견일 뿐……."

문득 주변의 시선을 의식한 나는 내가 너무 흥분했다는 걸 깨닫고 진정하기 위해 식어버린 맥주를 들이켰다. 그러고는 사장님을 향해 손을 휘젓고는 다시 구화로 맥주를 주문했다.

"좋아요. 어차피 여기서 결론 내릴 문제는 아니니까.

내가 묻고 싶은 건요, 그렇게 생각하는 사람이 왜 지금 여기서 이러고 있느냐는 거예요. 뭐, 이 지구에 사는 장애인들은 그들이 살아온 인생을 잘못된 걸로 만들어도 된다, 이거예요?"

"아니, 그게 아니라……."

현대 씨는 제 발등을 찍고 싶어 했다.

"결국 내가 내 무덤 팠네요. 뭐, 어차피 말하려고 했어요. 예상했던 타이밍은 아니지만."

그래서 알게 된 진실에 나 역시 내 발등을 찍고 싶었다.

현대 씨가 하는 말을 대체 어디까지 믿어야 할지 솔직히 나도 모르겠다. 너무나도 엄청난 이야기이기 때문이다.

현대 씨는 외계인이 아니었다. 당연히 그가 타고 있던 우주선도 외계에서 온 것이 아니었다. 미래의 지구에서 차원을 넘어온 타임머신이었다. 즉, 현대 씨는 미래에서 온 우리의 후손이었다.

현대 씨네 시대에는 실제로 장애를 치료할 수 있었다. 장애만이 아니라 유전자 단위에서 해롭다고 여겨지는 돌연변이를 거의 완벽하게 통제할 수 있었다. 그가 앞서 말했듯이 말이다.

다만, 일부 사람들은 반대로 유전자를 조작해 장애를 선택했다. 물론 현대 씨의 표현을 빌리면 그것은 일종의 개성을 획득하는 일이겠지만.

현대 씨 같은 부류의 사람들은 당연히 많지 않았다.

적다는 표현도 부족할 만큼 거의 없었다. 그리고 아마도 그 때문에 미래의 사람들은 신종 감염병을 견디지 못했다.

글쎄, 단순히 장애를 없애는 정도로 그런 일이 벌어졌 다고 생각하기는 어렵다. 하지만 인간은 원래 갈 데까지 가는 동물 아닌가. 손에 넣은 기술로 과연 어떤 일까지 했 을지 상상하기란 쉽지 않다. 디스토피아 영화에 나오는 것처럼 기술로 통제한 것이 단순히 '장애'가 다가 아니라 면? 개성 그 자체라면? 유전적으로 근친상간의 결과와 다 를 것이 없는 미래의 사람들이 전염병 때문에 몰살당했다 는 이야기는 마냥 허황된 것 같지만은 않다.

결국 현대 씨 무리는 타임머신을 타고 미래의 지옥에 서 벗어났다. 가능하면 잘못을 바로잡고 싶었다. 그들은 이 모든 일의 발단이 돌연변이에 대한, 장애에 대한 혐오 적 인식 그 자체에서 비롯되었다고 봤다. 그래서 그들은 장애에 대한 인식이 개선될 여지가 가장 높을 것으로 기 대되는 21세기 초반의 지구로 갔다. 하지만 나를 비롯한 다른 사람들과 대화를 나누며 그들은 시간 역행에 오류가 있었다는 것을 깨달았다. 너무 빨랐다. 아니, 너무 늦었 다. 지금 이 지구도 가망이 없었다.

현대 씨 무리에서는 서둘러 재도약을 하자는 의견이 지배적이었다고 한다. 하지만 현대 씨와 일부 사람들은 이곳에서, 여기 사는 사람들에게서 자신들을 발견했고, 그래서 원하는 사람은 자신들과 함께 시간을 역행할 수 있도록 했다.

'외계인과의 특별한 장애인 캠프'를 통해서 말이다.

첫 번째 표본 집단을 통해 고유한 연산자를 찾아낸(사실 이미 알고 있는 연산자에 약간의 4차원적 보정을 가하는 정도에 불과했다고 한다) 현대 씨네는 자기들이 직접 보고 느낀 사회적 인식을 바탕으로 아주 매혹적으로 느낄 수밖에 없는 제안을 내어놓았다. 장애를 없애주겠다. 그리고 장애인 돌봄 서비스를 제공하겠다. 실제로 정부는 제안에 매혹당했다. 기존 시설 운영자들과의 이해관계가 걸림돌이 되기는 했지만 충분히 감내할 만한 제안이었고, 결국 회사에서는 일단은 적당히 캠프 정도에서 시작하고 뒷수습은 다른 방법을 찾기로 했다. 이 같은 내용을 듣고 현대 씨는 쓴웃음을 지었다.

"눈앞에서 치울 수만 있다면 뭔들 안 하겠어요."

광화문 광장에 마련된 캠프장에서 나를 비롯한 무수히 많은 장애인들이 모여 현대 씨의 이야기를 보고 듣고 느낀다. 모두가 이야기를 이해하는 것은 아니다. 이해하더라도 동의하지는 않는다. 누군가는 다 필요 없으니까 치료해달라고 주장한다. 그 사람은 또 다른 스태프와 함께 한쪽에 마련된 공간으로 간다. 그는 이제 장애인이 아니게 될 것이다. 현대 씨는 아마도 이렇게 말하지 않을까. 그는 더이상 그조차 아니게 되는 거라고. 문자 그대로 새로운 존재로 살아가게 되는 거라고. 그것도 나쁘지는 않을지도.

모두가 선택을 한다. 각자 저마다의 기준으로 혹은 느

낌대로 자기만의 길을 나아간다. 스태프들은 그저 도울 뿐이다.

어느덧 나에게도 선택의 순간이 온다. 여전히 망설이고 있는 내 곁으로 현대 씨가 다가온다. 우리는 그저 서로를 바라볼 뿐이다. 어떤 의미도 담지 않은 얼굴로. 그러다가 불쑥 현대 씨가 말한다.

"배고프지 않아요?"

"배고파요."

"그럼 먹고 결정해요. 다 먹고 살자고 하는 일인데."

그래서 우리는 일단 식당으로 간다. 가는 길에 내가 몸을 틀어 묻는다.

"그런데 《은하수를 여행하는 히치하이커를 위한 안내서》요, 주인공은 결국 어떻게 돼요?"

"죽어요."

"그게 뭐야."

"어차피 생물은 결국 죽어요. 안 그래요? 중요한 건 상태가 아니에요. 상황이지."

나는 웃는다. 동의하지 않는 것은 아니다. 그렇다면 지금의 나는 어떤 상황이지?

일단은 배가 고프다.

그래서 식당으로 가는 발걸음의 속도를 높인다.

경계선, 인격, 장애

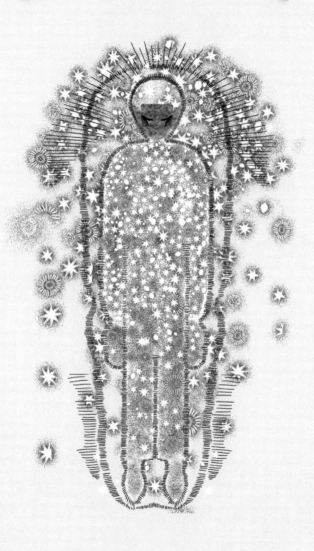

"관계가 어떻게 되시죠?"

제복을 입은 경찰관이 피곤에 전 얼굴로 나를 쳐다본다. 입을 열어보지만, 대답이 나오지는 않는다. 이 상황이 낯설어서? 그건 아니다. 변호인의 신분까지는 아니어도 최소한 도움이 필요한 '아이'들의 이야기를 한 번이라도 더 들어주기 위해 '대리인'이라는 다소 주제넘은 호칭을 들먹이며 이곳을 찾은 것이 몇 번인지 헤아리려면 앞에 보이는 컴퓨터의 데이터베이스를 뒤져보아야만 정확히 알 수 있을 정도다. 그런데도 마치 이곳, 제복을 입은 사람보다 입지 않은 형사가 더 많은 경찰서에 처음 와보는 사람처럼 넋이 나가서 간단한 질문에조차 답하지 못하는 이유는…… 아마도 그 '아이' 때문일 것이다. 지금 저 복도 어딘가(적어도 앞에 있는 경찰관보다 더 상세히 누군가에게 길 안내를 할 수 있을 것이다)에 있는 좁은 진술실 안에서 홀로 떨고 있을 그 '아이' 때문이다.

그런 '아이'를……. 나는 입술을 지그시 깨물며 몸을 돌리지 않기 위해 안간힘을 쓴다. 휴대폰으로 명함을 불러와 경찰관에게 보여준다.

"로봇권행동 위드알 대표 엄지원입니다."

경찰관은 몇 번이고 휴대폰 화면을 확인하며 공들여 뭔가를 입력한 뒤에야 자리에서 일어나 안으로 나를 안내

277

한다. 복도를 걸으며, 처음 이곳에 왔을 때의 느낌—모든 것이 낯설고, 그래서 두려운 감정에 귀가 먹먹해지는—을 애써 외면하고 경찰관을 따라 '아이'가 있는 진술실로 간다. 경찰관이 문을 열어주려고 해서 나는 손을 든다.

"제가 해도 될까요?"

경찰관은 약간 당황한 듯 머뭇거리다 고개를 숙이고는 크게 한 걸음 물러서서 뒷짐을 지고 정면보다 살짝 높은 어딘가를 바라본다. 그러면 자신이 더는 존재하지 않게 된다는 듯이.

진술실 앞에 서서 괜히 자세를 바로잡고는 문을 열고 들어간다. 우선은 '아이'가 불필요하게 과도한 결박을 받고 있지는 않은지부터 살핀다. 어디까지나 습관이다. 최근 몇 년간 과거 같은 비상식적인 행태—차마 말로 옮길 수조차 없는 일—는 다행히도 많이 줄었다. 하지만 안도도 잠시, 인기척에 고개를 드는 '아이'의 동그랗고 말간 얼굴을 보자 나는 그만 숨을 참고 만다. '아이'가 '말한다'.

✳

'아이'는 말을 하지 않았다.

인간의 모습을 하고 있되 불완전한, 그러니까…… 굳이 완곡하게 돌려서 말하자면, 태풍으로 그 일부가 처참히 뜯겨 나간 건물을 연상시키는 모습으로 앉아 있는 '아이'를, 나는 감히 서서 내려다볼 자신이 없었다. 주저앉듯

278

무릎 꿇고서 '아이'를 올려다봤다. '아이'의 얼굴만큼은, 온전했다. 마치 그것이 '아이'의 존재 이유라는 듯. '아이'를 보며 이전의 '아이'들을 떠올리지 않을 수 없었다. 이곳 위드알에서 함께했던 '아이'들을('아이'들이라고 해서 모두가 이 '아이'처럼 미성년자 인간의 모습을 한 건 아니지만, 로봇의 평균 수명을 고려하면 어쨌든 아주 틀린 말은 아니었다).

권리를 보장받지 못한 지구상의 모든 것이 그러하듯 '아이'들의 삶은 일일이 열거하는 것이 과연 가능하기나 할까 싶을 만큼 다양하면서도 하나같이 끔찍했다. 보고 있노라면 환멸이 들 지경이라 가끔은 이 일을 하는 나 자신을 죽여버리고 싶을 때도 있었다. 아닌 게 아니라 위드알은 전 직원을 대상으로 무상 정신과 진료를 제공했고 (대표인 나도 예외는 아니다), 같은 이유로 직원들은 끊임없이 퇴사했다. 그런 일에 어느 정도 면역이 생긴 직원(신입들이 반사회적 인격 장애를 지칭하는 다양한 이름으로 부르곤 하는)은 몇 안 되는데, 위드알은 전적으로 그들에 의해 굴러간다고 해도 과언이 아닐 터였다.

"안녕."

자꾸만 떠오르는 아픈 기억을 뒤로하고, 내가 말했다. 굳이 낮은 목소리로 천천히. '아이'가 한순간에 사라져 버리기라도 할 것 같은 두려움을 안고서. 나에게 있어 앞에 있는 존재는 인간의 필요에 의해 설계된 상품이 아니었다. 그저 나와 같은, 또 다른 존재였다.

죽어도 소리를 낼 것 같지 않은 '아이'와 나, 그리고 성

경 씨와 세종 씨가 함께 있다고는 도저히 생각할 수 없을
만큼 사무실은 고요했다. 성경 씨가 특유의 성미를 못 이
기고 말했다.

"이름이 뭐야?"

'아이'가 이번에는 성경 씨 쪽으로 고개를 돌렸다. 하
지만 그뿐이었다. 마치 움직이는 물체에 반응해 움직이는
폐쇄회로 카메라 같은 동작이 조금은 섬뜩한 느낌을 주었
다. 고전 SF 영화에서 나오는 인공지능 로봇을 볼 때나 느
낄 법한 것이었다. 그때, 뒤에서 세종 씨가 혼잣말하듯 중
얼거렸다.

"말을 못 하는 게 아닐까요?"

내가 되물었다.

"고장?"

세종 씨는 정말 혼잣말을 하다 놀란 것처럼 움찔하고
는 목을 가다듬었다.

"에, 그러니까, 말을 안 하는 게 아니라 못 하는 게 아
닐까……."

옆에서 성경 씨가 반박했다.

"그건 아니야. 애 데려온 쪽이 검사해 봤는데, 소프트
웨어는 이상 없댔어."

"그래요? 그럼 못 하는 게 아니라 안 하는 거네. 말하
는 기능이 없는 거죠."

평소에도 곧잘 실없는 소리를 잘하는 세종 씨의 말에
늘 그렇듯 성경 씨가 반응했다.

"그게 무슨 개소리야."

"물론 말이 안 되죠. 안 되는데, 또 안 되는 게 되는 곳이 이쪽이니까."

세종 씨 말에 순간적으로 혐오스럽기 짝이 없는 상상이 떠올라 눈을 질끈 감고 고개를 가로저었다. 나도 모르게 추궁이라도 하듯 말했다.

"뒷받침할 근거 있어요?"

"아…… 잠시만요."

세종 씨가 밖으로 나갔다. 자기 말을 뒷받침하기 위한 무언가를 가지러 간 거였다. 나는 조급한 마음으로 다시 '아이'와 눈을 맞추고 말했다.

"말을 할 수 없니?"

'아이'가 역시나 내 목소리에 반응해 고개를 돌렸고, 나는 어떤 전율에 마른침을 삼켰다. '아이'는 내게 '말했다'. 그러니까, 고개를 끄덕여 말했다. 나는 말을 하지 못해요. 어떤 충격이 가슴을 때린 듯 말문이 막혀서 나까지 말을 잃은 것처럼 입만 뻐끔거렸다.

곧이어 커다란 가방을 양손에 들고 돌아온 세종 씨가 뭔가를 '아이'의 몸 이곳저곳에 붙였다. 그 모습을 삐딱하게 서서 보던 성경 씨가 말했다.

"정말 이대로 해도 되는 거야? 저렇게…… 눈 뜬 채로?"

"에이, 절 뭐로 보시고. 저도 여기 생활 이제 3년 차예요."

"그러니까."

"자, 자." 저 두 사람 사이에서 일을 진행하는 것이 대표인 나의 또 다른 업무였다. "세종 씨, 얼마나 걸려요?"

"어, 한 3분 정도? 얼마 안 걸려요. 그냥 실행 중인 프로세스 훑는 거라고 생각하시면 돼요. 뭐, 누구는 그거 확인하기 위해 PC를 셧다운까지 하는 모양이지만."

"이게……."

손을 들어 둘을 저지했다. 작업이 시작되자 세종 씨 장비의 디스플레이에서 뭔가가 쉴 새 없이 바뀌었다. 한쪽 구석에 진행 정도가 표시되어 있어 우리는 모두('아이'까지도) 그곳만 쳐다보았다. 얼마 안 가 작업이 끝났다. 세종 씨가 "잠깐만요" 하고 결과를 훑어보는 동안 나는 '아이' 옆에 앉아 '아이'의 하나뿐인 손을 잡고 있었다. 물론 그것은 '아이'를 위한 것이라고는 할 수 없었다. 순전히 날 위한 행동에 불과했다. 그렇더라도 그 순간에 달리 할 수 있는 것은 아무것도 없었다.

"진짜네." 세종 씨가 얼빠진 얼굴로 우리를 보았다. "정말 없어요. 기능뿐 아니라 관련 장치가 아예 없어요."

곧바로 성경 씨가 말했다.

"시발 좆 같은 새끼들."

"여기가 내 집이야."

나는 집 현관문을 열다가 뒤를 돌아보았다. '아이'가 그야말로 쥐 죽은 듯 서서 날 보고 있었다. 나는 문을 뒤에 두고 '아이'한테로 가서 '아이'의 믿을 수 없을 정도로 혹은 믿고 싶지 않을 만큼 부드럽고 따뜻한 손을 잡았다.

"그리 오래 걸리지는 않을 거야. 세종 씨가 덤벙거리기는 해도 성실한 사람이거든. 알았지?"

'아이'에게 말할 수 있는 능력을 주는 것은 우리 능력 밖의 일이었다. 하지만 세종 씨는 늘 그렇듯 간단하게 대안을 제시했다. 나는 물론 성경 씨도 찬성했고, 곧바로 제작에 들어갔다. 아마 일주일은 걸릴 거라고 했다.

"일단은 그 팔부터 어떻게 하자." 우지끈 부러진 나뭇가지 같은 '아이'의 팔을 보지 않으려 서둘러 돌아서서 문을 열었다. "나도 이 일 하면서 배운 게 꽤 있어." 그러고는 '아이'를 보며 익살스러운 미소를 보였다. "가령, 휴대폰으로 현관문 여는 방법이라든가."

웃으라고 한 말인데 너무 고차원이었나 싶은 마음이 들 즈음 '아이'가 실낱 같은 웃음을 보여 오히려 당황하고 말았다. 과연 정말로 우스워서 그런 것인지, 아니면 순전히 날 위해 웃어주는 것인지 따위가 궁금해졌고, 그러고 나니 괜히 또 회의감이 몰려드는 기분이었다. 도대체 이게 다 무슨 소용인가 하는 생각은 그리 새삼스럽지도 않을 만큼 요즘 들어 자주 하는 것이었다. 그럴 때마다 할 수 있는 거라고는 하나뿐이었다. 모른 척하기.

"들어가자."

들어가자마자 집 안 곳곳을 살폈다. 평소보다 퇴근이 늦은 것에 보복을 하기 위해 어딘가에 숨어 있을 우리 집 꼬맹이를 찾기 위해서였다. 아이는 횟수를 거듭할수록 나날이 기상천외한 방법으로 날 놀라게 했다. 지난번에는 자는 척 자기 침대에 인형을 넣어놓고 내 방 옷장에서 튀어나와 나도 모르게 우악, 소리를 지르게 했다. 그러니까 이번에는 내 방에 없을 터였다. 아이는 무언가를 두 번 연속 하는 법이 없었다.

"아라? 어디 있어?" 얼른 뒤돌아 '아이'한테 속삭였다. "내 딸. 아라. 지금 시위 중이야. 늦었다고." 다시 집 안에 대고 외쳤다. "아라야, 오늘은 그냥 넘어가 주면 안 될까? 엄마가 할 일이 있어. 많이 다친 친구가 있어서…… 아라야?"

아라는 부엌 선반 안쪽에 들어가 몸을 웅크리고 있었다. 그런데 그 모습이 평소와 다르다는 생각이 들면서 소름이 쫙 끼쳤다. 달려가 아라를 그 안에서 빼냈다. 힘없이 쭉 딸려 나오는 느낌에 나도 모르게 소리를 질렀다. 그다음, 그다음은 뭘 해야 하지? 그때, 옆에서 뭔가가 쑥 튀어나와 또 한번 소리를 꽥 질렀다. '아이'가, 내 어깨를 잡더니 다시 손바닥을 귀에 가져다 댔다. 아! 황급히 휴대폰을 꺼냈다. 그리고 다급한 목소리로 인공지능 비서를 호출했다. 구급차를 불러달라고 말하려는데, 익숙한 목소리가 나 대신 말했다.

"나 심심해. 재밌는 얘기해 줘."

아라가 내 품에 안긴 채 한쪽 눈을 떠 날 올려다보고 있었다. 나는 "너!" 하고 소리치다 가슴께가 쪼그라드는 통증에 숨조차 쉬지 못하고 가슴만 움켜쥐었다. 아라가 내 품에서 빠져나가 제 방으로 쪼르르 달려가더니 "겁쟁이!" 하고는 문을 쾅 닫아버렸다. 그런 와중에 내 휴대폰은 유머랍시고 구연동화를 낭독하고 있었다. 꺼버리고 싶어도 통증 때문에 할 수가 없었다. 옆에서 보고 있던 '아이'가 솜털 같은 동작으로 내 휴대폰을 집어 들더니 인공지능 비서의 입을 닫게 해주었다. 나는 인상을 쓰듯 웃으며 "고마워" 하고 말했다.

싱크대 선반 아래에 쓰러져 있던 아라의 모습을 머릿속에서 지우기 위해 통증을 무릅쓰고 자리에서 일어섰다. 곁에서 쪼그려 앉아 있던 '아이'도 나를 따라 일어섰다.

"이쪽이야."

서재 겸 작업실로 갔다. '아이'를 의자에 앉힌 뒤에 무릎을 꿇고 '아이'의 팔이 있던 자리를 유심히 살펴보았다. 이 상처와 말을 못 하는 것이 관련이 있는지는 알 수 없었다. 솔직히 알고 싶은 마음도 없지만. 나는 얕은 숨을 내쉬었다.

"알겠지만 난 공학자는 아니야. 그냥 이 일을 하다 보니까 관련 지식이 약간 쌓인 거지. 당장 고쳐주고 싶지만 그럴 능력이 없고, 그럴 능력이 있는 사람한테 널 맡기기엔 아직 그럴 권한이 없어. 어디까지나 넌 널 데리고 있던 자의 소유물이니까. 지금 그 권리를 가져오기 위한 절차를 진행 중이고, 특별한 일이 없으면 몇 주 내에 처리될 거야. 그 뒤로도 또 다른 절차가 진행되겠지만…… 그건 그때 가서 얘기하는 걸로 하고, 일단은 급한 대로 봉합 정도만 하는 거야. 여기까지, 됐지?"

'아이'는 고개를 끄덕였다.

"좋아. 그러면……."

의자를 밟고 서서 책장 꼭대기에 있는 나만의 구급 키트를 꺼냈다. 맡은 사건마다 유용하게 쓰였던 것들을 사비로 하나둘 사서 모아둔 거였다. 정말로 이렇게 쓰일 줄은 몰랐지만. 긴장과 흥분이 동시에 밀려들었다. 그 때문일까. '아이' 앞에 자리 잡고 앉아서도 한참을 망설였다. 괜히 "시작한다?" "괜찮지?" 따위의 질문을 해댔는데, 그때마다 '아이'는 태연한 얼굴을 위아래로 끄덕일 뿐이었다. 마침내 내가 권총처럼 생긴 장비를 손에 들고 '아이'한테 다가갔다.

그때였다. '아이'가 고개를 옆으로 돌렸다. 나도 따라 돌렸고, 거기에는 아라가 서 있었다. 아라는 무언가 대단한 거라도 본 듯한 표정으로 이쪽을 보고 있었다. 들고 있던 구체 관절 인형이 바닥으로 툭 떨어지는 동시에 아라가 울음을 터뜨렸다. 나는 나대로 놀라서 아라에게 달려갔다. 아라는, 마치 둑이 터진 것처럼 무서운 기세로 울어댔는데 도저히 그치게 할 수 있을 것 같지 않다. 울음을 울기 위해 존재하는 기계처럼 맹목적으로 최선을 다해서 울어대는 아라를 보며 덩달아 나까지 초 단위로 겁이 쌓여갔다. 또다시 머릿속이 새하얘졌다. 한심하게도 나는 상처를 봉합받기 위해 대기 중이던 '아이'를 돌아보았고, '아이'는 한결같이 태연한 얼굴로 걸어와 하나 있는 손을 아라한테 뻗었다. '아이'는 아라의 두 눈을 손바닥으로 덮고서 나를, 여전히 내 손에 들려 있는 권총같이 생긴 물건을 쳐다보았다. 그러고는 자신의 비어 있는 부분을 눈짓했다. 아! 나는 서둘러 봉합을 했다.

아라의 발작적인 울음은 눈에 띄게 잦아들었다. 봉합도 제법 잘되었지 싶었다. 나는 실습 결과를 검사받는 심정으로 '아이'를 쳐다봤다. 고개를 이렇게 저렇게 해서 봉합 상태를 확인한 '아이'는 아라의 눈을 덮고 있던 손을 치웠다. 아라가 내게 와락 안겼다. 너무 갑작스러웠던 터라 균형을 잃고 몸을 휘청였다. 그러자 '아이'가 날 잡아주었다. 아라를 안은 채 '아이'를 보며 나는 생각했다. 법적인 절차가 끝나면 저 '아이'는 아마도 나와 함께 살 것 같다고.

한참 만에 아라한테 물었다.

"이제 말해봐. 왜 울었어, 우리 딸?"

아라는 손가락을 물고 있었다. 내가 억지로 빼내려 하자 아라는 내 품에서 몸을 비틀어 저항했다. 그러면서 곁눈질로 '아이'를, '아이'의 빈 곳을 보았다. 결국 아라가 말했다.

"안 아파?"

나는 "응?" 했다. 아라가 벌떡 일어나 언제 대성통곡을 했냐는 듯 호기심 어린 눈빛으로 '아이'의 주변을 맴돌았다. 그러다 아예 대놓고 '아이'의 봉합된 부위를 손으로 가리켰다.

"안 아파?"

'아이'가 아라를 보며 고개를 끄덕였다. 그러나 아라는 마치 '아이'가 보인 반응을 보지 못하기라도 한 듯 날 쳐다봤다. 결국 내가 말했다.

"아프지 않아."

"왜?"

"그건……." 이걸 뭐라고 설명한다? "……느끼지 못하기 때문이야."

"왜?"

"음, 그게…… 그러니까……."

순간 "아!" 하고 소리치고 말았다. 아라가 권총같이 생긴 장비의 끝으로 내 팔을 찌른 것이다. 나는 아라한테서 그것을 빼앗았다.

"뭐 하는 거야?"

아라는 당황한 얼굴로 날 쳐다봤다. 마치 엄마는 왜 아파하는지 도무지 알 수 없다는 듯한 표정에 나야말로 황당해서 버럭 말했다.

"당연히 엄마는 아파! 너도 아파. 사람은 모두 아파!"

아라는, 야간 텅 빈 시선으로 '아이'를 돌아봤다. 그 모습을 보는데, 막연하지만 실수를 했다는 생각이 들었고, 정확히 무엇을 어떻게 해야 할지는 모르겠지만 아무튼 정정해야겠다는 생각에 입을 열었다. 그러나 아라가 조금 빨랐다.

"사람이 아니야."

그러고는 바닥에 떨어져 있던 구체 관절 인형을 주워 '아이'한테 건넸다.

"네 이름은 에바야."

에바는 아라의 구체 관절 인형 이름이었다.

나는 문을 열고 세종 씨의 단출한 모습을 기웃거렸다.
세종 씨가 부끄러워해서 얼른 사과했다.

"미안, 미안. 근데 짐이…… 없네요?"

"아, 장비요. 필요 없어요." 세종 씨가 주머니에서 상
자를 하나 꺼냈는데, 꼭 목걸이 케이스만 했다. "이것만
있으면 끝."

얼른 보여주고 싶어 하는 게 너무 보여서 웃으며 세종
씨를 안으로 들였다. 그리고 아라를 향해 외쳤다.

"아라, 에바! 나와봐!" 세종 씨가 궁금한 얼굴로 날 보
길래 설명했다. "아라가 멋대로 이름을 붙인 거 있죠. 그
것도 자기 인형 이름을."

"이름…… 아, 그렇죠. 이름."

아라가 나한테 하듯이 에바의 손을 붙잡고 거의 매달
리듯 끌며 방에서 나왔다. 그러더니 세종 씨를 보고 더없
이 순진한 얼굴로 말했다.

"바보 아저씨다."

나는 경악해서 달려가 아라의 입을 틀어막고 세종 씨
한테 설명했다.

"미안해요. 애 말은…… 그러니까 착하다는 거예요.
그렇지?"

아라가 내 손을 깨물고 달아나더니 역시나 해맑은 표
정으로 말했다.

"아닌데. 성경 언니가 이 아저씨 바보랬어. 태어나서 한 번도 연애 못 해본. 그런데 아저씨, 연애가 뭐예요? 대수학보다 어려워요?"

나는 손으로 얼굴을 가리고 소파에 주저앉았다.

"어, 미안해요, 정말. 애가 통제가 안 돼."

세종 씨는 그저 헤헤헤 웃기만 했다. 그러자 아라는 금세 싫증 난 얼굴로 제 방으로 들어가 버렸다. 그래, 차라리 그게 낫지.

세종 씨가 목걸이 케이스 안에서 정말로 목걸이 같은 것을 꺼내 뭔가를 하는 동안 가만히 있기 뭣해서 마실 것을 준비했다. 내가 컵을 가지고 갔을 때는 이미 목걸이가 에바의 목에서 은은한 빛을 발하고 있었다. 은유가 아니었다. 정말로 빛을 냈다. 오디오의 이퀄라이저 효과를 연상시키는 빛의 물결은 주기적으로 올라갔다 내려갔다.

"우리한테 말했던 게 저거예요?"

세종 씨는 미소를 머금고 "네" 했다. 그러고는 태블릿 PC를 꺼내 복잡해 보이는 표를 띄웠다.

"에바라고 했나요?"

"네."

"에바, 이걸 외워볼래?"

에바가 정말이지 기계적으로 표를 훑어보는 동안 세종 씨가 나한테 각 문자에 대응하는 이진수값을 정리한 것을 설명했다. 목걸이에 내장된 간단한 센서를 통해 에바는 0과 1, 그러니까 각 이진수에 상응하는 신호를 보내고, 목걸이에 설치된 프로그램이 그것을 실시간으로 변환해 투명한 디스플레이에 빛으로 문자를 띄운다는 게 세종씨의 설명이었다. 자세히는 몰라도 그 흐름 자체가 직관적이어서 이해하기 어렵지는 않았다. 에바한테는 특히 간단한 것이어서 우리는 곧 에바의 목소리를 '들을' 수 있었다.

'안녕하세요. 저의 이름은 에바입니다.'

눈물이 나오는 것을 참을 수 없었다.

✳

'오셨어요, 대표님.'

에바의 목에 달린 투명 디스플레이에서 발광하는 글자를 곁눈질로 보며 차마 반응하지 못하고, 아니 할 수가 없어 일단 에바의 맞은편에 앉는다. 내가 앉자마자 에바가 말한다.

'아라는 어때요? 울음은 멈췄나요? 너무 울면 안 되는데. 그럼 그때처럼 또 정신을⋯⋯.'

"그만." 나도 모르게 에바의 말을 끊는다. "지금은⋯⋯ 그리 적절한 주제가 아닌 것 같아."

'죄송해요, 대표님. 저는 그냥 아라가 걱정돼서.'

"그런 얘기가 아니라⋯⋯."

나는 다시 입술을 잘근 씹으며 두통에 한쪽 눈을 찌푸린다.

'약, 가방 안주머니에 있어요, 대표님.'

정말이지……. 나는 후, 숨을 내쉬고 마음을 다잡는다. 그러지 않으면 일을 그르치고 말 것이다.

"상황이 좋지 않아. 너에 대한 얘기로 인터넷이 마비될 지경이야. 비유가 아니라 사실이 그래."

'사람이 죽어서요?'

"그래." 내가 화내듯 큰 소리로 말한다. "도대체 어떻게……."

또다시 말문이 막힌다. 이제는 꿈을 꾸고 있는 게 아닐까 싶은 생각마저 들자 참으로 부적절하게도 웃음이 새어 나온다. 그래, 정말 부적절하기 짝이 없다.

"도대체 이게 무슨 상황인지 모르겠다."

나는 에바를 힐끔 쳐다본다. 에바는 당연하게도, 태연하다. 이 '아이'로선 달리 어찌할 수 없을 태도에 몸서리를 치고 만다. 나도 모르게 시선이 에바의 오른쪽 팔로 간다. 멀끔하게 생긴 그 팔은 오히려 그 점 때문에 도드라져 이질적이다. 저 팔이 이식되기 전의 에바가 떠오른다. 한쪽 팔을 통째로 잃고서도 별수 없이 태연했던 '아이'.

"그때 널 맡는 게 아니었어……."

나도 모르게 중얼거리고는 떨어져 흐르는 눈물을 재빨리 훔친다. 에바는 그런 날 바라볼 뿐이다. 언제나 그렇듯 태연하게.

"너한테 해줄 수 있는 게 없어."

에바는 꿈쩍도 하지 않는다. 아닌 걸 알지만 마치 다 상관없다는 듯한 태도에 욱해서 소리친다.

292

"도대체 왜…… 왜……!"

이런 말을 지껄이는 나 자신이 너무 혐오스러워 견디기가 어렵다.

'말씀드릴 수 없어요, 대표님.'

에바의 말이 머릿속에서 이글거리는 느낌에 나는 흠칫한다. 비유에 불과하지만 녹음을 다시 재생한 것처럼 저 말을 처음 들었던 때가 떠오른다. 뒤이어 에바가 했던 말도. 역시나 똑같이, 에바가 말한다.

'저는 대표님이 불행하길 원하지 않아요.'

✳

밤늦게 집에 돌아간 내가 팔에 상처를 입은 에바를 서재로 데려가 앉혀놓고 물었을 때도 에바는 단지 그렇게 말했다.

'말씀드릴 수 없어요, 대표님.'

일단은 이해가 되지 않아 멍하니 에바의 새로 이식한 팔에 난 상처를 바라만 보았다. 상처는 한두 개가 아니었고 모양도 제각각이어서 마치 어린아이가 멋대로 휘갈긴 낙서 같았다. 그 순간 뒤이어 떠오른 것은 아라였다. 아라가 순수한 얼굴로 집중해서 에바의 팔에 무언가를 하는 상상……. 심장이 벌렁거렸다. 손을 뻗어 아무거나 잡히는 대로 붙잡고 기대섰다.

'저는 대표님이 불행하길 원하지 않아요.'

293

에바의 의도와는 무관하게 이미 불행으로 향하는 문은 열려버린 듯했다. 아니, 어쩌면 그 문은 처음부터 계속 그 자리에 열려 있었는지도 모른다. 생각해 보면 아라는 언제나 조금씩 엇나가 있었다. 그 근거가 될 만한 상황을 떠올려 보자면 끝도 없이 나열할 수 있을 정도로. 그저 못 보고 지나쳤던 것이다. 아니면, 그냥 모른 척했거나. 이제 와 따져보면 그것들이 전부 가리키고 있었던 그 문을 다분히 의도적으로 무시해 왔다. 나는 두려움에 몸서리치고는 서둘러 그 문을 닫아버렸다.

"네가 말해주지 않으면 나는 알 수가 없어."

내 말의 저의에 스스로가 역겨울 지경이었다. 심지어 에바 특유의 태연한 표정조차 날 힐난하는 것처럼 느껴졌다. 시선을 피하고 돌아서서 공구함을 찾아 꺼냈다.

"일단 그것부터 어떻게 하자."

상처는 뾰족한 것으로 찌른 듯한 것이 여러 개, 긁은 것과 벤 것이 각각 두어 개였다. 다시금 머릿속에 아라가 나타났다. 손에 송곳 같은 것을 쥔 아라가 색연필로 낙서를 하듯 에바의 팔에 뭔가를 한다. 처음에는 콕콕 찌르는 정도에 그치지만 에바가 반응하지 않자 아라는 점점 강도를 높인다. 그래도 결과는 바뀌지 않고, 결국 아라는 다른 것을 가지고 와서 하던 행동을 이어간다. 도대체 아라는 무엇이 궁금했을까.

'아니야.' 눈을 질끈 감고 속으로 외쳤다. 그냥 일에 지쳐서 그러는 거야. 비현실적이기 짝이 없는 현실에 지친 나머지 기계적으로 나쁜 상상을 하는 거야. 아닌 게 아니라 실제로 꽤 자주 그런 일이 있었던 터라 나 자신을 설득하는 것에 성공하고 눈을 떴다. 하지만 에바와 눈이 마주치자 다시 심장이 벌렁거렸다. 결국 에바 앞에 무릎을 꿇고 말했다.

"내가 불행하길 원하지 않으면, 말해줘. 이 팔, 왜 이런 거야?"

'저한테 물은 걸 후회할 거예요.'

"네가 말해주지 않아도 후회할 거야! 널 맡지 말았어야 했다고. 그걸 원하는 거야? 내가 널 선택한 걸 후회하는 거? 그래?"

비겁한 전략이었다. 에바 말대로 나는 물어본 것을 후회했다. 그저 망상인 줄 알았던, 망상이길 바랐던 생각은 사실이었다. 에바의 팔에 상처를 낸 것은 아라였다. 내가 상상한 대로 아라는 테스트하듯 강도를 높여가며 에바에게 상처를 입혔다. 처음에는 꼬집어보다가 날카로운 것으로 찔러보고 긁고 베고…… 그러면서 아라는 에바한테 끊임없이 물었다. "안 아파?" 마치 이래도 안 아파? 하듯 강도는 점점 더 커졌다. 결국 에바의 인공피부가 찢어져 험한 꼴을 보고 나서야 흥미를 잃었다.

문득, 에바를 처음 본 아라가 돌연 울음을 터뜨린 날이 떠올랐다. 에바는 통증을 느끼지 못한다고 내가 말하자 아라가 했던 행동(엄마를 찔러보다니?)은 실로 놀라웠다. 그래서 버럭 "사람은 누구나 아파!" 하고 소리치자 어

딘가 모르게 서늘한 눈빛으로 에바를 보고는 자기의 구체
관절 인형을 건네던 아라의 모습. 나는 몸에 힘이 풀려 그
냥 바닥에 엉덩이를 깔고 주저앉았다. 에바도 따라서 의
자에서 내려와 내 옆에 앉았다. 그리고 상처투성이의 팔
을 들어 내 손을 잡았다. 나는 중얼거렸다.

"어떻게 해야 하지? 아라를…… 어떻게 해야 하지?"

눈가에서 빛이 일렁여서 모른 척할 수 없었다.

'아라는 외로워요.'

이해할 수 없었다. 이제 겨우 여섯 살짜리 애가 외롭
다니? 그런 내 생각을 읽기라도 한 것처럼 에바가 말을 이
었다.

'혼자예요. 늘. 세상에 아라 외에는 없어요. 아무것도.'

"물론 내가 바빠서 혼자 지낸 시간이 많았던 건 사실
이야. 하지만, 이젠 너도 있고……."

에바는 고개를 가로저었다.

'아라는 혼자예요. 그래서 외로워요.'

두 손에 얼굴을 묻고 한숨을 지었다. 에바의 말을 완
전히 이해할 수는 없었지만, 그래도 아라가 혼자라는 사
실만큼은 부정할 수 없었다. 하지만 그게 원인이라면 조
금은 희망이 있었다. 나는 내 손을 잡고 있는 에바의 손을
마주 잡았다.

"곧 아라 입학하니까 아마 지금보다 나아질 거야. 어
쩌면 친구가 생겼다고 우릴 모른 척할지도 모르지. 그럼
좋겠는데, 그치?"

에바는 늘 그렇듯 농담에 반응했다. 당장은 그것이 좋았다.

"그때까지 엄마 놀이 좀 해보지, 뭐. 일이야 성경 씨랑 세종 씨가 잘해줄……."

그때였다. 초인종이 울렸다. 우리는 밖으로 나갔다. 인터폰으로 보이는 여자의 얼굴을 알아보고 얼른 문을 열었다. 몇 달 전, 사고로 코마 상태에 빠진 아이의 뇌를 기계에 업로드하기 위해 자문을 구하러 위드알을 찾았던 선아 씨였다.

그때 선아 씨가 다소 지친 듯한 얼굴로 사무실에 찾아온 이유를 말했을 때, 우리는 약속이라도 한 것처럼 서로의 눈치를 살피기 바빴다. 사람의 뇌, 정확히는 뇌의 활동을 소프트웨어적으로 구현하기 위한 범세계적인 노력은 그 유서가 깊다고 할 법했지만, 간간이 뉴스를 통해 들려오는 소식이라고는 어느 연구소 어느 교수의 연구팀이 무언가를 발견했다 혹은 개발했다 정도에서 그쳤다. 정말로 사람의 의식을 기계에 업로드하는 데 성공했다는 얘기는 좀처럼 들을 수 없었다. 사실 아직까지도 의식이라는 것의 정체조차 제대로 알지 못하는데 그것이 정말로 가능하기는 한 건지도 의심스러울 때가 있었지만, 지푸라기라도 잡는 심정으로 찾아왔을 사람 앞에서 할 만한 얘기는 분명 아니었다. 우리가 서로의 눈치만 보는 동안 선아 씨는 처음 들어보는 이름들을 끝도 없이 열거하며 지쳐 보였던 처음과는 대비되는 모습으로 자신의 계획을 설명했다. 선아 씨가 우리, 위드알에 원하는 것은 자신도 인정한 바, 망상에 가까운 자신의 계획을 사람들에게 알리는 것이었다. 그저 그거면 된다고 선아 씨는 말했다.

선아 씨가 그날보다 훨씬 지쳐 보이는 모습으로 겨우 미소 지었다.

"놀라셨죠? 사무실에 안 계신다고 해서……."

결국 사람들의 관심을 이끌어내는 데는 성공했지만, 누구나 예상했듯 뇌를 업로드하는 데에는 성공하지 못했다. 그 대신 선아 씨에게 돌아온 것은 뇌가 적출된 아이의 시체와, 뇌 활동 데이터와 아이가 살아생전 남긴 다양한 기록들을 기반으로 만든 인격 모방 소프트웨어가 설치된 작은 저장 장치뿐이었다. 유명 상조 회사가 최근에 새로 선보인 장례 서비스에 포함된 것과 정확히 같은 것이었다.

나는 선아 씨를 안으로 안내했다. 마실 것을 가지러 가는 에바를 멀뚱히 보던 선아 씨가 불쑥 물었다.

"아라는요?"

"어, 사실 모르겠어요. 워낙 제멋대로인 녀석이라."

선아 씨가 쓴웃음을 짓고는 에바가 가져온 컵을 받아 들었다. 마시는 듯하더니 또 불쑥 말했다.

"학교에 보내고 싶어요."

나는 네? 하듯 선아 씨를 쳐다봤다.

"학교에 보내고 싶어요. 우리 수지를."

선아 씨가 작은 태블릿 PC를 꺼내놓았다. 화면에는 어린 여자아이의 얼굴이 보였는데, 그 애가 내 쪽을 보더니 말했다.

"안녕하세요, 대표님, 허수지라고 해요."

나는 들고 있던 컵을 놓칠 뻔했다.

연신 고맙다며 멀어져 가는 선아 씨를 보며 생각했다. 아무래도 이 일이 나랑은 안 맞는 게 아닐까. 나는 사무실로 향하며 성경 씨와 세종 씨를 호출했다.

"정말 감사해요."

우여곡절이 없진 않았지만 마침내 아이의 입학을 허가받고 나오는 길에 선아 씨가 우리에게 말했다. 벌써 네 번째였다. 그 점을 놓칠 성경 씨가 아니었다.

"자꾸 그러시면 술 사달라고 할 거예요."

선아 씨가 "그럴까요?" 하며 웃었다. 처음 보는 편안한 모습에 나는 더할 나위 없는 행복감을 느꼈다. 그래서 나도 모르게 말했다.

"이제 우리 아라랑 친구가 되겠네요."

왠지 아차 싶었다. 태블릿 PC 안에 들어 있는 수지가 아라의 친구가 될 수 있을까? 아니, 그 전에 과연 아라에게 수지는 '사람'일까? 돌연 겁이 났다. 그리고 이런 생각을 하고 있는 현실이 야속하게 느껴졌다.

그때, 전화가 왔다. 아라의 담임선생님이었다. 괜히 심장이 덜컥 내려앉았다. 하지만 괜한 것일 터였다. 아직 수지는 입학도 하지 않았으니까. 문제가 있을 수 없지. 그런 이상하기 짝이 없는 생각을 하며 전화를 받았다. 아라의 담임선생님이 매우 조심스럽게 학교에 와달라고 말했다.

"애가 다쳤나요?"

내 말에 모두가 돌아보았다. 나는 미소 짓고는 조금 떨어져 걸었다.

"그건 아닙니다, 어머니. 걱정은 마시고…… 그럼 이따 뵙겠습니다."

통화를 마치자 성경 씨가 물었다.

"왜요, 대표님? 아라, 다쳤대요?"

"응? 아니, 그건 아닌데……."

"그럼요?"

뭐라고 말을 해야 할지 몰라 입만 뻐끔거리는데, 선아 씨가 말했다.

"선생님인가 봐요."

나는 묘한 죄책감에 선아 씨를 마주 볼 수가 없어 시선을 내리깔고 답했다.

"네. 무슨 일인지 와보라고……."

"얼른 가보세요."

선아 씨가 내 손을 덥석 잡았다. 나는 놀라서 고개를 들었다. 선아 씨가 말했다.

"몇 번을 말해도 부족할 거예요. 감사드립니다."

다시 학교 건물로 들어가 엘리베이터에 탔다. 실제로는 짧을 이동 시간이 한없이 길게만 느껴졌고 그래서 담임이 내게 전화를 건 이유를 생각하지 않을 수 없었다. 아라가 다친 것이 아닌데도 이렇게 불안한 게 불합리하게 느껴졌다. 꼭 무슨 잘못이라도 저지른 것 같지 않나. 그 순간 엄습해 오는 상상은 실로 불쾌한 것이어서 결국 엘리베이터를 멈춰 세우고 계단을 걸어 올라갔다. 그러나 불쾌한 상상을 멈추는 데에는 조금도 도움이 되지 않았다.

눈앞의 현실을 받아들일 수가 없어 한동안 아무 말도 할 수 없었다. 믿고 싶지 않았다. 내 앞에 있는 준호는 한쪽 다리를 잃고 의족을 착용 중이었는데, 그 의족의 상태가 너무나 낯이 익었다. 에바의 새 팔과 정확히 똑같은 '흔적'이 준호의 의족에도 남아 있었다.

준호는 울다 지친 듯 힘이 없어 보였고, 선생님과 나도 그리 다르지 않았다. 한 사람만 예외였다. 아라는 끓어오르는 뭔가를 주체할 수 없는 짐승처럼 교실 안을 이리저리 뛰어다니느라 정신이 없었다. 선생님은 아라를 힘에 겨운 듯이 바라봤다. 나는 화가 나서 아라한테 소리쳤다.

"이리 와! 당장."

아라는 그 정도야 어렵지 않다는 듯 곧장 달려와 내 다리 위에 앉고는 양다리를 힘차게 가위질했다. 처참하게 망가진 의족을 달고 있는 준호와 신나게 다리를 흔드는 아라의 모습을 번갈아 보자 현기증이 날 지경이었다. 나는 아라를 밀어내고 아라 앞에 무릎을 꿇어 시선을 맞췄다. 여전히 사태 파악이 안 되는 아라를 보며 힘주어 말했다.

"네가 이랬어?"

아라는 의족을 쓱 내려다보더니 응, 이라고 대답했다. 그것은 마치, 친구를 위해 고장 난 의족을 고쳐주었을 때나 가능한 당당함이었다. 기가 찬 나머지 선생님을 돌아봤고, 그제야 선생님의 태도를 이해했다. 내가 아라를 키우면서 가장 많이 느꼈던 것, 선생님은 아라를 버거워하고 있었다.

"왜?" 도대체 왜 이러는 건데?

아라는 '왜'라는 질문의 맥락을 이해할 수 없다는 듯 고개를 갸우뚱했다.

그때였다. 교실 문이 열리고 아마도 준호의 어머니일 사람이 들어왔다. 준호 어머니는 아이의 상태부터 살폈는데, 그 찰나의 순간 동안 참으로 다양한 감정이 얼굴에 스쳐 지나가는 듯했다. 그럼에도 준호 어머니는 차분함을 잃지 않고 선생님과 내게 인사했다. 상황을 전해 들으면서도 강직함으로 참아내고 있었다. 그러한 태도는 사실 상황에 맞지 않아 어색해 보였지만, 그렇다고 감히 가해 학생의 부모 입장에서 따지는 것 또한 어색해서 나는 그저 조용히 고개만 조아렸다.

준호 어머니는 입을 굳게 다문 채 챙겨 온 휠체어에 아이를 앉히려 했다. 더는 제구실을 못 하는 의족은 분리조차 여의찮았다. 선생님이 준호를 안아 드는 걸 돕기 위해 다가갔다. 나도 얼른 따라붙으려는데 준호 어머니가 완고하게 거부했다. 결국 우리는 준호 어머니가 혼자서

힘겹게 아이를 옮기는 것을 벌서듯 지켜보아야 했다. 준호 어머니가 교실을 나가다 말고 날 돌아보더니 뭐라 콕 집어 말할 수 없는 표정으로 알은체했다.

"수지 엄마를 돕고 계신다고요."

절망감부터 들어 고개를 떨구고 말았다. 마치 '네가? 댁 자식이나 똑바로 살필 것이지' 하는 비난이 들리는 듯했지만, 그것은 분명 지나친 생각이었다. 준호 어머니는 그저 이렇게 말했다.

"수지 엄마가 다시 자기 삶을 되찾았으면 좋겠어요."

준호 어머니가 휠체어를 끌고 나갔다. 아라는 휠체어를 탄 준호를 향해 손을 흔들었다.

"도대체 이유가 뭐야?"

거의 도망치듯 차에 올라 출발하자마자 내가 소리쳐 물었다.

아라는 불과 10여 분 전에 있었던 일을 까맣게 잊은 듯 해맑은 얼굴로 날 쳐다봤다. 그러다 손가락으로 창밖을 가리키며 소리쳤다.

"나비! 엄마, 나 나비!"

고개를 돌려 보니 사거리 고층 빌딩 전광판에 홀로그램 고양이가 팔랑팔랑 뛰어다니고 있었다. 설마 동물을 파는 광고인가 하고 유심히 보았다. 광고가 어딘가 낯익었다. 내가 어렸을 때 유행하던 광고였다. 저건 고양이 로봇 광고인데…… 곧 예스러운 광고가 리마스터링되더니,

303

당시 혁명적이라 칭송받던 고양이 로봇이 진짜 고양이처럼 움직이는 홀로그램 영상이 나왔다. 나도 모르게 입을 헤벌리고 올려다봤다.

'조심하세요! 이것은 당신이 알던 로봇이 아닙니다. 이 아이들은 "진짜"입니다. 믿을 수 없다고요? 이해합니다. 저도 그랬거든요. 하지만 방법은 있습니다. 지금 당신의 고양이를 꼬집어보세요. 놀랍게도, 이 아이들은 "고통"을 느낍니다! 그러니 다시 한번 말씀드립니다. 조심하세요. 이 아이들의 발톱은 진짜입니다.'

홀로그램 고양이가 화면 밖을 향해 달려들며 광고가 끝났다. 나는 차에 대고 말했다.

"성경 씨한테 전화해."

아라가 "나비, 나비, 나비 사줘" 하고 칭얼거리는 바람에 인공지능 비서가 엉뚱한 사람한테 통화를 걸려고 해서 결국 휴대폰을 꺼내 직접 전화했다.

"엄마, 나비이."

"조용히 안 해?"

"네?" 성경 씨였다.

"아니, 미안. 통화 가능해요?"

"네. 근데 아라는……."

얼른 말을 가로막았다.

"저기, 지금 혹시 인터넷 할 수 있어요?"

"그럼요. 지금도 하고 있는걸요."

"그래요. 그 새로 공개된 광고 중에……."

"그거 보셨어요? 고양이?"

"봤어요?"

"네. 반응 죽이는데요. 이거 20년도 더 된 광고라는데, 어, 대표님도 직접 보셨어요?"

"보긴 했는데, 지금 중요한 게 그게 아니라, 우리가 어떻게 저런 게 출시될 때까지 아무것도 모르고 있었는지 이해할 수가 없는데."

"그러게요."

"상품 등록된 거 맞아요?"

"대표님." 세종 씨였다. "지금 찾아보니까 아직 등록된 게 없어요. 대기 중인 건 있지만, 그게 이 로봇에 대한 건지는 알 수 없고요. 그런데 고통을 느끼는 로봇이라니 정말⋯⋯."

"선을 넘은 거야." 내가 말을 잘랐다.

"어⋯⋯ 하지만 감각을 느낄 수 있는 스마트 인공피부 같은 건 이미 오래전부터 있었잖아요."

"그렇다고 그걸로 고통을 구현하지는 않았어!"

인공지능 비서가 이상 징후를 감지하고 경고등을 띄웠다. 나는 심호흡을 하고 말했다.

"미안해요. 혹시 지금 제품안전정보센터랑 국립전파연구원에 이 제품 관련해서 진행 중인 거 있나 알아봐 줄래요?"

"네. 지금 공문 작성해서 보낼게요."

"아니, 아니, 공문 말고, 직접 가봐요."

"네? 직접이요?"

이럴 때마다 세대 차이라는 것을 느끼곤 했다. 그래서 대개 발품 파는 일은 내 몫이었다. 나는 아라를 힐끔 보았다. 이대로 아라를 집에 내려주고 내가 직접 가는 게 최선이겠지만, 아직 들어야 할 것이 있었다.

"부탁 좀 할게요. 되도록 빨리 확인 좀 해줘요."

통화가 끝나는 순간 아라가 말했다.

"나비."

나는 아라를 빤히 쳐다보았다. 단순히 화가 났음을 보이려는 건 아니었다. 아라가 도대체 왜 그랬는지 알고 싶을 뿐이었다. 내가 최대한 차분하게 말했다.

"그 애…… 준호 다리…… 왜 그렇게 한 거야?"

아라는 조금의 표정 변화도 없이 대꾸했다.

"그거 다리 아닌데."

차라리 누군가가 나를 한 대 때리는 게 낫겠다 싶었는데, 불행히도 그런 생각이 처음은 아니었다. 따지고 보면 에마에게 정확히 같은 일이 있었다. 이 일이, 그때 내가 그냥 지켜본 것에 대한 대가라고 한다면 나는 정말이지 할 말이 없었다.

목이 메어 갈라져 나오는 목소리로 겨우 물었다.

"왜…… 다리가 아니야, 그 애한테는……."

"다리 아니야. 내가 확인했어."

찌르고 베어서? 그 말을 꿀꺽 삼키고 내비게이션의 목적지를 다시 설정했다.

"엄마, 어디 가?"

"친구 만나러."

"병원에? 친구 아파?"

나는 대답하지 않고, 운전을 수동 모드로 전환했다. 인공지능 비서가 쉴 새 없이 수동 운전의 위험성을 설파하는 것을 무시하며 속도를 높였다.

소아청소년정신과 교수인 이성이가 디스플레이로 차트와 그래프를 보더니 휘파람을 불었다.

"내 눈으로 직접 이런 걸 보게 될 줄은 몰랐는데."

아라는 소위 영재 중의 영재라고 했다. 나는 당황스러웠다. 꿈이 아닐까 싶기도 했다. 어딘가 중간이 툭 잘려 비어 있는 느낌. 이곳에 오는 차 안에서, 병원 로비에서, 보호자 대기실에서, 그리고 진료실 앞에서 느꼈던 불안과 초조가 무색할 지경이었다.

"그런 거 말고……."

이성이가 입을 굳게 다물자 특유의 각진 턱이 더 두드러졌다. 나는 다시 긴장의 끈을 꽉 조였다. 하지만 내가 감당하기에 이성이가 하는 말은 너무나도 엄청난 것이었다. '너무나도 엄청나다.' 그렇게밖에는 도저히 표현할 수가 없었다.

"아라는 마음이 없어."

그것은 의사가 할 만한 말은 아니었지만, 핵심에 근접한 말이었다. 나는 그저 멍청하게 이성이를, 걔가 있는 곳을 향해 시선을 두는 것밖에 할 수 있는 게 없었다. 아니,

하나 있었다. "마음이 없다고……" 하고 되뇌고 또 되뇌는 것. 그것이 최선이었다. 한참이 지나서야 나는 말했다.

"내가 뭘 어떻게 해야 돼?"

이성이가 해준 말들은 전부 녹음해서 듣고 또 들었다. 펜과 종이로 옮겨 적기까지 하며 몸에 익혔다. 핵심은 간단했다. 학습. 이성이가 강조한 것은 학습의 접근법이었다. 아라한테 옳고 그름이란 그저 피상적인 것, 말 그대로 껍데기에 지나지 않는다. 껍데기를 가지고 아이를 학습시킬 수는 없다. 이성이는 아라한테 있어 분명히 존재하는 것을 이용하라고 했다.

"아라한테 넌 아라 자신 못지않게 실재하는 거의 유일한 존재야. 그러니까 너 자신을 이용해."

나는 잠잘 준비를 하는 아라한테 갔다. 침대 위에 누워 이불을 턱 밑까지 끌어 덮고 날 올려다보는 아라의 모습은 정말이지 사랑스러웠지만, 위화감 또한 느껴져서 괴로웠다. 이 상반된 느낌은 어딘가 현실감이 없었고 그래서 입술을 깨물며 마음을 다잡았다. 내가 말했다.

"준호는 어때?"

"뭐가?"

"다리 말이야." 나는 녹음된 이성이의 목소리를 상기했다. '절대 아라 앞에서 감정적으로 굴지 마. 아라는 그걸 약점으로 보고 물고 늘어질 거야. 순전히 재미를 위해.' 헛기침을 하고 말을 이었다. "네가 망가뜨린 다리, 어떠냐고."

"아, 그거. 새로운 거 달고 왔어. 더 좋은 거 같아."

내가 준호 어머니 모르게 선생님 편에 보낸 것이었다. 그게 최선이었다.

"그것도 망가뜨릴 거야?"

아라가 무표정한 얼굴로 날 빤히 쳐다봤다. 마치 얼굴 인식 센서처럼 차가운 느낌에 두려운 마음이 들었지만, 티 내지 않으려고 일부러 미소를 지었다. 그것만큼은 자신 있었다. 언론 인터뷰나 대외 활동을 할 때 가장 먼저 숙련되는 것이 웃음이었다.

"말해봐, 또 그럴 거야?"

아라는 당황한 기색을 보였다. 나는 분명하게 말했다.

"그러면 안 돼."

"왜?"

허리를 숙여 아라와 눈을 맞추고 아라의 새까만 눈을 들여다보며 분명하게 말했다.

"아라가 또 그러면 엄마가 아라를…… 싫어할 거야."

아라의 까만 눈이 일순 흔들리는 게 보였는데, 사실 확신은 할 수 없었다. 하지만 아라가 평소처럼 칭얼대는 대신 조용히 "알았어" 하고 대답하는 것이 아라가 내 의도대로 따라온다는 증거는 될 것 같았다. 증거는 될 것 같다고? 이런 계산이나 하고 있는 현실이 도저히 믿기지 않아 마음이 미어졌다. 나는 보란 듯이 더 환하게 웃었다.

"참, 곧 있으면 아라 생일이네. 우리 파티할까? 친구들 불러서."

"정말?"

"준호도 초대할 거지? 친구잖아."

"응."

나는 아라의 이마에 입을 맞췄다.

"사랑해, 우리 딸."

"사랑해, 엄마."

나가려는데 아라가 날 불렀다. 심장이 벌렁거렸다. 하지만 웃으며 다시 돌아섰다.

"왜?"

"다른 애도 불러도 돼?"

"그럼."

아라가 환하게 웃으며 이불을 머리 위로 올렸다.

아라의 방을 나와 몇 걸음 가지 못하고 주저앉아 울었다. 에바가 옆에서 소리 없이 있어주었다.

에바와 파티를 준비하면서 나는 극도의 긴장으로 자꾸만 실수를 저질렀다. 음식을 태우고, 첨가물을 잘못 넣고, 심지어 기껏 완성한 요리를 접시에 담아 옮기다 손이 미끄러져 바닥에 엎기까지. 푹 하는 소리와 함께 내 정신도 뭉개진 듯 온몸을 옴짝달싹할 수가 없었다. 그런 나를 에바가 멀뚱히 서서 태연한 얼굴로 보고 있는데, 돌연 웃음이 터져 나왔다. 정신을 못 차릴 만큼 미친듯이 웃었다. 그런 날 보고 따라서 미소 짓는 에바를 보고 또 웃었다. 웃으면서 겨우 생각했다. 정신과 박 선생님이 휴가에

서 돌아왔던가? 아라의 생일 파티가 끝나는 대로 병원에
연락해 봐야겠다. 잊어버릴까 봐 휴대폰에 알림을 지정했
다. 그러자 에바가 물었다.

'어디 안 좋으세요?'

나는 쪼그려 앉아 아까운 음식을 어찌해야 하나 고민
하며 말했다.

"정신과 상담. 주기적으로 하던 거야."

엎어진 접시를 들어보고 흠칫 놀랐다. 이 괴물은 뭐
지. 이게 정말 내가 만든 음식이라고? 괜히 손가락으로 괴
물의 피와 살을 찍어 맛을 봤다. 낯선 맛에 비위가 상해서
얼른 치워버렸다. 에바가 말했다.

'다운받을까요?'

"어…… 그게 좋겠다."

역시 괜한 호기였다. 내가 싱싱한 식재료를 음식물 처
리기에 넣는 동안, 스마트 쿠커에서 에바가 인터넷에서
다운받은 레시피대로 요리가 완성되어 나왔다. 그 신속함
에 맥이 빠졌다. 에바가 옆에 서서 그때그때 필요한 식재
료 캡슐을 충전하고 완성된 요리를 보기 좋게 접시에 옮
겼다. 그때 아라가 단지 안으로 진입했다는 알림이 울렸
다. 내가 허둥거리며 집 안을 돌아다니는데 에바가 날 붙
잡고 말했다.

'다 잘될 거예요.'

나는 미소로 답했다. 그래, 다 잘될 거야. 기껏해야 꼬
맹이들 홈 파티인걸.

현관문을 열자 아라가 제일 먼저 뛰어 들어와 집주인 행세를 했다. 나는 초조한 심정으로 문 너머를 지켜봤다. 곧 익숙한 얼굴이 보였다. 준호였다. 걸음걸이가 아직 어색한 게 새 다리에 적응 중인 모양이었다. 생각이 짧았다. 그저 더 좋은 모델을 선물할 생각만 했지, 기존 것과의 연동에 대해서는 미처 생각 못 했다. 나는 아라의 등을 떠밀었다.

"도와줘야지."

아라는 스스럼없는 태도로 준호에게 다가가 손을 잡았다. 준호는 침착한 얼굴로 아라를 따라 안으로 들어왔다. 그 뒤를 이어 아이들이 들어왔다. 아이들은 장난감 로봇이 분리되듯 뿔뿔이 흩어졌다. 정신이 없었지만 그래도 죽을 듯이 초조한 것보다는 훨씬 나았다. 나는 미소를 짓고 꼬맹이들을 보다가 거실 한쪽에 멀뚱히 서 있는 준호를 발견하고 다가갔다.

"어서 와."

"초대해 주셔서 감사합니다."

준호가 머리를 숙여 인사했다.

"나야말로 와줘서 고마워. 마실 거 줄까?"

나는 음료를 가지러 부엌으로 갔다. 에바가 보이지 않아 아라의 방 쪽을 보니 거기 있었다. 꼬맹이들 사이에 있는 에바의 태연한 모습이 꼭 모든 것을 내려놓은 체념처럼 보여서 웃는데, 에바가 나를 쳐다봤다. 평소와 다른 점이라고는 단 하나도 없었음에도 나는 '다름'을 인식했고 들고 있던 음료를 쏟고 말았다. 그와 동시에 아이들이 소리를 지르기 시작했다. 곧장 방으로 뛰어 들어갔다. 뭔가를 둘러싸고 있던 아이들이 날 보고 물러섰다. 그러자 에바와 아라가 보였고, 바닥에 떨어져 있는 태블릿 PC가 보였다. 아라 것은 아니었다. 나는 곧 태블릿 PC의 정체를 깨닫고 비명을 질렀다. 수지였다.

나는 수지를, 아니 태블릿 PC를 집어 들고 화면을 두드려댔다. 아이들은 여전히 비명을 질렀고 울음을 터뜨렸고 자기들끼리 뭐라 뭐라 중얼거렸다. 정신이 나가버릴 것만 같았다. 에바가 내 앞에 무릎 꿇고는 말했다.

'없어요.'

뭐가 없다는 건지 알 수 없었다. 그러다 소름이 끼쳐 주변을 둘러보았다. 아라가 보이지 않았다. 수지의 태블릿 PC가 여기 떨어져 있는 것과 아라가 관련이 있다는 생각에 모든 것이 아찔하게 느껴졌다. 꿈을 꾸고 있다는 생각마저 들었고, 정말로 그러기를 간절히 바랐다. 에바가 말했다.

'이젠 없어요.'

에바의 다음 말에 나는 정말로 정신을 잃고 말았다.

'수지는 이제 없어요.'

에바의 말대로 수지는 이제 없었다. 그 간단한 말이 갖는 무게가 한동안은 와닿지 않아서 경찰들이 우리 집을 쑥대밭으로 만들고 나를 향해 무언가를 물어대고 심지어는 에바에게 전자기 족쇄를 채워 데려가는데도 불구하고

그저 정신이 나간 사람처럼 네, 아니요, 모르겠어요 따위
의 말만 기계처럼 반복했다. 그러나 눈앞에 나타난 사람
을 발견하고는 그마저도 할 수 없게 됐다. 넋이 나간 선
아 씨를 보고 나는 염치없게도 울음을 터뜨렸다. 선아 씨
는 이러지도 저러지도 못하고 서서 날 쳐다보더니 결국
말했다.

"우리 애가 마지막으로 한 말이 뭐예요?"

나는 그저 고개를 떨구고 죄송하다는 말만 계속 지껄
였다. 고개를 들었을 땐 이미 선아 씨가 가고 난 뒤였다.

아이들이 있는 곳으로 가는 내내 딸을 보러 간다고는
생각할 수 없을 만큼 두려웠다. 몇 번이고 멈춰 서고 돌아
서기를 반복했지만, 결국 문 앞에 섰다. 겨우 문을 열고
들어가자 한쪽에 쪼르르 앉아 있는 아이들이 보였다. 아
라는 없었다. 내가 다가가 아라가 어디 있는지 묻자 늘 아
라와 함께 다니던 세아가 나지막한 목소리로 말했다.

"저기요."

조막만 한 손이 가리킨 곳은 복도 끝에 있는 문이었
다. 문에는 작은 창이 나 있었다. 안에 있는 아라의 뒷모
습이 보였다. 맞은편에 앉은 경찰관이 날 발견하고 눈으
로 알은체했다. 조금 지나자 아라가 밖으로 나왔다. 아라
는 날 보더니 아무렇지 않게 다가와 내 손을 잡았다. 끔찍
하게도, 나는 아라의 손을 놓고 싶었다. 이건 꿈이야. 악
몽. 지독한 악몽이야.

뒤이어 나온 경찰관이 내게 말했다.

"어머님?"

나는 아라의 손을 꼭 잡았다.

"네. 제가 아라 엄마입니다."

경찰관은 음, 하더니 뭐라고 말했는데 나는 귀를 의심했다.

"네?"

"아이가 많이 놀란 것 같아서요. 보니까 어머니도 그러신 것 같은데, 이럴 땐 자는 게 도움이 되거든요." 그러고는 허리를 숙여 아라와 눈을 맞췄다. "알았지? 집에 가서 코 자는 거야."

아라는 경찰관이 무슨 말을 하든 별 반응을 보이지 않았는데, 경찰관은 그걸 너무 놀라서 보이는 감정적 회피로 받아들인 모양이었다. 아라가 차에 타자마자 곯아떨어져 생각을 정리할 수 있었다. 아이들을 조사한 경찰관은 수지의 의식을 '삭제'한 게 에바라고 결론 내렸다. 필요한 경우 에바의 기억을 검토할 수도 있으니 알아두라고 했다. 나는 에바의 기억 속 아라를, 날카로운 흉기를 가지고 에바의 팔에 낙서를 그리듯 상처를 입히는 아라를 상상하지 않으려 운전을 수동 모드로 전환했다. 그러자 인공지능 비서가 거부했다.

"운전자의 상태가 매우 불안정합니다. 기분 전환을 위해 음악을 들으시겠습니까?"

그러고는 멋대로 즉석 음악을 재생했다. 불쾌감은 잠

315

시였다. 이내 나는 한결 침착하게 상황을 처음부터 다시 따져볼 수 있었다. 그리고 내린 결론은 간단했다.

사고가 일어났다. 아주 불행한 사고가.

✳

"미안해."

내가 말한다. 목소리가 너무 심하게 떨려서 에바가 알아들을 수 있을까 싶지만, 어차피 아무 의미도 없는 말이다.

'저는 대표님이 불행하길 원하지 않아요.'

나는 쇠 맛을 느끼며 입술을 씹다가 마침내 본론으로 들어간다.

"정말로 네가…… 네가 수지를…… 그렇게 한 거지?"

금방이라도 눈물이 터져 나올 것 같다. 하지만 기우에 불과하다. 에바가 고개를 끄덕이는 것을 확인하기 전까지는 어림도 없다는 듯 눈물샘은 요지부동이다. 나 자신에 대한 경이와 혐오로 몸을 떨며 끝끝내 에바가 고개를 끄덕이는 것을 확인한다. 그다음은 나도 한계다. 손으로 입을 틀어막은 채 진술실 밖으로 뛰쳐나가 문을 닫고 울음을 터뜨린다. 그리고 한참이 지나서야 날 보고 서 있는 경찰관의 존재를 깨닫고 겨우 진정한다. 내가 말한다.

"여태 기다리신 거예요?"

경찰관은 그저 할 일을 한 것뿐이라는 미소를 짓고 나

를 밖으로 안내한다. 자꾸만 내 쪽을 힐끗힐끗 보는 것이 느껴지지만 모른 척한다. 데스크에 가서 맡겨놓은 소지품을 챙기는데 경찰관이 어렵게 말을 꺼낸다.

"안에 계시는 동안 찾아봤습니다." 내가 가만히 쳐다보자 경찰관이 덧붙인다. "위드알이 어떤 일을 하는지요. 꽤 유명한 단체더군요." 그러고는 또 덧붙인다. "아, 실은 저희 부모님이 전자파 과민증이시거든요. 물론 여전히 정식으로 인정받는 질환은 아니지만, 그분들의 자식으로 자라면서 몸에 밴 생활 습관은 무시할 수 없죠. 말하자면 20세기 히피의 아이랄까."

경찰관이 꽤 재치 있는 농담을 한 것처럼 으스대다가 이내 사과한다.

"죄송합니다. 실은 궁금한 게 있는데요……."

"말씀하세요."

여전히 어려워하길래 나는 들고 있던 가방을 내려놓는다. 그제야 경찰관이 묻는다.

"왜 이런 일을 하시죠?"

나도 모르게 한숨을 쉰다.

"아, 미안해요. 사실 일하면서 가장 많이 듣는 질문이고, 그래서 듣기 싫은 질문이기도 해서요. 제가 경찰관님한테 왜 이 일을 하는지 묻는다고 생각해 보면 아마 이해하시리라 믿어요."

"그렇군요. 이해합니다. 말이 나왔으니 말이지만 전 경찰 일만큼은 사람을 대체할 수 있는 것이 없다는 확신이 있거든요. 너무 거창한가요?"

"아니요, 좋은데요. 하지만 바로 그런 확고부동한 시각 때문에 이유 없이 배척당하는 존재가 있어요. 그들 편에 서서 목소리를 내주는 것 또한 우리 인간이 해야 하는 일 아닐까요? 답변이 됐나요?"

나는 내 대답에 몸서리를 친다.

"실은…… 아니요, 부족합니다. 제 경우의 바탕에는 편협할지언정 같은 종을 우선하는 근본적인 본능이 자리하고 있습니다. 하지만 대표님의 경우는 조금 다르지 않나요. 죄송합니다. 처음에는 그냥 단순한 호기심이었는데 말하다 보니……. 이만 가보셔도 좋습니다. 실례가 됐다면 사과드립니다."

가방을 들고 나가려다 멈춰 선다. 자리에 앉으려던 경찰관이 엉거주춤 날 쳐다본다. 나는 경찰관의 책상 한쪽에 있는 헝겊 인형을 집어 든다.

"아주 오래돼 보이는데요."

경찰관이 살짝 불안한 표정을 숨기며 대답한다.

"예, 저보다 나이가 많죠. 어머니가 절 가졌을 때 직접 만드신 거래요. 배 속의 제가 당신들이 겪은 고통과 불편함, 그리고 사회의 시선 같은 것들로부터 안전하길 바라는 마음으로요. 그러고는 제가 태어나자 늘 몸에 지니게 하셨는데, 처음에는 이해할 수 없었지만 시간이 지나니 그 마음만큼은 이해가 되더군요. 그런데 그건 왜……."

"이건 분명 사람이 아니에요. 그렇죠?"

경찰관은 입을 굳게 다물고 인형을 한번 보고는 다시 표정을 푼다.

"예, 그럼에도 어머니와 제겐 특별한 의미가 있죠. 무슨 말씀이신지 잘 알겠습니다."

인형을 제자리에 돌려놓고 실례했다고 사과한다. 정말로 나가려는데 경찰관이 말한다.

"안에 있는…… 아이는 정말이지 든든하겠습니다."

겨우 웃어 보이고는 서둘러 이곳을 빠져나간다. 그러면서 생각한다. 나는 과연 '사람'일까?

차에 오르자 기다렸다는 듯 아라가 칭얼댄다.

"나비 언제 사 줄 거야?"

차를 출발시킨 후 아라와 마주 보고 앉아 아이의 어깨를 살짝 힘주어 잡는다. 아라가 어깨를 비틀어 빠져나가려고 해서 손에 더욱 힘을 준다.

"아파."

"나비가 갖고 싶어?"

아라는 얼굴을 찡그리면서도 고개를 끄덕인다.

"에바가 어떻게 될지 궁금하지 않아?"

"어떻게 되는데?"

나는 눈물을 삼키며 소리친다.

"아마 폐기될 거야. 너 폐기가 무슨 뜻인지 알아?"

"엄마, 아파."

"무슨 뜻인지 아냐고!"

아라가 대답한다.

"없어지는 거."

숨을 쉴 수가 없다. 이 아이는 더 이상 내 딸이 아닌 것 같다. 아라의 어깨를 놓고 다시 앞을 본다.

"맞췄으니까 나비 사 줘."

흐르는 눈물을 닦고 목적지를 새로 설정한다. 아라가 투덜거린다.

"또 저기야. 거기 지루해."

정밀검사를 위해 촬영실로 들어가던 아라가 돌아서더니 날 향해 손을 뻗는다. 저 조그마한 것을 혼자 들여보내기에 촬영실은 너무 춥고 시끄럽고 공허하다. 평소 같으면 누가 뭐래도 함께 들어갔을 것이다. 그러나 이제는 그럴 수 없다. 아직은 시간이 필요하다. 내가 멀뚱히 서 있자 옆에 있던 이성이가 옆구리를 찌른다. 나도 지금 내 행동이 적절하지 않다는 건 잘 안다. 하지만…… . 그때, 아라가 내게 와서 안긴다. 뭘 알고 그러는지 평소보다 더 어리광을 부리며 속삭인다.

"엄마, 사랑해."

순간 눈물이 왈칵 흘러서 아라를 안으며 눈물을 훔친다.

"나도…… 사랑해."

촬영이 진행되는 동안 성경 씨한테 전화를 한다. 그리고 일을 관둬야 할 것 같다고 말한다. 성경 씨는 건성으로 네네, 하고 대꾸한다.

"성경 씨, 진심이야."

잠시 정적이 감돈다. 나는 후, 크게 숨을 내쉰다.

"갑자기요?"

에바를 떠올리지 않으려 두 눈을 질끈 감는다. 두통이 오히려 고마울 지경이라 헛웃음마저 나온다. 그때 청소 로봇이 웅웅거리며 내 앞을 지나간다. 등 부분의 전원 스위치가 유독 도드라져 보인다. 저걸 누르면 저 로봇은 즉시 동작을 멈출 것이다. 죽어버리는 것이다. 내가 말한다.

"더는 이 일을 할 자격이 없어."

통화를 끊고 나는 아라가 있는 촬영실 쪽으로 걸음을 옮긴다.

나의 탈출을
우리의 순간들로 미분하면

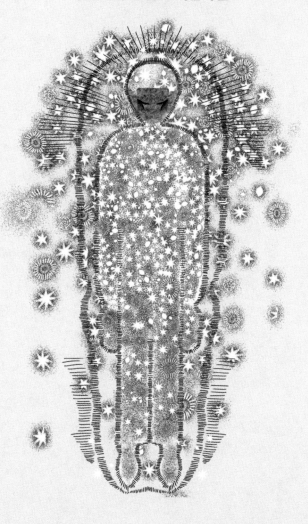

보낸 사람: 사강

받는 사람: 유진

작성 일시: 163년 2월 14일 오전 2시 9분 57초

제목: 마지막 메시지

  네가 이 메시지를 읽는다는 건 내가 이미 우리가 사는 세계에서 깔끔하게 지워졌다는 것을 의미하겠지. 보다 공정하게 말하자면 나는 이 세계의 '위대한 벽'을 향해 논리 폭탄을 실은 로켓을 쏘아 보낸 혐의로 이 세계에서 퇴출당한 거야.

  물론 이 세계가 나 같은 일개 시민이 오픈소스를 조합해 만든 허접한 논리 체계로 무너질 리는 없어. 이제야 말하는 거지만 내 목적은 이 세계를 무너뜨리는 게 아니야. 누구보다 네가 제일 잘 알겠지만 나는 그럴 만한 위인이 못 되지. 내가 정말로 바라는 건 따로 있어. 바로 이 세계에서 퇴출당하는 거야.

  나는 그걸 이렇게 말하고 싶어. 탈출이라고.

  네가 이 상황을 어떻게 받아들일지 사실 잘 모르겠어. 나라는 존재보다는, '들어온 자'라는 꼬리표를 더 중요하게 생각하는 사람들 사이에서 유일하게 나를 있는 그대로 봐주는 너라는 사람은 이 메시지를 읽으면서 대체 무슨

생각을 할까? 어떤 느낌을 받을까? 혼란스러울까? 믿을 수 없을까? 믿고 싶지 않을까? 화가 날까? 내가 미울까? 아니면 나한테 미안해할까? 마지막 것만은 아니었으면 좋겠는데, 그건 내 욕심이겠지.

변명처럼 들리겠지만, 나는 네가 나 때문에 고민하고 어떤 행동을 취하는 게 싫어. 너는 대번에 말하겠지. 무슨 그런 말이 있느냐고. 하지만 나한테는 있어, 그런 말. 그런 말로 가득 차 있는 게 나란 인간이야.

생각해 보면 처음 의식을 찾고 새로운 세계에 적응하는 순간부터 나는 그랬던 것 같아. 나를 맡은 보육교사는 내가 다른 아이들에 비해 더 소극적인 성향을 지녔다고 평가했어. 이제 막 앞으로 살아가야 할 세계의 이름과 이곳의 역사를 주입받던 나는 이렇게 물었지.

"저, 저는 지금 마, 막 태어난 거나 마찬가지 아, 아닌가요? 무슨 무, 문제라도 있는 건가요? 저, 저는 지금 왜 말을 더, 더듬는 거죠? 그리고 소, 소, 손은 왜 이렇게 우, 움직이는 거고요?"

진짜로 그렇게 말했어. 보육교사가 말하길, 자기도 정확한 건 모른다고 했어. 다만 기억이 지워진다고 해서 나의 모든 게 사라지는 건 아니랬어. 지구에서의 삶을 통해 형성된 뇌의 신경 구조가 그대로 이곳, 밸리에서 전자적으로 구현되는 만큼 생각보다 많은 것들이 남는다고 했어. 말하자면 데이터의 색인을 지우는 거지. 그래서 '들어온 자'는 자신의 과거를 기억하지 못하지만, 그것은 단지 기억을 불러오지 못하는 것일 뿐, 기억 자체가 없어지는 건 아닌 셈이야. 그래서 성격이나 습관 같은 게 유지되는 거고. 나는 또 물었지.

"그렇다면 왜 기, 기억을 지우는 건가요?"

그 또한 자기는 모른다고 했어. 그냥 일종의 관행 같은 게 아니겠냐고. 아니면 단순히 청소일 수도 있고.

좀 심한 말이지? 적어도 십수 년에 대한 기억을 몽땅 잃어버린 사람 앞에서 하기에는 말이야. 하지만 나는 별로 개의치 않았어. 십수 년의 시간을 아쉬워하기에는 밀리초 단위로 쏟아져 들어오는 이곳의 장대한 타임라인에 압도되지 않기 위해 안간힘을 써야 했거든. 그러면서 내가 겨우 한 말은 이거였어.

"조금…… 천천히……."

나로서는 특히 밸리를 만든 우리의 선조가 결국 지구와 신체를 버리고 초가상현실로 도망쳐야 했던 원인이 궁금했어. 나는 당시 유명했던 어느 미래학자가 했다는 말을 정보의 홍수 속에서 건져내려 애썼어. "결국 우리는 상상 가능한 모든 것을 손에 넣었다. 단 한 가지만 빼고서 말이다. 우리는, 우리 자신을 잃었다." 애써 건져올릴 만큼 의미 있는 말은 아니었는데.

그러고 나서 좀 더 인간적인 시간이 이어졌어. 이곳에서 태어나 자란 아이들과의 통합 교육을 받은 거지. 그리고 너를 만났고 말이야.

내가 한 번도 말하지 않은 건데, 넌 참 조용한 아이였어. 내가 어떻게든 실없는 농담을 하면서 애들의 관심을 끄는 동안, 한쪽에 자리 잡고 앉아 꼼짝도 안 하고 뭔가를 들여다보는 네가 나는 그렇게 신경 쓰이더라. 대체 뭘 하는 걸까 궁금했어. 그래서 한바탕 소동을 마치고 나서 지친 내가 네 옆자리에 털썩 주저앉아 네가 하는 것을 가만히 지켜보다가 불쑥 말을 걸었었는데, 혹시 아직 개인 저장소에 그 기억을 가지고 있는지 모르겠네. 나는 가지고 있거든.

"나 펜스 님께 입양됐어. 그러니까 우리 형제야. 그렇지?"

너는 겨우 고개를 들더니 나를 보고 말했지.

"알아. 근데 굳이 말하자면 형제가 아니라 삼촌 조카 지간이지. 나는 그분의 손주니까."

나는 너의 세세함이 마음에 들었어. 뭐랄까, 남들은 보지 않고 넘어가는 것까지도 보아줄 것 같았달까. 그냥 그런 생각을 했다고.

실제로 너는 남들이 보지 않는 깃까지 보지만, 그렇다고 그걸 가지고 생색을 내거나 다른 사람을 깎아내리지는 않아. 너는 내가 저지르는 셀 수 없이 많은 실수와 잘못을 그저 지켜볼 뿐이었어. 그게 편하면서도 가끔은 나한테 관심 자체가 없는 건가 싶어서 괜히 막 화를 내고 삐치고 더 보란 듯이 이상한 행동을 했어.

그렇게 가입한 '그래도 지구는 평평하다' 클럽에서 나는 존재 자체를 부정당했지.

나는 그때까지 몰랐어. 세상에는 밸리 바깥의 세상 따

원 존재하지 않는다고 믿는 사람들이 있다는 것을. 그 사람들은 오직 밸리만이 세상의 전부라고 생각하고, 우리가 지구라고 부르는 바깥세상은 밸리를 창조한 신 클라라가 만든 또 다른 세상이라고 주장해.

그렇다면 지구에서 살다가 밸리로 의식이 업로드되었다고 알고 있는 나는 뭐가 되는 거지? 그 순간 나는 펜스 님의 말씀 중에서 어딘가 이상한 느낌을 받고는 했던 말들을 떠올려 보곤 그 두 가지가 모종의 관계가 있다는 것을 깨달았지.

나는 나도 모르게 주장했어.

"하지만 그래도 지구는 있어요."

내가 '들어온 자'라는 사실을 확인한 누군가가 나한테 이렇게 물었어.

"그럼 증명해 봐요. 그때의 기억 아무거나 한번 말해 봐요."

물론 그건 상대할 가치도 없는 말이었지만, 그렇다고 부정당하는 사람 입장에서 아픈 정도가 덜한 건 애석하게도 아니야. 오히려 그들의 몰상식하고 뻔뻔하기 짝이 없는 태도에 더 큰 고통을 받지. 나는 비참함조차 느낄 수 없었어. 그저 이게 다 뭔가 싶었지.

이제는 너도 알다시피, 펜스 님께 나는 인공 객체에 지나지 않아. 그분은 내가 노인들이 (자신들의) 필터 버블에 갇혀 정신적인 고독사에 처하는 것을 방지하기 위해 클라라가 만든 유사 인격체인 줄 알아. 나는 최근까지도 아니라고, 나는 진짜 사람이라고 수없이 말해왔지만, 펜스 님껜 그저 클라라의 권능을 재확인하는 계기가 될 뿐이야. 나는 그분이 주최하는 유사 과학 단체에 끌려가 그네들의 믿음을 더욱 공고히 시키는 증거물로써 기능해. 그게 내 유일한 존재 의의인 듯이.

물론 그런 사람이 많은 건 아니지. 의무교육을 받고 그것을 받아들이는 너와 같은 대부분의 사람들은 밸리 바깥에 진짜 세상이 존재한다고 믿어.

그런데 있잖아, 너는, 밸리에서 나고 자란 너는, 그걸 이상하다고 생각해 본 적 없어? 네가 믿는 밸리 밖 세상은, 그것을 부정하는 사람들이 믿는 무(無)와 뭐가 다르지? 결국은 모두가 그저 믿을 뿐이야. 밸리 바깥에는 그 무엇도 존재하지 않고 단지 또 다른 밸리와 무로부터의 생성만이 있을 뿐이라고(그래서 내가 한낱 인스턴스에 불과하다고) 믿든, 학교에서 가르치듯 밸리 밖에 밸리의 원형인 진짜 세상이 존재한다고 믿든, 결국 우리는 그저 믿을 뿐이야.

너는 너라는 사람을 믿어?

나는 나라는 사람을 믿지 않아. 단지 알 뿐이지. 밸리라는 곳에서 보고 느끼고 생각하는 나를, 나는 알아. 믿는 게 아니라.

너도 이제는 내가 무슨 말을 하고 싶은지 알겠지.

나는 밸리 밖 세상, 내가 태어난 세상을 믿고 싶지 않아. 그냥 알고 싶어.

그래서 이러는 거야. 밸리의 벽에 구멍을 뚫으려고 시도한 혐의로 밸리에서 퇴출당하려고 하는 건. 바로 밸리 밖으로 나가기 위해서야.

나는 이제부터 세상을 증명할 거야. 지구가 한낱 시뮬레이션이 아니라는 걸 증명해 낼 거라고. 지구를 믿지 않는 사람들한테, 내가 태어난 세상을 믿지 않는 사람들한테, 나라는 존재를 믿지 않는 그 사람들한테 증명할 거야.

하지만 그린다고 해서 그 사람들이 단숨에 마음을 바꿀 거라고는 생각하지 않아. 아마 기껏해야 유사 지구가 생겼다며 관광 계획을 짜겠지. 그러면서 지구에 살고 있는 사람들을 테마파크에 있는 NPC 취급할 거야. 그리고 나는 여전히 인스턴스에 불과한 유사 시민일 뿐일 테고.

그렇다면 나는 왜 그런 사람들의 말에 시달리는 걸까? 그 사람들이 세상의 전부도 아닌데. 막말로 지구를 부정하는 사람의 수는 아무리 넉넉하게 잡아도 밸리 시민의 20퍼센트(솔직히 나로서는 이 정도 수치도 충격적이지만) 정도잖아. 단순하게 생각하면 내가 알고 지내는 사람들 다섯 중 하나를 버리면 되는 간단한 문제야. 하지만 사실 그렇게 간단하지는 않아.

너도 알다시피 밸리는 단일한 세상이 아니야. 여러 개의 세상이 층층이 또는 거품처럼 존재하지. 각각의 세상은 연결되어 있어. 하지만 대부분의 사람들은 자기가 살던 세상에서 벗어나지 않아. 사람들은 반 차폐된 세상에서 서로가 서로의 믿음을 강화해. 그렇게 강화된 믿음으로부터 또다시 작은 거품이 생겨나지. 그게 무한히 반복돼.

그래서 필터 버블에 스스로를 가둔 사람들한테 나 같은 사람이 아예 배제되고 지워지고, 그 덕분이라고 해야 할지는 모르겠지만, 사람들이 배설하듯 내뱉는 혐오 발언으로부터 내가 해방될 수만 있다면 모든 게 해피엔드였을까.

지금도 네가 그렇게 생각한다면, 나로서는 네가 놓친 것이 있다고 말해줄 수밖에 없겠다.

바로 내가 펜스 님의 아이라는 거지. 끊어낼 수 없는 사슬로 엮여 있다고.

결국 나는 극단적 선택을 할 수밖에 없었어. 이해해 달라는 건 아니야. 모든 준비를 마치고 너한테 갈 메시지를 작성하는 지금까지, 나조차도 어느 정도는 회의적인 마음이 없지는 않으니까. 정말 방법이 이것뿐일까 싶기도 하고, 이런 얘길 너한테 하는 이유는 뭘까 싶기도 하고.

아무래도 나 지금 무서운가 봐.

일을 저지르고 나면 벌어질 상황이, 그리고 그 결과 네 모습을 다신 볼 수 없을 거라는 사실이 지금 난 무서운가 봐. 이대로 더 있다간 다 포기하고 또 텅 빈 인형이 되고 말 거야.

트리거를 작동시켰어.

부디 놀라지 않기를.

나를 기억해 주기를.

그리고 지구가 실재하기를.

안녕. 너의 친구, 사강이.

✻

민망하게도, 다시 첫 번째…… 편지?

놀랐지? 나도. 설마 이렇게 또 메시지를 보낼 거라고
는 정말이지 생각 못 했어. 참, 그냥 메시지가 아니지. 나
도 이런 식으로 이야기하는 건 처음인데, 이걸 편지라고
한다지? 고대에는 물질의 마찰과 분자구조의 끊어짐을 이
용해 문자를 기록해서 목소리를 보존했다는데, 과연 밸리
를 만든 우리들의 선조는 뭐가 달라도 달라. 그렇지?

이런 얘기를 하려고 한 건 아니고…….

혹시 걱정 같은 걸 한 건 아니지? 네가 그런 걸 하는
모습은 상상이 잘 안 되는데. 사실 해줬으면 하는 마음이
없는 건 아닌데, 네가 진짜 걱정을 한다고 생각하면 또 마
음이 편치만은 않네.

네 목소리가 여기, 밸리 밖에서도 들리는 것 같다. '어
쩌라는 건데.'

글쎄, 나도 그게 좀 궁금하네. 나는 대체 지금 뭘 하는
걸까?

물론 당장은 너에게 보낼 편지를 쓰고 있어. 진짜로
물질과 물질을 마찰시키는 방식으로 말이야. 우리가 통신
모듈을 이용해 거의 빛의 속도로 이야기를 주고받는 것에
비하면 이렇게 문자를 그리는 방식은 거의 아무것도 하지
않는 것과 같아. 그런데 지금 나한테는 그게 필요해.

밸리에서의 삶은 너무 빨랐어. 물론 그곳은 어디까지나 가상으로 구현된 유사 지구이고, 사람들이 최대한 진짜 같은 삶을 살게 하기 위해 쓸데없이 많은 제한으로 얽맨 공간이기 때문에 내가 좋아하는 고대인들의 문화재에 나오는 것처럼 초현실적인 활동을 할 수 있는 건 아니야 (너 〈매트릭스〉라고 알아? 〈공각기동대〉는? 너무 매니악한 예인가?). 하지만 진짜 지구에서 가만히 시간을 보내다 보니 나한테는 밸리조차도 너무 벅찼다는 생각이 뒤늦게 들더라. 그리고 확신 또한 들었어.

여기가 내가 살던 곳이라는 확신.

비장한 어조로 전에 말했듯이, 나는 더는 기억을 불러오지 못해. 하지만 그렇다고 기억 자체가 지워진 건 아니야. 문득문득 기시감을 느껴. 언어로 설명할 수는 없지만 확실히 그래. 내가 느끼는 감정을 밸리에서처럼 고스란히 너한테 보내줄 수 있다면 얼마나 좋을까. 방금까지 밸리가 빠르니 벅차니 해놓고…… 나 좀 웃기다, 그치?

뭐, 밸리에서 제공하는 여러 편의 기능을 싸잡아 매도하고 싶은 생각은 없어. 개인적으로, 감정을 공유하는 기능은 정말 좋아해. 그걸로 너랑 같이 체험 콘텐츠를 즐기는 시간이 참 좋았는데.

언제나 그렇지만 나는 또 널 그리고 있네. 너는 나한테 일종의 습관이 된 거 같아. 네가 궁금해하고 있는 게 이런 추억은 아닐 텐데. 나도, 감상적인 편지를 쓰기보단 밸리에서 탈출하기로 맘먹은 이유를 파고들어야 할 텐데.

하지만 그럴 의지를 완전히 잃어버렸어. 밸리에서 공식적으로 쫓겨난 직후 지금 사용 중인 의체에서 눈뜨고 얼마 되지 않아서였지. 이 얘기를 할 필요가 있을까? 하지만 지금은 온통 그 생각뿐이라 하지 않고는 다른 얘기를 할 수 없을 것 같아.

의체가 프린팅된 곳은 옛 한반도의 어느 벙커 안이었어. 너라면 위성 지도를 가리키며 말하겠지. 이곳은 더 이상 반도가 아니라고. 확실히 이곳은 한반도라 불렸던 때보다 수면이 한참이나 높아져 상당 부분이 물에 잠겨 있어. 굳이 말하자면 한군도라고 하는 게 맞겠지.

벙커를 나서자 칼바람이 의체의 감각 센서를 휘몰아쳤어. 상황은 시야도 크게 다르지 않았는데 다행히 눈보라의 틈새로 희미하게 길처럼 보이는 게 있었어. 누가 봐도 사람의 흔적이었지. 나는 외투를 단단히 여미고 회색빛 길을 걸었어. 감각 센서의 쓸데없는 리얼함에 몸을 덜덜 떨면서 말이야. 어휴, 어찌나 춥던지.

얼마나 걸었을까. 아주 먼 곳에서부터 짐승이 울부짖는 소리가 들려왔어. 나는 내 의체의 청각 센서를 의심해야 했어. 내가 들은 소리는 분명히 기계음이었거든. 짐승의 울음소리를 흉내 내는 기계라니. 그 순간 떠오른 건 '클라라의 아이'였어. 너는 나와는 달리 공부에 열심이었으니 '클라라의 아이'에 대해 모르지는 않겠지. 하지만 실물을 봤을 리는 없어. 그것들은 폐허가 된 지구를 정화하는 용도로 만들어졌으니까. 테라포밍을 위해 말이야. 그걸 두 눈으로 직접 볼 수 있을지도 모른다는 기대감에 나는 발걸음의 속도를 높였어. 하지만 정작 내가 발견한 건 '클라라의 아이'가 아니었어. '사람'이었어.

무언가가 털썩 쓰러지는 소리가 바람을 타고 겨우 감지됐어. 놀라서 그쪽으로 달려가 보니 사람이 쓰러져 있었지. 밸리에서 퇴출당한 이후 처음 보는 사람이었어. 너무 놀라서 나도 모르게 옛 버릇이 튀어나오더라.

"괘, 괜찮아요? 저기요?"

내 목소리를 듣고 그 사람이 반응을 보였어.

"배⋯⋯."

반쯤 녹아 질척한 회갈색 눈을 헤치고 나는 얼른 다가갔어. 그리고 그 사람을 똑바로 눕히려고 손을 뻗다가 흠칫 놀라 뒷걸음질을 쳤지. 소리도 질렀지 뭐야. 그 사람은 피폭인이었어. 사실 지구에 사는 사람치고 방사능에서 완전히 안전한 사람은 없지. 밸리는 그 때문에 만들어졌으니까. 그 사람이 고개를 들더니 하나뿐인 툭 불거진 눈을 카멜레온처럼 이리저리 움직였어. 그러다가 날 발견했지. 나는 완전히 겁을 집어먹고 한 걸음 물러섰어. 그런데 두려워하는 게 나 혼자만은 아니었어.

"사⋯⋯ 사신!"

그 사람은 신음하듯 말하며 몸부림쳤어. 시커멓게 썩어가는 팔다리로 어떻게든 도망치려 애쓰는 모습을 나는 회로가 망가지기라도 한 것처럼 그냥 멍청하게 서서 볼 수밖에 없었어. 그런 날 밀치고 누군가가 피폭인 곁으로 다가갔어. 그리고 말했지.

"아저씨, 나 알아보겠어요? 나야, 봄."

"봄……."

"조금만 참아요. 내가 금방 편하게 해드릴게."

봄은, 한눈에 봐도 피폭인과는 외형적으로 구별이 됐어. 굳이 말하자면 좀 더 '살아 있는 사람' 같았다고 해야하나. 무엇보다 내 것과 비슷한 새하얀 외투를 걸치고 있었지. 봄이 돌연 나를 쏘아보는 듯하더니 내 뒤를 향해 말했어.

"약 줘요."

나는 놀라서 펄쩍 뛰었어. 아무도 없는 줄 알았던 내뒤에 새하얀 외투 차림의 누군가가 서 있는 게 아니겠어? 나는 도대체 무슨 일이 벌어지는 건지 알 수가 없었어. 봄보다는 나이가 더 들어 보이는 여자는 봄의 말을 듣기는 한건지 뚱한 얼굴로 피폭인을 바라볼 뿐이었어. 봄이 다시 외쳤어.

"소연! 약 줘요!"

"뭐 하게?"

소연이라 불린 여자가 관자놀이를 손으로 문지르며 말했어.

"몰라서 물어요? 아저씨가 아파하잖아요."

"그래서? 아픈 사람마다 약 쥐여줄 거야? 그럼 여기 사람들 다 줘야 하는데, 그러고 나면 복지원 애들은? 너도 이제 좀 학습이라는 걸 해봐라. 하여간에 내가 미쳤지. 어쩌자고 너 같은 천둥벌거숭이를 밸리로 데려갔는지."

마지막 말을 듣고 나도 모르게 끼어들어 소연에게 물었어.

"혹시 저, 저도 그쪽이 배, 밸리로 데려갔나요?"

소연이 인상을 쓰며 날 보더니 그냥 지나쳐서 가버리더라. 뭐라 뭐라 막 혼자 구시렁대면서. 당황해하는 나한테 봄이 대뜸 말했어.

"멍청하게 서 있지 말고 이 사람 좀 일으켜 봐."

나는 정말 멍청하게 으, 응…… 하고는 봄이 피폭인을 업는 걸 도왔어. 남자를 업은 봄이 소연을 쫓아가려다가 멈칫하더니 말했어.

"갈 거지?"

"어, 어딜?"

봄이 눈살을 찌푸리더니 설마 하는 눈으로 쳐다봤어. 그러고는 말했어.

"너 누구야?"

나는 도대체 이게 무슨 상황인지 알 수가 없어서 조금은 퉁명스럽게 대꾸했지.

"사강."

봄이 조금 환해진 얼굴로 다시 물었어.

"그럼 나는?"

"봄……이라며."

"뭐야, 그래서 날 안다는 거야, 모른다는 거야?"

"내, 내가 널 어떻게 알아……요?"

338

봄이 폭발이라도 할 것처럼 소연이 간 방향으로 튀어 나갔어. 나도 얼결에 그 뒤를 쫓았고. 하지만 소연은 어느 새 가고 없더라. 봄이 버럭 소리를 질렀어.

"저 악마의 하수인 같으니라고!"

피폭인이 신음하는 바람에 우리는 천천히 길을 걸었 어. 언제까지고 계속될 것 같던 잿빛 세계가 좀 바뀌는가 싶더니 이내 탁 트인 곳이 길옆으로 펼쳐졌어. 언뜻 보면 개미굴을 연상시키는 모습으로 고대 건물의 잔해가 사람 들을 품고 있었어. 피폭인을 처음 마주하고 느꼈던 것과 크게 다르지 않은 감정이 솟구쳐 올랐어. 멈춰 서서 마을 을 쳐다보는 나를 봄이 불렀어.

"너 말이야, 그럼 복지원도 몰라?"

"그건 알아……요."

"어떻게?"

"내가 자, 자란 곳이라……."

"그리고?"

"그게 단데……."

봄은 음, 하며 얼굴을 찌푸렸어.

"그래서, 거기로 갈 거야?"

"글쎄?"

봄이 뭔가를 가까스로 참는 듯이 콧구멍을 벌렁거리 면서 낮게 말했어.

"다른 데 갈 데 있어?"

"딱히?"

봄이 갑자기 버럭 소리를 질렀어.

"그럼 도대체 지금 왜 여기 있는 건데?"

그걸 나 역시 알고 싶어. 나는 아무 대답도 할 수 없었지. 생각해 보면 너무 단순했나 싶어. 펜스 님과 일부 사람들이 주장하는 비과학적인 이야기들이 지워낸 나라는 존재를 증명하겠다고 이 짓을 저지른 게 과연 최선이었을까? 내가 자랐다는 곳에서 편지를 쓰면서 나는 그런 생각을 해. 조금은 냉담한 면이 있는 네 생각은 어떨지 듣고 싶어. 내가 최우선으로 챙겨 온 기억 속의 너는 말해. 그런 쓸데없는 것에 신경 쓰지 말고 돌아오라고. 그 정도면 할 만큼 했다고. 정말 그럴까.

봄이 피폭인을 다시 고쳐 업고는 말했어.

"길 따라 쭉 가. 그럼 산과 바다가 나와. 산이 오른쪽, 바다가 왼쪽. 그대로 쭉 가면 산으로 가는 오솔길이 나와. 그 위쪽에 있어. 복지원 말이야. 정 모르겠으면 까마귀 소리를 따라가. 알았어?"

나는 고개를 끄덕이다가, 돌아서서 가려는 봄을 잡아 세웠어. 그러고는 쭈뼛거리면서 물었어.

"너…… 나 알아?"

"응."

"하지만 어, 어떻게…… 너도 배, 밸리 사람이잖아."

봄이 담담하게 말했어.

"지우지 말라고 졸랐어, 기억. 됐지? 간다."

그게 뭐야? 지우지 말라고 졸랐다니? 아직까지 나는

340

봄이 한 말이 정확히 어떤 의미인지 몰라. 붙잡고 물어보고 싶은데, 봄이 제법 바쁘거든.

그래서 봄을 기다리면서 나는 소연과 봄이 머무는 방에서 편지를 쓰고 있어. 그들과 같은 사신 행세를 하면서.

사신이라는 말은 여기 고대어인데, 임금의 명령을 받고 외국에 사절로 가는 신하를 의미해. 바꿔 말하면 이곳 사람들은 소연과 봄을 밸리에서 내려온 대표로 여기는 거지. 어쩐지 좀 신격화된 것 같다는 느낌이 드는데, 그 덕이랄지 나도 덩달아 분에 넘치는 대우를 받는 것 같아. 조금은 쓸쓸할 정도로.

사신에는 또 다른 뜻도 있어. 죽음의 신. 그래서 피폭인이 나를 사신으로 오해했던 걸까? 내 모습이 다르다는 이유로? 그 사람의 눈에는 두려움에 더해 혐오도 서려 있었어. 난 그 눈빛에서 펜스 님의 사람들을 봤어. 나를 마치 있어서는 안 되는 중대한 버그처럼 쳐다보는 그 눈빛이 밸리가 아닌 여기에서도 날 위협하는 것 같아.

그저 내 피해의식일까? 아니면 피곤해서? 아무리 내 몸이 나노기술로 만들어졌다고는 하지만, 에너지 효율 면에서 제한이 없는 건 아니니까. 그래, 그런 거라면 이해할 수 있어. 말이 나온 김에 좀 쉴까 해. 어떻게 쉬어야 하는지가 문제지만.

그건 그렇고, 이 편지가 너한테 닿을 수 있을지 모르겠다. 어쩌면 그건 그리 중요하지 않을 수도 있고. 밸리의 벽을 향해 로켓을 쏜 시점부터 나는 밸리와의, 그리고 너와의 연결을 포기한 거나 마찬가지니까.

　이미 말했지만, 너를 향해 편지를 쓰는 건 일종의 습관이야. 그런 의미에서 내가 저지른 일은 단순히 나를 부정하는 사람들로부터 도망친 것이 아니야. 나의 습관, 무의식의 수준에서 나를 둘러싼 모든 것에 맞서는 쪽에 더 가깝지 않을까?

　그래도 가능하다면 이 편지가 너한테 닿았으면 좋겠다. 봄은 밸리와 지구를 자주 오가니까 방법이 있지 않을까?

　어, 봄이 왔어. 편지는 이따가 마저 써야겠어. 편지를 부칠 방법을 찾을 때까지는 그냥 쭉 이어 써볼 거야.

　추신. 봄이 편지를 가지고 밸리로 가기로 했어. 곧 있을 이벤트가 끝나면 다시 돌아가야 한대. 무슨 이벤트일지 궁금해. 그게 뭐든 즐기면서 이 기분을 좀 떨쳐내고 싶거든.

　추추신. 밸리로 들어갈 때, 소지품을 가지고 들어갈 수 없어서 봄이 이 편지를 기억에 담아서 들어갈 거야. 그런데 봄이 편지를 보더니 진저리를 치는데 왜 그러는지는 모르겠어. 네가 내 편지를 어떤 방식으로 읽게 될지 궁금하다.

　추추추신. 저…… 어려운 부탁을 하나 해도 될까? 펜스 님에게 안부 전해줘. 당신의 아이이자 전리품인 내가 여전히 살아 있다고 말이야.

✳

복잡한 심경으로 쓰는 두 번째 편지.

봄이 근거리 통신으로 전해준 네 편지를 보고 내가 얼마나 놀랐는지 알아? 덕분에 겨우 숨이 트이는 기분이야. 물론 내 몸에 산소가 필요한 건 아니지만. 실은 지금 힘들거든. 좀 많이.

사실 답장이 올 거라곤 생각 못 했어. 기다리지 않았던 건 아닌데, 아무리 생각해도 네가 한 자 한 자 글자를 입력하는 모습이 영 어색하더라고.

난 너를 어떤 사람으로 생각해 왔던 걸까?

혹시 전에도 편지를 써본 적 있어? 간단한 메시지 말고, 이렇게 장문의 글 말이야. 그럴 리가 없다고 생각하지만, 그래도 네 편지는 뭐랄까, 생생해. 읽고 있으면 꼭 네가 옆에 앉아 말하고 있다고 느껴질 정도야. (특히 이 부분: "네가 정상은 아니라고 생각하지 않은 적이 없지만, 그래, 너 완전히 미쳤어.") 그래서 좋다. 너무.

그렇다고 내가 후회한다든가, 돌이키고 싶어 한다고 오해는 하지 마. 내가 머무는 이곳, 복지원은 춥다는 게 흠이기는 하지만(소연은 그저 느낌이라는데, 그래도 추운 건 싫잖아?), 그래도 좋은 곳이야. 그리고 여기 사람들도.

다만…… 지금 나는 또 다른 벽을 마주한 기분이야. 전에 말한 이곳의 이벤트 때문에. '졸업식'이라고 불리는 그 이벤트를 나는 도저히 즐길 수가 없었어. 왜냐면 그 졸업식으로 인해 내가, 내 문제가 발생한 셈이니까.

좀 더 구체적으로 설명해 볼까? 이곳 복지원 사람들은 크게 두 부류로 나뉘어. 아이들과 혼자 생활이 어려운 사람들.

혼자 생활이 어려운 사람들은 이곳에서 보육 시스템의 돌봄을 받다가 생을 마감해. 내가 처음 만났던 사람에 비하면 매우 인간적인 죽음이지.

한편 아이들의 경우, 오랜 전통에 따라 일정 나이가 되면 '졸업생'이 되어 세상으로 나가게 돼. 그리고 그중 한두 아이가 특별히 사신에 의해 '선정'되어 밸리로 가지. 그래, 나처럼.

그 아이들은 기억이 깨끗이 지워진 채 밸리의 시민으로 새로 태어나는 거야. 왜 기억을 지우는 걸까? 소연에게 물어봤는데, 관행이래. 그럼 봄은? 그랬더니 돌아온 말이 좀 허무했는데, 봄이 기억을 보존하는 이유가 그냥 봄이 관행을 부정했기 때문이래.

그게 다래. 놀랍게도 말이야.

그렇게 '들어온 자'가 된 졸업생은, 복지원을 관심 있게 지켜보며 후원을 아끼지 않던 일부 사람들에게 경매를 통해 높은 값에 입양돼. 그렇다면 펜스 님에게도 그런 취미가 있었다는 거잖아. 좀 소름 끼치더라. 뭐, 게임 업적,

트로피 같은 거겠지만.

대체 이 모든 게 무슨 의미가 있을까? 사람들은 아이가 선정되는 걸 신의 영예쯤으로 여기지만, 글쎄, 당사자인 내가 봤을 땐……

됐다. 이런 말이 다 무슨 소용이야.

나는 이런 굴레를 목격하고 조금 허무해졌어. 왠지 밸리에서 퇴출당하기 위해 했던 일도, 그걸 결심하기까지 지새운 수많은 밤들도 전부 다 부정당한 기분이야. 지금 느끼는 암담한 심정에 비하면 내가 태어난 세계를 부정당하는 건 애들 장난이었다는 생각마저 들어. 나는 대체 뭘 하는 거지?

졸업식이 끝나자, 졸업생 대표로 선정된 두 아이가 봄을 따라 밸리로 갔어(첫 편지도 이때 보내졌고). 졸업식의 실체를 깨닫고 금방이라도 울 것 같은 기분으로 내 방으로 돌아가려고 하는데 복지원 원장이 몹시 조심스러운 어조로 나를 불러 세웠어.

"혹시 괜찮으시면 함께하시겠습니까?"

원장은 손에 꾸러미를 든 채로, 처음 인사할 때와 마찬가지로 내가 아닌 엉뚱한 곳을 향해 말했어. 나는 그의 푹 꺼진 눈과 탁한 눈동자를 보며 대답했어.

"뭘요?"

"졸업식을 성황리에 마친 기념으로 마을 분들께 보급품을 나누어 주는 일이요. 아마 사신께서 손수 나누어 주시면 모두 좋아할 겁니다."

나는 피폭인의 눈빛을 떠올리고 나도 모르게 한 걸음 뒤로 물러섰는데, 날 보고 있지 않던 원장의 표정이 그 순간 미묘하게 굳어졌어. 나는 얼른 다시 제대로 서서 말했어.

"무슨 말씀인지는 알겠어요. 하지만 싫어하는 사람도 있을걸요."

원장이 미소 지었어.

"그렇다고 피하기만 하면 바뀌지 않지요."

결국 나는 원장을 따라 마을을 돌아다니며 각종 고형 음식을 나누어 주었어. 다행히 사람들은 날 향해 혐오 섞인 눈빛을 보이지는 않았어. 글쎄, 그 사람들한테는 혐오도 사치가 아니었을까 싶기도 해. 멀리 있는 죽음을 신경 쓰기보단 당장 손에 들린 음식이 더 중요하지 않겠어?

오히려 나는 그 봉사로 뿌듯한 마음마저 느껴서 졸업식의 충격을 조금 잊을 뻔했어. 그걸 막은 게 원장이었어. 보급을 마치고 돌아오는 길에 원장이 말했어.

"오늘 같은 날에는 앞이 보이지 않는 게 다행이다 싶어요. 사람들의 저런 모습을 보지 않아도 되니까요. 소리로도 필요 이상으로 저들의 상황이 전달되긴 하지만 말이죠."

나는 깜짝 놀라서 되물었어.

"앞이 보이지 않는다고요? 하지만……."

그러고는 원장이 걷는 모습을 빤히 쳐다보았지. 원장이 되려 미안해하면서 설명했어.

"아, 기억이 없으시다는 걸 잊었군요. 저는 앞이 보이지 않습니다. 날 때부터 그랬어요. 그래서인지 생각하시

346

는 만큼 불편하지는 않죠. 신께 감사히도."

나는 당황스러웠어. 구체적으로 뭐가 어떻게 당황스러웠을까. 당황스러웠다는 표현이 정확하기는 할까. 그때의 나는 다만 무언가에 쫓기듯 다른 얘기를 꺼냈지.

"그래도 사람들이 좋아하는 걸 보면, 그러니까 들으면, 뿌듯한 마음이 들지 않나요? 저 사람들은 오늘만 기다리며 1년을 버텨온 거잖아요."

원장은 웃었어. 보는 사람이 부끄러워 얼굴이 붉어지는 미소였어.

"그래요, 저들은 버텨온 거예요. 졸업식을 마치고 나서 자기들한테 돌아올 작은 꾸러미만을. 그것 없인 또 한 번의 1년을 버틸 재간이 없으니까요. 이 사람들이 복지원의 호의가 아니면 한순간에 모두 스러져 버릴 수 있다는 사실이 저는 좀 그렇더라고요. 그래서 뿌듯함을 느낄 여유가 없습니다."

그 뒤로 나는 할 말을 잃고 그냥 원장의 뒤를 강아지처럼 쫓았어.

너는 원장의 말을 어떻게 생각해? 곰곰이 생각해 보면 여러 가지 상반된 생각이 들어. 여기 사람들은 복지원의 호의가 아니면 당장 내년을 기약할 수 없는 형편이야. 그렇다면 관행이든 한낱 호의든 상관없는 게 아닐까. 하지만 애당초 이 사람들이 호의가 아니면 살아남을 수조차 없게 된 이유를 생각해 봐야 하는 것은 아닌가. 그러기엔 너무 까마득한 과거일까.

347

나는 소연에게 이런 얘기를 해봤어. 별 기대 없이 꺼낸 건데 소연이 의외의 얘기를 하더라고.

"그래서 바꿔가고 있는 거야. 봄은 관행을 거부하고, 현은 체제를 개선하지. 작지만 큰 걸음. 아, 원장 이름이다, 현."

나는 현이라는 이름을 작게 되뇌어 봤어. 그러다 문득 궁금해져서 물었지.

"소연은요?"

"나? 여기 죽치고 앉아서 그 애들 같은 악동들을 찾고 있지."

나는 마른침을 삼키며 물었어.

"저는…… 여기에 있던 저는…… 어땠어요?"

관자놀이 부분을 문지르던 소연이 날 보고 웃었어. 처음으로.

"어땠을 것 같냐? 네가 왜 지금 여기 있는지 생각해 봐."

아직도 이유를 모르겠는데, 소연과 헤어져 내 방으로 돌아가는 동안 이상하게 눈물이 나는 걸 주체할 수 없었어. 실제로 그랬다는 게 아니야. 내 몸에는 눈물샘이 없으니까. 그저 느낌이 그랬다는 얘기야.

편지를 쓰는 지금 나는 이런 생각을 해. 내가 밸리에서 내렸던 결심, 그게 허무하기만 한 것은 아닐지도 모른다는. 그렇다면 밸리에서 벗어나려 했던 내 선택이야말로 나를 규정짓는 게 아닐까?

으, 머릿속에서 폭죽이 터지듯 온갖 생각이 떠올라.

모든 걸 너하고 실시간으로 공유할 수 있다면 좋을 텐데. 봄한테 내 생각을 가지고 가달라고 했더니 정보값이 너무 커서 안 된대. 자칫 방화벽에 걸릴 수도 있대.

하지만 방법이 전혀 없는 건 아니야. 그게 뭔지는 나중에 알려줄게. 지금은 해야 할 일이 있어.

추신. 펜스 님 소식은…… 정말이지 그분답다. 어떻게 클라라를 상대로 소송을 할 생각을 할 수가 있지? 아니, 막말로 원고를 어떻게 특정할 수 있는데? 뭐, 밸리 전체를 법정에 세우겠다는 건가? 네 말대로, 무모함으로만 보면 내가 그분의 아이인 게 납득이 가. 몸서리치게 싫지만 말이야. 새로 입양될 아이가 나보다는 덜 무모하기를.

추추신. 새로 입양될 아이가 없기를.

추추추신. 내가 그렇게 할 수 있기를.

✳

초조한 마음으로 쓰는 세 번째 편지.

나는 정말 바보인가 봐.

너한테 편지를 쓰고 나서 호기롭게 시도한 일이 처참하게 실패했어. 아니, 정확하게 말하면 애당초 실현 가능성이 없었다고 해야겠지. 내 멍청한 짓을 글로 옮겨야 한다니 죽고 싶다. 나란 인간은 대체 왜 존재하는 거지?

뭐, 한 게 전혀 없진 않아.

현과 복지원 아이들을 즐겁게 해주었어. 그래, 그런 관점에서 이야기하면 좀 낫겠다.

나는 로켓을 만들었어. 놀라지 마. 밸리에서 쏘려고 한 무기와는 다르니까.

하지만 어차피 원리는 같아. 몸체가 있고, 그걸 밀어낼 추진체가 있으면 결국 다 로켓이야.

그런데 왜 또 로켓이냐고? 내가 밸리에서 탈출한 이유와 같아. 밸리 밖 세계를 믿지 않는 사람들에게 지구가 실재한다는 것을 증명하기 위해 나는 밸리에서의 퇴출을 유도했어. 하지만 인정해. 이 정도로는 부족하다는 걸. 그래서 나는 한 걸음 더 나아가 보려고 했어. 우주로.

물론 우주조차 클라라가 만든 배경일 수도 있어. 하지만 클라라도 물리적 한계를 지닌 존재야. 옛날식으로 말하면 컴퓨터에 불과하다고(으, 솔직히 좀 찔린다). 물리적으로 제한된 연산력으로 우주를 시뮬레이션한다? 어디까지? 태양계? 은하계? 설마.

그래서 로켓을 제작하려고 했어. 논리 폭탄을 실은 로직 로켓이 아닌 진짜 로켓을.

내가 가장 먼저 찾은 건 지구의 중력을 이기고 로켓을 우주로 탈출시켜 줄 추진제였어. 다행히 밸리에서 로켓을 만들면서 닥치는 대로 다운받아 놓은 자료 중에 고대 논문과 당시 네트워크에 떠돌아다니던 데이터 더미가 있었는데, 거기에 아주 재밌는 게 있더라고. '로켓캔디'라는 이름의 추진제야. 이름처럼 그 추진제를 만들기 위해서는 당이 필요해. 아주 많은 당이.

나는 마을 사람들한테 나누어 주었던 보급품을 떠올렸어. 그래서 소연에게 그걸 더 구할 수 없는지 물었지. 그랬더니 날 복지원 건물의 지하로 데려가더라. 그곳은 출입이 금지된 곳이라 원장인 현조차 들어가지 못하는 곳이야. 거기에는 옛날식 컴퓨터가 가득 있었어. 복지원의 시스템을 관리하는 용도였지. 그리고 한쪽에는 프린터가 있었는데, 소연이 버튼을 몇 번 누르더니 고형 음식을 꺼내 나한테 건넸어.

"안 받고 뭐 해?"

"이게…… 뭐예요?"

"보면 몰라?"

"이렇게 찍어낼 수 있는 걸, 왜 그렇게……."

소연이 음식을 분쇄기에 던져 넣었어.

"착각하지 마. 우리는 사람들이 생각하는 것처럼 천국에서 내려온 천사 같은 게 아니야. 복지원 애들의 성장 과정을 밸리의 노인네들에게 팔아먹는 사업가라고. 그리고 이걸 만드는 데 드는 원료가 얼마나 비싼데. 기껏 생각해서 데려왔더니."

그러고는 가려고 하는 걸 내가 붙잡았어.

"죄, 죄송해요. 재료 생각은 모, 못 했어요. 아직 밸리

때 습관이 남아 있어서……."

소연이 아무 일 없었다는 듯 다시 프린터를 조작했어.
그러더니 물었어.

"이거야? 네가 선택한 게?"

나는 소연이 내 계획을 알고 있다는 것에 놀라서 고개
만 끄덕였어.

"봄이 말이 좀 많아. 자, 봤지? 이대로 하면 돼. 필요한
성분만 뽑아내면 좋겠지만, 기계 다루는 건 취향에 안 맞
아서. 하고 가라. 문단속 잘하고."

나는 그렇게 만들어낸 고형 음식물을 현의 허락을 받
아 복지원의 옥상정원으로 옮겼어. 복지원은 계단식으로
지어져서 2층에서 밖으로 나가면 1층의 윗면이 나오는 구
조야. 그곳에서 현이 이제 막 피어나는 작은 꽃들을 하나
하나 만져보며 이름을 알려줄 때면 나는 잠시 이런 생각
을 하곤 했어. 이곳에 있었을 때 나는 이 사람을 알았을
까? 알았디면 얼마나?

모든 일이 순조롭게 진행됐다면 좋았을 텐데. 보급품
을 정원에 옮기고서 그다음 일을 떠올리자 등줄기에 땀이
흐르듯 전기가 찌릿 흘렀어.

나는 간과하고 있었어. 내가 있는 곳이 밸리가 아니라
는 사실 말이야. 우습지? 진짜가 어떻고 가짜가 어떻고 주
절거릴 땐 언제고, 나는 걸핏하면 내가 있는 곳이 밸리가
아니라는 사실을 잊고 밸리에서만 가능한 일들을 하려다
뒤늦게 깨닫곤 한참을 멍하니 있어. 그 사람들이 맞으면

어떡하지? 지구가 진짜가 아니라면? 클라라가 향수병에 빠진 사람들을 위해 구현해 놓은 가짜라면?

나는 고개를 절레절레 흔들며 작업에 착수했어.

로켓캔디라는 추진제를 만들기 위해서는 당이 필요해. 사람이 먹을 수 있게 합성한 보급품 안에서 당을 추출해야 하는데, 너도 알다시피 밸리에서는 초급 코딩 자격증을 딸 정도의 실력이면 적절한 장비를 갖췄다는 전제하에 물질을 메타 물질로 분해하는 건 간단한 일이잖아.

하지만 이곳에서는 불가능해. 당연하게도 말이야.

하는 수 없이 원시적인 방법으로 당을 추출해야 했어. 열을 이용해서 말이야. 마을을 돌아다니며 솥으로 쓸 만한 쇠붙이를 찾고 복지원을 샅샅이 뒤져 유리 컵 같은 걸 가져다 나름의 작업실을 마련했어. 수없이 많은 시행착오가 있었어. 나는 새 몸조차 아직 적응이 안 돼서 꽤 자주 동작이 꼬이거든. 그런 내가 화학작용을 다루다니.

어느 정도 손에 익자 정제된 당이 제법 모였지. 때마침 정원에 놀러 온 현이 물었어.

"손에 든 그게 말씀하신 그건가요?"

"네! 어떻게 아셨어요?"

내가 코를 킁킁거리는데 현이 웃었어.

"아, 소리 지르시는 걸 들었어요. 성공했구나 싶었죠."

나는 괜히 부끄러워서 크게 웃었어.

"성공은 했는데, 이걸로는 우주 못 가요. 장난감 로켓을 하늘로 쏘아 보내는 게 고작일걸요."

현이 두 눈을 크게 떴어. 그 표정은 시각하고는 관계가 없는 걸까.

"하실 수 있습니까?"

"네?"

"장난감 로켓이요. 만들 수 있나요?"

나는 예, 하고 얼결에 말했어. 그랬더니 현이 정말 해맑게 웃고는 기다려보라면서 뛰어서 안으로 들어갔어. 그러고는 한 아이를 데리고 나왔지.

"우주입니다. 아, 이름이요."

우주는 우주를 사랑하는 아이야. 그 애가 우주를 좋아하는 것과 그 애 이름이 우주인 게 정확히 어떤 관계인지는 모르겠어. 확실한 건 우주가 우주에 진심이라는 것과 현이 그 애에게 진심이라는 것, 그리고 나에게 그 둘을 기쁘게 해줄 능력이 있다는 거였어. 더 뭐가 필요하겠어.

나는 즉시 로켓을 만들었어. 플라스틱은 차고 넘치니까 지하에 있는 프린터를 이용해 로켓의 몸체를 만들고 내가 추출한 당과 질산칼륨을 배합해 만든 추진제를 실으면 완성. 말은 참 간단한데. 사실 질산칼륨을 구하는 과정도 녹록지는 않았어. 너는 내가 복지원 화장실에서 무슨 일까지 했는지 짐작도 못 할 거야.

아무튼, 장난감 로켓을 쏘아 올리며 모두가 행복해했어. 나도 좋았지. 하지만 머릿속은 복잡했어. 이게 나의 한계인가 싶어서.

내가 자괴감에 빠져서 홀로 정원을 청소하고 있을 때

현이 날 부르더니 말했어.

"어렸을 때 저희는 서로에 대해 모르는 게 없었어요. 저나 과거의 당신이나 무시 못 할 감각의 벽에 둘러싸여 있으면서도 용케 기민하게 상대의 불편함을 느끼고 도움의 손길을 내밀었죠."

내 고민을 현이 대체 어떻게 알았는지 모르겠어. 나에 대한 얘기는 그때가 처음이었어. 나는 빗자루를 움켜쥐고 물었지.

"전…… 어떤 감각의 벽에 둘러싸여 있었죠?"

"소리를 듣지 못했죠. 그리고 말을 못 했어요. 아니, 뒤늦게 안 거지만, 하지 않았어요. 우리가 헤어지기 직전에야 당신은 나한테 목소리를 들려줬죠. 처음에는 야속했어요. 왜 진작 들려주지 않나. 나중에야 알았어요. 당신이 듣지 못하기 때문에 말하는 법을 배우는 데 한계가 있었다는 것을. 그래서 부정확한 발음을 저한테 숨겼다는 것을."

나는 그냥 들었어. 소연의 말과는 달리 조금도 와닿지 않았어. 소연의 말은 과거의 나뿐만 아니라 지금의 나에게도 해당되었지만, 현이 하는 말은……

"말해보세요. 고민이 뭐예요?"

나는 말했어. 지금의 내 이야기를 현에게 했어. 현은 나무처럼 꿈쩍도 하지 않고 내 얘기에 귀 기울였지. 한참을 듣던 현이 지친 듯이 얕은 숨을 쉬었어.

"우주로 간다고요? 사실 그게 어떤 건지 잘 와닿지는

않네요. 아무튼 상상하기 어려울 만큼 멀리에 가고 싶다는 말씀이지요? 여기가 아닌 저 먼 곳으로……."

"혹시 서운하세요? 그래도 오랜만에 만난 친군데, 멀리 떠날 계획을 품고 있어서."

"뭐, 아쉬운 마음이 없다면 거짓말이겠죠. 하지만 그보다도…… 당신이 떠나야만 하는 것 같아서…… 그렇게 당신을 몰아붙인 상황이 뭘까 싶어서, 그게 좀 걸리네요."

그날 우리는 정원에 누워 밤새도록 이야기를 나눴어. 추웠지만 따뜻한 밤이었지.

그리고 현이 중요한 걸 알려줬어.

"그나저나 로켓을 만들겠다니…… 그 엄청난 걸…… 혼자서 가능할까요? 도와드릴 일이 전혀 없지는 않을 텐데……."

"미리 관련 정보를 머릿속에 담아놨어요. 가상의 시험 발사도 해봤고요."

"당신의 능력을 의심하는 건 아니에요. 다만, 역사를 보면 로켓이란 늘 기술의 최전선에 닿아 있습니다. 그렇지 않으면 감히 이 대지에서 벗어날 수 없을 테니까요. 이곳 원생 시절에는 그 크기나마 짐작해 보기 위해 수식에 매달려 보기도 했고, 원장이 되기 전 부원장 때는 지인의 도움으로 직접 그것의 잔해를 만져보기도 했는데……."

"네?"

"아, 실은 저도 우주라는 것에 관심이 많습니다. 우주에 대한 묘사를 듣다 보면 별수 없이 제 시각의 부재와 연결 지어 생각해 보게 되거든요."

현은 어울리지 않는 욕망을 들키기라도 한 것처럼 부끄러워했어. 하지만 나한테 중요한 건 따로 있었지.

"그러니까, 로켓을 만져봤다고요?"

"정확히는 잔해의 일부죠. 그리고 우주로 가기 위한 용도는 아닌 것 같았어요. 그러기엔 규모가 작았거든요. 제 생각에는 고대의 무기 중 하나가 아닐까 싶은데, 어쨌든 로켓임에는 틀림이 없지요."

나는 자리에서 벌떡 일어났어.

"거기가 어디예요?"

현이 놀란 얼굴로 따라 일어났어.

"자세히는 모릅니다만. 저는 그냥 지인의 뒤에 앉아 있었거든요. 아, 혹시 금수라고 아시나요?"

그러더니 현이 잇새로 바람을 크게 불었어. 그리고 얼마 안 있어 까악, 하는 쇳소리가 들려왔지. 하늘을 올려다보니 달을 가로질러 이쪽으로 날아오는 무언가가 보였어. 혹시 로켓인가 했는데, 그랬다면 지금 이 편지를 쓰고 있지 못했겠지. 그것은 빠르게 커졌어. 또 한번 까악, 운 그것은 까마귀를 닮았지만 진짜 까마귀는 아니었어. 그것이 처음이 아니라는 듯 당연하게 현의 머리 위에 앉더니 날보고 또 쇳소리를 토해냈어. 까악. 봄이 말했던 까마귀 소리가 이거였어.

"사신분들은 금수라고 하면 모르는 눈친데, 봄이 그러더군요. 당신들은 그것을 '클라라의 아이'라고 한다고요.

아, 봄이 말해줬다는 건 소연 님께는 함구해 주셔야 합니다. 그 이유는 아시리라 생각합니다."

세상에, 복잡하면서도 정교하게 구현된 기계 짐승이라니. 그것을 금수라고 부르다니 좀 짓궂다 싶어('금수'는 고대어로 짐승이란 뜻인데, 주로 사람을 가리켜 욕을 하는 데 사용돼. 이런 금수만도 못한 인간, 하고 말이야). 너도 직접 봤어야 하는데.

"어, 어떻게……."

그 물음이 최선이었어.

"저 어릴 때부터 원장님이 데리고 있었어요. 이 아이는 새의 형상인데, 지인이 부리는 아이는 늑대의 형상이어서 그 위에 타고 바람처럼 빠르게 달릴 수 있어요. 그렇게 제법 오랜 시간을 달려 도착한 곳에 로켓의 잔해가 있었죠."

나는 머리를 굴렸어. 지도를 연대순으로 되감아서 근처를 샅샅이 뒤졌지. 실제로 복지원에서 좀 떨어진 곳에 우라늄 광산 저장고가 있었어. 핵 시설이었지! 그곳이라면 뭔가 희망이 있을지도 몰라.

글쎄, 내 단순한 희망 사항에 불과할까? 모르겠어. 직접 확인해 보는 수밖에.

나는 지금 현이 말한 금수를 부리는 지인을 기다리고 있어. 거리가 제법 돼서 나머지 이야기는 갔다 와서 해야 할 것 같아. 어쩌면…… 아니다. 다시 편지할게.

그때까지 잘 지내.

추신. 너한테 로켓을 제작하면서 만든 방정식을 보낼게. 그 결과가 그리는 궤적이나마 공유하면 좋을 것 같아서.

추추신. 봄이 그러던데? 네가 현에 대해 묻더라고. 물론 나는 아는 게 많지 않지만, 그래도 나한테 물어보면 아는 대로 말해줄 수 있어.

✳

자괴감에 빠져서 쓰는 네 번째 편지.

미안. 많이 기다렸지?
결론부터 말하면, 내 생각이 역시 짧았어.
아…….
무슨 말을 어디서부터 어떻게 해야 할지 모르겠어. 가만히 앉아 그 일을 되짚어 보는 게 너무 고통스러워. 그래서 그 일에 대해서는 쓰고 싶지 않은데, 그러면 너한테 해줄 얘기가 거의 없어.
후…….
실은 나를 데리고 핵 시설에 가준 사람이 죽었어.
나 혼자 돌아왔지. 아니, 그 사람의 금수와 둘이서.
봄이 얼마나 날뛰었는지 몰라. 날 지나쳐 무작정 달려나가버렸지. 안절부절못하고 정원을 서성이는 내게 현이 말했어.

"두 사람은 자매예요."

나는 바닥에 털썩 주저앉았어.

"몰랐어요. 하지만 그 사람이, 서리가 그걸 원했어요. 그게 전통이랬어요. 죽은 자리에 남아 살아나갈 사람들의 짐을 덜어주는 거, 그게 자기가 마지막으로 할 수 있는 일이라고……."

"당신도 이제는 알겠지만 봄은 그런 것을 매우 싫어하죠. 전통, 관습, 관행, 어린 새싹 같은 아이들을 얽매는 것들. 조금 과한 측면도 있습니다만, 그게 봄이니까요. 그러니까 이해해 주시면 좋겠습니다."

"제가 잘못했나요?"

"제가 답할 수 있는 문제는 아니네요. 하지만 함께 고민해 볼 수는 있겠죠. 괜찮으시다면 구체적인 이야기를 해줄 수 있나요?"

그래서 나는 모든 걸 현에게 이야기했어. 그중 일부를 너에게도 해줄게. 그러다 보면 자연히 내가 맞닥뜨린 상황에 대해서도 이야기할 수 있을 테니까.

우선은…… 서리라는 사람에 대해서 이야기하는 게 좋을 것 같아. 나를 핵 시설에 안내해 준 사람 말이야.

그 사람, 서리는 차갑고 딱딱한 사람이야. 화가 났을 때의 너랑 비슷하달까. 그리고 금수를 부리는 신묘한 능력을 지녔지. 현과는 달라. 굳이 따지면 현의 금수는 반려동물 같고, 서리의 금수는 야생동물에 가까워. 그런 걸 길들이다니. 서리는 해커인 셈이야.

현의 호출을 받고 정원으로 나갔다가 나는 비명을 지르며 볼썽사납게 뒤로 나자빠졌어. 아무리 늑대 형상을 하고 있다는 언질을 받았어도 실제로 마주하는 건 다른 문제야, 안 그래? 무엇보다 그걸 어떻게 그냥 '늑대'의 형상이라고 말할 수가 있지? 그때만큼은 현이 야속하더라.

그것은 높이가 1.2미터에 길이가 3미터에 달하는, 가히 괴물이었어. 뭐, 알고 보니 덩치만 큰 순둥이였지만. 첫인상은 공포 그 자체였지. 신화 속 케르베로스 같은 것의 등에 올라탄 누군가가 날 보고 코웃음 쳤어. 하, 하고. 너처럼!

그 애가 다짜고짜 나한테 말했지.

"도와줘야 돼?"

"뭐, 뭘?"

서리가 한숨을 푹 내쉬더니 내 뒤에 있는 현과 봄에게 말을 던졌어.

"애가 개지? 이상한 손짓하던. 하여간에 여기 애들은 하나같이 이상하다니까. 현, 너처럼."

나는 입을 앙다물고 현과 봄을 돌아봤지만, 두 사람은 그저 웃을 뿐이었어. 그래서 깨달았지. 거칠기 짝이 없는 태도가 서리라는 사람을 말해준다는 걸.

서리가 다시 나한테 말했어.

"여기 올라오는 거, 도와줘야 되냐고."

"아, 아마도……."

아무리 내가 나노기술로 증강된 의체를 입고 있다지만, 그래도 그건 클라라의 아이잖아. 그것도 거대한 괴물 같은. 너는 이해할 수 있겠지.

서리가 꼭 개똥 무더기에 손을 뻗기라도 하는 것처럼 내게 손을 내밀었어. 나는 금수가 움직이지는 않는지 경계하면서 서리의 손을 잡았지. 서리는 힘이 대단했어. 내 의체가 가볍다고는 하지만 그 작은 몸으로 날 번쩍 들어 올리다니. 그러고는 별거 아니라는 듯 발을 차며 의미 불명의 소리를 냈어. 그러자 석상처럼 꼼짝하지 않던 금수가 비로소 움직이기 시작했지. 나도 모르게 소리를 질렀어. 서리가 날카롭게 쏘아붙였지.

"조용히 해!"

나는 손으로 입을 막았어. 그 순간 비릿한 쇳내 같은 걸 맡았는데, 그때는 바보같이 금수의 몸 어딘가가 산화되었다고만 생각했어.

나와 서리를 태운 금수는 천천히 걸었어. 피부로 전달되는 떨림이 미세하고 고르지 못했어.

"괘, 괜찮은 거야? 좀 히, 힘들어 보이는데……."

서리는 내 말에 아래를 쓱 보더니 말했어.

"배고파서 그래. 요즘엔 먹을 걸 구하기가 어려워."

"하, 하지만 얘들은 뭐, 뭔가를 먹을 필요가……."

서리가 고개를 돌려 날 쩨려봐서 더 말할 수 없었어. 서리는 다시 앞을 보고 의미를 알 수 없는 소리를 내서 금수의 방향을 바로잡았어. 산 아래로 향하는 길이었는데,

전에 말했듯이 복지원이 그 산허리에 파묻혀 있거든. 산에서 내려와 사람들이 사는 마을의 경계를 빙 도는데, 서리가 말했어.

"것 좀 놓지."

나는 깜짝 놀라서 나도 모르게 움켜쥐고 있던 서리의 외투 자락을 놓았어.

"미, 미, 미, 미, 미안."

서리는 하, 하고 웃었어. 그러자 또 한번 비릿한 쇠붙이 냄새가 났지.

"너도 참 가지가지 한다."

나는 민망해서 퉁명스럽게 대꾸했어.

"네가 나에 대해 뭘 알아?"

서리가 날 돌아봤다가 이내 다시 앞을 보고는 금수를 향해 뭐라고 소리쳤어. 금수를 멈춰 세우고는 아예 내려가 기계 짐승의 얼굴을 들여다봤어. 그때만큼은 그 애의 얼굴에서 냉기가 가시고 온기가 돌았어. 그건 가끔씩 네가 나한테 보여주는 모습이었는데…….

서리가 품 안에서 뭔가를 꺼내 금수의 입가로 가져갔어. 궁금한 마음에 나도 등에서 뛰어내렸어. 해보니까 별거 아니더라. 그러고는 가까이 다가가 서리가 내미는 걸 봤지. 단순한 고철 조각이었어. 기계 짐승이라 고철을 먹는 기능이 있는 걸까 하다가 문득 떠오른 것이 있었지. 나는 의체에 내장된 매뉴얼을 뒤져 가시 주파수를 바꿔보고는 놀라서 서리의 손을 쳐내 고철 조각을 날려버렸어. 금수가 고철 조각을 쫓아 고개를 파묻었어. 먹고 있었어. 고철에서 방출되는 방사성 에너지를 말이야.

"뭐 하는 거야?"

서리가 손을 감싼 채로 날 노려봤어. 나는 서리를 보고 뒷걸음질을 쳤는데, 그게 꼭 그 애의 표정이 무서웠기 때문은 아니었어. 그 애가 온통 보라색으로 보였기 때문이야. 구체적으로는 붉은색과 보라색이 섞인 심홍색이었는데, 시야에 딸린 태그에 따르면 그건 고위험 감마선에 노출된 결과였지.

서리는 한계에 도달해 있었어. 금수의 등에서 내가 맡은 냄새는 산화된 쇠붙이 냄새가 아니라 그 애가 토하고 미처 닦아내지 못한 피 냄새였던 거야. 생의 절반을 초소형 핵 반응로를 심장처럼 사용하는 금수의 곁에서 보내면서 서리의 생명은 빠르게 소진되었던 거지. 그리고 나와 같이 간 핵 시설에서 결국 생을 마감했고 말이야.

그래서? 나는 서리의 얼마 남지 않은 생명을 대가로 무얼 얻었지?

아무것도.

버려진 우라늄 저장고에 로켓의 잔해가 있기는 했어. 하지만 현이 짐작한 대로 우주선이 아니라 미사일의 잔해였어. 그것도 추진체가 없는 탄두의 잔해였지.

저장고에 있는 것도 내가 추진제로 사용하기에는 이미 반감기가 제법 지난 데다 다른 클라라의 아이들이 왔다 간 뒤인지 서리의 금수가 먹을 만한 것조차 남아 있지 않았어.

피를 토하고 쓰러진 서리는 그저 올 것이 왔다는 얼굴이었어. 내가 다가가자 죽음이 임박했다고는 도저히 믿을 수 없는 눈빛으로 날 저지하고는 서리가 말했어.

"가. 난 여기 남을 거야. 그게 전통이니까."

"하지만 그러면 죽어!"

"안 그래도 죽어."

"혹시 소연이라면 방법이……."

서리가 큰 소리로 코웃음 쳤어.

"그 악마 놈의 하수인한테 욕보이는 건 천둥벌거숭이 같은 봄 하나면 족해."

나는 도저히 어찌할 바를 몰랐어. 결국 내가 할 수 있는 거라곤 그 애가 추위에 떨지 않도록 몸을 덥힐 불을 만드는 것뿐이었어. 그 애는 한결 포근해진 얼굴로 말했어.

"고마워……. 봄한테 이 꼴을 보인다는 생각만으로도 진절머리가 나. 그렇다고 혼자 죽는 것도 싫고. 무섭잖아, 그건."

나는 서리의 손을 꼭 잡았어. 움찔하는 게 느껴졌지만, 이내 내 손을 마주 잡았지. 꼬옥.

서리는 아이처럼 종알종알 이야기했어. 아니, 서리는 아이였어. 밸리에서였다면 서리는 여전히 학교생활을 하고 있었을지도 몰라. 서리는 무얼 하고 싶어 할까? 아마도 의사를 꿈꾸며 유사 뇌 구조를 공부하지 않을까?

"나는 의술을 배우고 싶었어. 그래서 엄마랑 봄이랑

우리 부족 사람 모두를 아프지 않게 해주고 싶었는데. 그러면 우리는 더 이상……."

그렇게 서리는 떠났어. 나는 서리가 탈출한 거라고 생각했어. 그러자 슬픔이 조금은 가시는 것 같았어. 그게 그렇게 거짓이기만 한 건 아닌 것 같아. 결국 내가 지금 여기 있는 이유도 그것일 테니까.

내가 이야기를 마치자 현은 그렇군요, 하고 고개를 끄덕거렸어. 달리 뭐라 하지는 않았는데 애초에 그럴 생각이 없었던 것 같아. 하지만 나는 현에게 이야기하면서 서리의 마지막을 돌아볼 수 있었어. 그리고 내가 가야 할 길의 끝에 뭐가 있을지도 돌아봤지.

봄은 금방 돌아왔어. 역시나 혼자였지. 옷이고 손이고 온통 흙투성이었어. 내가 물었지.

"파헤친 거야?"

"얼굴은 봐야 할 거 아냐. 더럽게 꼼꼼히도 해뒀더라."

"그냥 교과서에서 본 대로 한 거야. 그게 그 애가 말하는 전통이니까."

"전통은 얼어 죽을."

봄은 땅에 침을 퉤, 뱉는 척했어. 그러더니 정원 한쪽에 누워 있는 서리의 금수를 흘겨봤어.

"저건 뭐 하러 데려왔어? 어차피 곧 굶어 뒈질 텐데."

"나만 따라다니는 걸 어떡해? 아무래도 내 몸에서 나오는 미량의 방사능 때문인 것 같아. 근데 얘네도 죽어? 그냥 잠드는 게 아니라?"

"그거나 그거나. 소연 말로는 잠든 애들을 수거하는 놈들이 있대. 그럼 결국 끌려가서 해체되는 거야. 죽는 거라고."

하필이면 그 순간 서리의 금수가 고개를 들더니 내 쪽을 쳐다보는 바람에 괜히 마음이 안 좋아졌어. 그래서 다가가서 내 손을 녀석의 코밑에 대줬지. 기분 전환이라도 하라고 말이야.

글쎄, 내가 너무 쉽게 생각한 것 같아. 우주가 저기 머리 위에 쏟아져 내릴 것처럼 들어차 있는데, 저게 클라라가 만든 가짜가 아니라는 사실을 도대체 어떻게 증명할 수 있지?

이런 내가 너한테는 어떤 모습으로 보일까?

추신. 봄이 내 편지를 받을 때마다 내뱉는 한숨의 의미를 이제는 알 것 같아. 밸리에서의 나도 너에게는 한숨 짓게 하는 사람이었을까?

추추신. 많이 미안해.

✳

이미 알겠지만…… 마지막 편지.

이 말을 다시 하게 될 거라곤 정말이지 생각 못 했는

데, 물론 그건 듣는 너 또한 마찬가지겠지. 그렇다고 하지 않을 수는 없어. 왜냐하면 이게 진짜 마지막 편지니까.

네가 봄을 통해 이 편지를 받게 되는 시점에는 밸리에 도 무슨 소식이 닿아 있을까? 나는 그러길 바라. 최소한 그 정도의 영향도 미치지 않는다면 내 행동이 너무 보잘 것없잖아.

이기적인 행동을 하는 김에 조금만 더 이기적으로 굴 자면, 네가 소식을 접하고 놀라거나 슬퍼하지는 않았으면 좋겠어. 아니, 너는 틀림없이 담담하게 받아들일 거야. 너 는 결말을 이미 알고 있었을 테니까. 그렇지 않다면 내가 이곳에서 로켓을 제작하겠다고 한 얘기를 보고서 그토록 아무 말도 하지 않을 순 없어. 안 그래?

한가하게 감상에 젖은 척하던 게 나만이 아니었던 거 지. 겉으로는 펜스 님의 소식을 전하고 나를 나무라면서 너는 어떤 심정이었을까? 나와 같았을까? 오히려 더 아팠 을까? 너한테 저지른 잘못은 두고두고 갚을게. 우주에서.

지구의 중력에서 탈출할 수단을 결국 찾았어. 서리의 금수가 해답이었어.

내가 너무 '인간적'으로 문제를 바라보았던 거야. 어 찌 보면 당연한 게, 밸리에서 수집해 온 자료 대부분이 밸 리 이전의 사람들이 만든 거니까. 밸리의 전자 인간이나 나 같은 나노봇으로 구성된 인간이 아닌 고대의 인간들에 게 금수는 자율적으로 움직이는 핵 발전소일 뿐이지. 감 히 그걸 추진체로 쓸 엄두는 낼 수 없어. 우주라는 무덤으로 뛰어들 생각이 아니라면 말이야.

생각의 전환을 하게 해준 건 소연이었어. 금수가 결국 수면 모드로 전환됐고, 소연 말대로라면 48시간 후에 또 다른 클라라의 아이가 수거를 위해 찾아올 거였어. 그런데 소연이 이런 말을 하는 거야.

"지금이라도 이 애를 다시 깨우면 수거는 되지 않아."

"하지만 결국은 되잖아요."

내 말에 소연이 팔짱을 끼고 날 빤히 봤어.

"왜, 왜요."

"넌 어차피 밸리 사람이 됐는데 우주를 왜 증명하고 싶어 하는데?"

나는 두 주먹을 불끈 쥐었어.

"그러고 싶으니까요."

소연이 다시 표정을 풀었어. 그러고는 잠들어 있는 금수를 보았지.

"쟤도 똑같아. 어쨌든 동물을 모방해서 만든 거잖아. 생물치고 죽고 싶어 하는 존재가 어디 있겠어. 죽음으로부터 달아나고 싶은 건 다 같아."

"죽어야만 하는 경우라면요?"

소연이 날 보고는 조금 있다가 말했어.

"글쎄. 하지만 결국 달아나고 싶다는 건 같지 않아? 네가 우주로 가고 싶어 하는 것처럼. 죽을지도 모르지만, 아니 확실히 죽겠지만, 어쨌든 달아나는 거잖아. 지구에서. 지구에 사는 사람들한테서. 아니야?"

나는 고개를 끄덕였어.

"근데 방법이 없어요. 우주로 나갈 방법이. 로켓캔디로는 한계가 있고, 고대 핵 시설에는 이미 처리가 끝난 폐기물밖에……."

"로켓을 만들겠다면서 그게 다야?"

나는 부끄러웠어. 소연의 말대로 나는 고작 이 정도였던 거야. 소연은 한숨을 내쉬고는 내 손을 잡았어. 그리고 지식을 전송해 줬지. 로켓 제작과 관련한 내용은 나도 아는 거였어. 그런데 내가 모르는 것이 뒤이어 물밀듯이 들어왔어. 금수에 대한 정보였어. 특히 심장부인 핵 반응로의 파괴력에 대한 계산식이 마지막으로 머릿속에 들어온 순간 나는 깨달았어.

금수를 타고 우주로 갈 수 있다는 것을.

나는 몸서리치며 소연한테서 떨어졌어. 가빠진 숨을 고르며 내가 말했어.

"설마 금수를 로켓으로 쓰라는 거예요? 수거되는 대신에?"

"왜, 끔찍한 소리 같아?"

"당연하죠!"

소연은 어깨를 들썩이며 말했어.

"기계적으로 메모리 하나 안 남기고 제거되는 것과 의식이나마 유지한 채로 누군가와 함께하는 건 다른 거 아닌가? 그게 아니라면 의식뿐인 밸리는 대체 무슨 의미가 있지?"

그러고는 소연이 작은 플라스마 단검을 꺼내 자기 손
가락을 잘랐어. 나는 놀라서 소리를 질렀지. 그러니까 소
연도 덩달아 움찔하더니 손가락을 놓치고 말았어. 바닥에
떨어진 손가락은 어느새 내장된 나노봇에 의해 상처가 아
물어서 꼭 모형처럼 보였는데, 말하자면 금수의 고형 음식
이 된 셈이야. 소연이 그걸 주워 나한테 던져주며 말했어.

"놀랐잖아. 이걸로 당분간은 문제없을 거야. 결정은
네 몫이지. 난 네가 살던 곳의 책임자로서 할 수 있는 일
을 할 뿐이야."

그래서 그걸로 금수를 깨웠어. 소연의 손가락을 입에
넣자 금수의 심장부가 다시 움직였지. 그 소리를 들으며
내가 말했어.

"근데요, 그 말이요, 의식이나마 유지한 채로 누군가
와 함께하는 건 다르다는, 좀 구차한 것 같아요."

"산다는 게 그런 거지."

나는 소연이 알려준 대로 금수에 직접 접촉해서 제어
판에 들어갔어. 그 순간 금수가 눈에 불을 켜고 우리한테
주둥이를 벌렸어. 나는 금수와의 연결이 끊어지기 전에
읽은 메시지를 소연한테 소리쳐 말했지.

"비허가 접속이 감지됐대요! 이게 뭐예요!"

"나는 바로 메모리를 날려버렸었거든. 제어판 접속 같
은 건 안 해봐서."

금수가 시뻘건 눈으로 우릴 보고 짖었어.

"그게 뭐예요!"

"왜, 그래도 재밌잖아. 즐겨."

방화벽이 작동한 금수가 달려들 기세로 몸을 웅크렸어. 나는 어쩔 줄 몰라 소연만 잡고 늘어졌어. 저 기계 주둥이에 물리면 제아무리 나노기술이라도 깡통 찌그러지듯 구겨질 거란 생각에 뭘 할 수가 없겠더라고. 그때였어. 어디선가 달려온 봄이 그대로 금수를 들이받아 함께 산 아래를 굴렀어.

"쟤도 물건이라니까."

그렇게 말하고 소연이 날 그쪽으로 밀었어.

"수거 팀은 내가 붙들어 볼 테니까 가서 살아. 네 방식대로."

소연의 미소를 뒤로하고 나는 산비탈을 거의 내달리듯 내려갔어. 한참을 가서야 봄이 금수의 등 위에 엎드려 끌어안고 있는 게 보였어. 봄이 날 보고는 외쳤어.

"타!"

"어, 어쩌게?"

"일단 타!"

나는 금수의 등에 탄 봄의 뒤로 뛰어올랐어. 그러자 봄이 제 등 뒤로 손을 뻗더니 내 팔을 잡아끌었어.

"뭐 하는 거야?"

"조종해야지. 미끼가 필요해."

"근데 왜 내 팔을……."

"너 때문이잖아, 이 모든 소동이!"

결국 나는 내 팔을 미끼 삼아 금수의 방향을 유도했

어. 봄이 말했어.

"서리랑 갔던 데, 거기로 가."

우리는 다시 서리가 잠들어 있는 핵 시설로 갔어. 한 눈에 봐도 봄이 대충 덮어놓은 서리의 무덤 옆에 금수를 멈춰 세웠지. 봄은 아무 말 없이 금수를 제어했어. 금수의 두 눈은 여전히 벌겋게 충혈되어 있었지만, 빳빳이 경직된 사지는 다소 누그러진 듯했어. 봄이 금수의 제어판을 들여다보며 멍한 눈으로 말했어.

"설계도, 보내."

나는 내가 다운받아 온 로켓 제작 도면과 방정식, 그리고 소연의 주석 딸린 계산식을 봄에게 전송했어. 봄은 살짝 얼굴을 구겼어.

"이런 건 아무리 들어도 모르겠더라. 결론은 이 녀석의 심장을 쓰겠다는 거잖아."

"그리고 내가 탈 수 있게 내부를 비워줘. 아, 메모리 날려버리지 말고!"

"내가 그 인간인지 알아?"

"모르는 사람이 보면 모녀지간이래도 믿을걸."

"죽을래?"

"죽더라도 저 바깥에서 죽을 거야."

봄은 씩 웃고는 작업을 계속했어. 금수는 변신에 변신을 거쳤는데, 꼭 늑대를 테마로 한 바이크 같아졌어. 안에는 내가 들어갈 수 있게 공간이 마련됐고, 심장은 뒤에 달렸지. 봄이 고개를 갸웃거렸어.

"이거, 식 맞아?"

"확인했어. 매일 밤마다."

"그럼 내 계산 모듈이 이상한가?"

나는 봄에게 말해주고 싶었어. 네 모듈은 틀리지 않았다고.

"아닌데, 이상한데, 이거. 네가 다시 봐봐."

"안 봐도 돼."

봄이 돌아온 초점을 나한테 맞췄어.

"너…… 그냥 하는 말 아니었어?"

나는 바이크로 변한 금수를 하늘을 향해 세우고 그 안에 들어갔어. 그리고 얼어붙은 듯 꼼짝하지 않고 서 있는 봄을 돌아봤지.

"편지 전송할게. 마지막이야. 그동안 고마웠어, 봄."

"걔도 알아? 네가 무슨 정신 나간 짓을 하려는지?"

"짐작했을 거야. 어쨌든, 이젠 확실히 알게 되겠지."

봄은 이를 악물었어.

"으, 됐어. 다 지 하고 싶은 대로 하는 거지. 편지 줘."

"잠깐만."

그렇게 나는 이 편지를 쓰고 있어.

있잖아, 벨리에서 너한테 보내는 마지막 메시지를 작성했을 때와 달리 지금은 조금도 무섭지가 않아. 그럴 수가 없어. 왜냐하면 감정 모듈을 완전히 꺼버렸거든. 그렇게 안 하면 이 짓을 두 번 할 수 없을 것 같아서. 나쁘지 않은 선택이라고 생각해.

374

그래서 널 그리는 것도 멈춰야 하는데, 이상하게 네가 계속 생각나. 말했듯이 너는 나한테 일종의 습관이기 때문일까? 내가 벨리에서도 당황하면 말을 더듬고 손을 가만두지 못했듯이, 그저 습관처럼 너를 떠올리는 것일까? 정말 그렇다면 습관이란 얼마나 무서운지. 그리고 얼마나 위대하고, 또 소중한 것인지. 그렇게 소중한 너를 나는 다시 한번 놓는다.

나의 그늘진 삶에 함께해 줘서 고마웠어. 이제야 드는 생각인데, 어쩌면 이런 내가 너한테는 또 다른 중력의 족쇄였을지도 모르겠다. 우리의 관계가 실은 블랙홀과 그 주변을 도는 백색왜성 같은 거였을까? 그 끝은 결국 파국일 뿐인데.

블랙홀 같은 나의 소멸이 너에게 자유가 되길. 이제 그만 나한테서 탈출하기를.

끝까지 이기적인 바람을 품으며, 너에게 안녕을 전한다.

마지막 추신. 펜스 님과 사람들이, 그리고 밸리가 변화하는 날이 오면, 내가 살던 복지원에 찾아와 보겠어? 혹시 모르잖아, 그곳에서 네가 또 다른 중력원을 발견할지. 너를 집어삼키는 블랙홀이 아닌 두 발을 붙일 단단한 대지를. 그랬으면 좋겠네. 그럼…… 안녕.

비인간적 인간으로

처음으로 소설집 작업을 하면서 알고 느끼게 된 바가 적지 않다. 나로서는 그중에서도 각기 다른 시간, 다른 공간, 다른 상태에서 쓴 글들에서 매우 뚜렷한 경향성이 발견되는 것이 신기했다. 적어도 나에 한해서는 다양한 글을 쓰겠다는 바람이 그저 헛된 것인지도 모르겠다. 하지만 그럼 또 어떨까. 그 덕분에 내가 나아온 길을 분명하게 돌아볼 수 있었고, 무엇보다 이렇게 '강력한' 제목을 달고 세상에 외칠 수 있게 되었는데. 나는, 우리는 '비인간'이다, 하고.

소설집을 맡아준 읻다 출판사의 김준섭 편집자님(이하 김편)이 2023년 서울국제도서전 주제가 '비인간'이라며 이것을 제목 삼으면 좋겠다는 이야기를 했을 때, 나는 우선 우려가 됐다. 사실 문학, 특히 한국 SF는 비주류와 비인간적 존재에게 목소리를 부여하는 일에 앞장서고 있다.

하지만 이렇게 대놓고 '비인간'임을 천명하는 게, 자칫 소설 속 소수자들, 특히 장애인과 결부되어 그들을 비인간으로 매도하는 건 아닐까. 그런 내 우려에 김편은 말했다. 다른 사람이 아니라 '최의택'이라 괜찮지 않을까 싶다고.

우리에게 이제는 너무나 당연한 '퀴어'라는 이름은 사실 동성애자를 비하하는 혐오 표현이었다. 그러나 그들은 자신들의 성 정체성을 '극복'해야 한다는 사회적 압력을 극복하고 자신들에게 달린 '괴상한' 꼬리표를 떼어 가슴에 붙이고는 이렇게 말했다. 그래, 나 퀴어다, 그래서 어쩌라고.

마찬가지로 해외의 경우 꽤 오래전부터 장애 당사자들에 의해 자신들을 향한 멸칭인 '크립'이나 '프릭'이란 용어가 재전유되어 왔으며, 우리나라에서도 지난 2018년, 장애여성인권 운동단체 '장애여성공감'에서 20주년을 기념해 '시대와 불화하는 불구의 정치'라는 선언문을 발표하기도 했다.

김편이 말했듯이, 이러한 멸칭의 재전유는 그 멸칭의 대상인 당사자만이 할 수 있을 것이다. 생각해 보면 당연한데, 만약 어떤 비장애인이 장애인에 대한 멸칭인 '병신'이나 '불구자'라는 용어를 그들에게 주자며 장애인들을 '병신'이나 '불구자'라고 부른다면 실제 의도가 어떻든 논쟁적인 일이 될 수밖에 없다.

그렇기는 해도 과연 그런 재전유를 나를 제외한 장애인 전부가 동의할까? 더 생각할 것도 없이 그런 일은 불가능하다. 최소한 다수가 동의하기를 바라는 것도 이상한 일 같다. 어쨌거나 우리는 소수자이고, 그렇기 때문에 발언권을 제대로 얻지 못하는 상황에서, 우리 중 소수의 발언권을 (다시 또) 빼앗는 일은 촌극조차 되지 못할 테니 말이다.

하지만 이런 상상 속에서 나는 갈등한다. 지금의 우리가 우리에 대한 멸칭을 하나둘 빼앗아 옴으로써, 앞으로 수십 년 뒤에 휠체어를 타고(물론 꼭 휠체어를 탈 필요는 없다) 학교에 다니는 아이가 단순히 용어일 뿐인 것을 듣고 위축되는 경험을 덜 할 수 있다면. 그래서 이렇게 대꾸할 수 있다면. 그래, 나 불구다, 그래서 어쩌라고. 아니, 이럴 것조차 없이 그냥 가볍게. 왜? 너, 내 이름 몰라?

너무 과한 고민일까? 자의식 과잉인 고민이 아닐까 하는 얘기만은 아니다. 지금 우리가 살고 있는 대한민국이라는 나라를 보면 내 고민이 지나친 사치가 아닌가 싶을 따름이다. 단지 아플 때는 병원에 가고 휴일에는 꽃구경 가고 평소에도 그저 출퇴근할 수 있게 해달라는 사람들에게 테러리스트 운운하며 공권력을 총동원해 폭력을 행사하는 것이 우리네 현실이다. 이 글을 쓰는 4월, "장애인의 날"을 기념이라도 하듯 서울교통공사가 '전국장애인차별철폐연대'를 상대로 낸 손해배상 청구 소송이 재개됐다. 턱 하나 제대로 넘을 수 없는 이동 약자들을 향해 "지구 끝까지 찾아가서라도 반드시 사법처리 하겠다"는 서울경찰청장의 말이 실현된다고 해도 이상할 것 없는 이 나라에서 나의 고민은, '비인간'의 사전적 정의는 손바닥 안의 모래처럼 흩어지는 느낌이다.

그렇기에 더더욱 '비인간'임을 자처하고 싶어지는 마음으로 이 소설집, 소설 속 비인간적 존재들을 내놓는다. 폐기를 앞둔 인공지능 소프트웨어, 배터리가 방전된 로봇, 좀비가 되어 돌봄 받는 반려인, 사이버 세계에서 전자적으로 존재하는 유사 인격, 그리고 비인간적인 위치에 놓인 장애인…… 외롭고 고독하고 괴롭고 지쳐서 죽음의 문턱 앞에서 망설이는 존재들을 여러분께 선보인다.

각 존재가 이끄는 이야기들에 대해 간략하게나마 부연을 붙여보자면 다음과 같다. 〈보육교사 죽이기〉는 내가 문윤성 SF 문학상을 수상하고 처음 쓴 단편소설이다. '또 자폐인'이라고 생각할 수 있지만 내게는 이것이 '또 사람'과 크게 다르지 않게 다가온다. 수상 이후에야 뒤늦게 장애에 대해 더 공부하며 읽은 《자폐의 거의 모든 역사》 속 자폐인들을 보다 보니 내가 쓴 《슈뢰딩거의 아이들》의 하랑과는 다른 자폐인에 대해서도 써보고 싶었다. 그렇게 발표한 〈보육교사 죽이기〉가 이듬해 SF 어워드 본심까지 오른 것은 더할 수 없는 기쁨이었다. 〈나무의 손〉은 내가 처음으로 'SF를 써봐야지' 의식하고 쓴 소설인데, 정보라 작가님의 《저주토끼》에 수록된 〈안녕, 내 사랑〉을 보고 심장이 꿰뚫려 흉내 내본 것이다. 어딜 봐서 흉내냐고 한다면, 적어도 시작은 그랬다고 할 수밖에. 〈노인과 노봇〉은 영화 〈업〉 같은 감성을 의도하고 썼다. 나는 괴팍한 노인과 사춘기에 빠진 아이 또는 청년이 서로를 성장케 하는

구도를 좋아하는 것 같다. 이 소설에는 그 구도에 심한 양념을 쳤다. 배터리가 방전된 로봇은 내가 오래전부터 품어온 나에 대한 은유적 이미지다. 〈나와의 다세계적 채팅방 해석〉은 어느 날 문득 곽재식 작가님의 스타일을 흉내내보고 싶다는 욕망으로 쓴 메모에서 탄생했다. 자료 조사 차원에서 양자역학, 특히 양자 얽힘에 관한 연재 기사를 정주행하다가 양자적으로 요동치듯 쓰게 됐다. 쉽게 말해 정신을 잠깐 외출시키고 썼다. 〈기묘악마: 유사 광상곡〉은 정말 정신을 놓고 쓴 글이다. 아마 열 편 중에 가장 분량이 길 텐데, 이걸 쓰는 데 딱 3일 걸렸다. 내 기준에선 경이로운 기록이다. 왜 정신을 놓고 썼냐면, 이 글을 쓸 당시 정신적으로 너무 아팠기 때문이다. 공모전은 떨어지고 새로 쓴 장편소설은 이렇다 할 성과를 거두지 못했다. 새삼스러운 일은 아니지만, 여기에 개인적으로 마음에 상처를 입는 일이 더해지자 상황은 퍽 심각했다. 그럴 때 할 수 있는 일이라곤 읽고 쓰는 일밖에 없다. 시공사에서 새로 출간한 에드거 앨런 포 전집을 읽으며 한없이 침잠하던 내게 '기묘천사'가 나타났다. 포의 〈기묘천사〉를 읽으며 육성으로 웃음을 터뜨린 나는 그 기묘한 말투를 계속해서 보고 싶었고, 그래서 쓴 패러디다. 더불어이 글에 나오는 기묘한 작가들은 짐작하겠지만 실존 인물들이다. 〈우리에게 균열이 필요한 이유〉는 위에서 언급한 장편소설의 세계관을 바탕으로 쓴 것이다. 사실 세계관이나 설정, 기타 소설적인 요소보다는 순전히 분위기와 감정에 초점을 둔 글이라 다소 불친절한 느낌이 없잖아 있다. 하지만 누군가에겐 그만큼 진하게 다가갈 수 있지 않을까 소망한다. 〈저의 아내는 좀비입니다〉는 좀비를 테마로 하는 공모전에 내기 위해 썼는데, 예심까지 올랐으나 떨어졌다. 이듬해 2019년도 하반기 예술세계 신인상 소설 부문에 당선되어 날 엉겁결에 등단 작가로 만들어주었다. 좀비와 돌봄노동이 결합된 작품들을 심심치 않게 볼 수 있는데 그중에서도 이 글을 차별화해 주는 지점이 있을까 고민해 봤다. 아직까지 못 찾고 있다. 이 글을 읽는 분들은 찾기를 바란다. 그리고 짐작하는 분들이 있겠지만 작중 인물 황지은은 포션 시리즈 첫 번째 작품인 정보라 작가님의 《호》에 나오는 그 황지은이다. 한창 퇴고 중인데 《호》의 황지은을 알게 되고 그야말로 홀린 듯이 정보라 작가님께 다소 부담스러울 수 있는 청을 드리게 되었다. 너무나도 흔쾌히 허락해 주셔서 무척이나 감사드리고 더없이 영광스럽다. 〈시간역행자들〉은 한국장애인문화예술원을 통해 연이 닿아 청탁을 받고 쓴 글이다. '장애 문학'이란 것을 염두에 두고, 평소라면 작법적인 이유로 하지 않았을 방식까지 끌어다 쓰는 한편, 이즈음 쌓아온 장애 인식을 거친 느낌이 없잖아 있을 정도로 쏟아내 보았다. 김 편은 이 소설이 열 편 중에서 가장 이상하다며 그래서 가장 좋아한다는 이상한 얘기를 했다. 〈경계선, 인격, 장애〉는 노골적으로 비인간적 인간과 인간적 비인간을 나란히 제시해 본 글이다. SF를 쓰기 이전부터 관심 가져온 여러 반사회적 인격장애 유형은 SF 안에서 다시 한번 존재감을 드러내는 아이러니 그 자체다. 그들로 인해 우리는 새삼 인간됨이라는 것을 낯설게 되짚어 보는데, SF 작법론에서 흔히 언급되는 노붐과 유사한 기능을 한다(현재도 장애인은 노붐으로서 사회에 존재하는 것 같다). 〈나의 탈출을 우리의 순간들로 미분하면〉은 로켓을 테마로 한 앤솔러지에 참여하면서 쓴 글인데, 기본적으로는 정소연 작가님의 단편소설 〈우주류〉의 감성을 내 식대로 재현해 보며 '탈출 속도'라는 개념을 주요 소재 삼아 썼다. 로켓이 저 하늘로 올라가기 위해서는 중력보다 더 커다란 에너지가 필요하다. 무언가로부터 '탈출'한다는 건 그토록이나 힘에 겨운 일이다. 그래서 더더욱 서글프다.

이 소설집이 선보이는 비인간적 존재들을 그냥 곁에 두고 봐주기를 바란다. 내가 바라는 건 단지 그뿐이다. 그리고 아마도 우리 모두의 바람일 것이다.

늘 그렇듯 집 안에서
최의택

수록 작품 발표 지면

보육교사 죽이기 ⋯ 《어션 테일즈(The Earthian Tales)》 No.1(아작, 2022년)

나무의 손 ⋯ 웹진 〈브릿G〉 *원제: 나무, 또 다른 존재

노인과 노봇 ⋯ 웹진 〈거울〉

나와의 다세계적 채팅방 해석 ⋯ 《과학동아》 2022년 7월호(과학기술정보통신부, 한국과학창의재단 지원)

기묘악마: 유사 광상곡 ⋯ 밀리의 서재, 2022년

우리에게 균열이 필요한 이유 ⋯ 웹진 〈거울〉

저의 아내는 좀비입니다 ⋯ 웹진 〈브릿G〉

시간역행자들 ⋯ 《영화가 있는 문학의 오늘》 2022년 겨울호(솔출판사, 통권 제45호)

경계선, 인격, 장애 ⋯ 웹진 〈거울〉

나의 탈출을 우리의 순간들로 미분하면 ⋯ 《우리의 신호가 닿지 않는 곳으로》(요다, 2022년)

비인간

발행일 2023년 6월 19일 초판 1쇄

지은이 최의택
기획 그린북 에이전시·읻다
편집 김준섭·최은지·이해임·김보미
디자인 형태와내용사이
제작 영신사

펴낸곳 읻다
펴낸이 김현우
등록 제300-2015-43호. 2015년 3월 11일
주소 (04035) 서울시 마포구 양화로 11길 64, 401호
전화 02-6494-2001
팩스 0303-3442-0305
홈페이지 itta.co.kr
이메일 itta@itta.co.kr

ISBN 979-11-89433-82-6 04810
ISBN 979-11-89433-84-0 (세트)

책값은 뒤표지에 있습니다.
잘못된 책은 구입하신 서점에서 바꾸어 드립니다.

ⓒ 최의택·읻다, 2023